KB041063

Only Sense
온리 센스 온라인
Online 02

코하쿠 *Kohaku*

일본식 옷을 걸친 마법사.
마법 위력은 낮지만 수로 승부.
방어마법도 구사하는 만능형.

루카토 *Lucato*

파티의 서브 리더. 폭주하기 쉬운 뮤우를
다독이는 역할. 바스타드 소드와 세검을
나눠 쓰는 방식의 검사.

리레이 *Rirei*

일격의 대미지가 강한 화력 중시의
마법사. 코하쿠와의 연대지원은 놀랄 만한
대미지를 낸다.

히노 Hino

커다란 망치나 도끼 등 중량급 장비를
원심력으로 휘두르는 전투 스타일. 작은 체구에
어울리지 않는 파워 타입의 전위형.

뮤우 Myu

한 손 검과 광 마법을 다루는 성기사.
베타판에서는 전설이 될 정도의 치트급 플레이어.
이 6인 파티의 리더도 맡고 있다.

토우토비 Toutobi

단검을 이용한 기습과 히트&어웨이를 주체로 한다.
크리티컬을 주로 노리는 SPEED 중시의
어쌔씬 스타일.

〈아쿠아 배럿〉

그 순간, 세이 누나의 뒤에는
십여 개의 물구슬이 생겨났다.
초급 마법이라도 저 정도로
숫자가 많으면 위협적이다.
그 광경에 압도되어 움직일 수
없었다.

온리 센스 온라인
2

아로하자초 지음 | **유키상** 일러스트 | **한신남** 옮김

SNOVEL

커버 그림, 본문 일러스트 | **유키상**

Only Sense Online
여름의 캠프 이벤트와 새끼 동물들의 숲

윤 Yun

최고로 인기 없는 무기 [활]을 택해버린 초심자 플레이어. 수습 생산직으로서 부가 마법이나 아이템 생산의 가능성을 깨닫기 시작하고 ——

뮤우 Myu

윤의 리얼 여동생. 한 손 검과 광 마법을 다루는 성기사로 완전 전위형. 베타판에서는 전설이 될 정도의 치트급 플레이어.

마기 Magi

톱 생산직 중 한 명으로 플레이어들 중에서도 유명한 무기 장인. 윤의 든든한 선배로 충고를 해준다.

세이 Sei

윤의 리얼 누나. 베타판부터 플레이한 최강 클래스의 마법사. 수 속성을 주로 다루고 모든 등급의 마법을 구사한다.

타쿠 Taku

윤을 OSO로 끌어들인 장본인. 한 손 검을 다루고 경갑옷을 장비하는 검사. 공략에 애쓰는 정통파 플레이어.

클로드 Cloude

재봉사. 톱 생산직 중 한 명으로 의복류 장비품 가게의 주인. 윤이나 마기의 오리지널 장비 클로드 시리즈를 만들었다.

리리 Lyly

톱 생산직 중 한 명으로 일류 목공 기술자. 지팡이나 활 등의 수제 장비는 많은 플레이어에게 인기를 얻고 있다.

서장　파리 날리는 가게

　새로 지은 티가 역력한 나무 건물에 돌판으로 바닥을 깐 심플한 모습. 판타지에서도 쉽게 접할 수 있는 민가풍의 건물 안쪽에서 활짝 열린 입구로 들어오는 빛을 바라보았다. 매끄럽게 가공된 나무 카운터에 팔꿈치를 짚고 턱을 괴면서 나른하게 입구를 바라보았지만, 그 시선 앞에서는 때때로 사람들이 지나다닐 뿐이지 누가 들어오는 기색이 없었다.

　"……손님이 안 오네."

　하아, 소리 내어 한숨을 내쉬었다. [아트리엘]에서 손님을 맞으려 했지만 좀처럼 오질 않았다. 다소 화풀이처럼 카운터에 이마를 대어보니 시원한 게 기분 좋았다.

　잠시 동안 의욕 없는 상태로 기다리는데 입구의 빛이 가려져서 반사적으로 고개를 들었다.

　"어서 오세요. ──아니, 쿄코인가."

　가게 입구에 서 있던 것은 점원 NPC인 쿄코였다.

　"예, 지금 돌아왔습니다. 그런데 뭘 하고 계셨습니까?"

　"손님을 기다리는데 좀처럼 안 와서."

　"손님이 안 오는데도 일단 운영하는군요, 이 가게는."

　"뭐, 그렇지."

　분명히 갓 생긴 가게라서 지명도는 낮고 손님은 안 오지만, 위탁 판매로 이 가게의 존재를 안 사람들이 오게 되겠지. 느긋하게 기다리자.

그렇게 대답하면서 애교 있는 미소를 띤 쿄코가 사무 보고를 하였다.

"그건 그렇고—— 마기 씨나 클로드 씨 쪽에서 인챈트 스톤을 좋은 가격으로 맡아주셨습니다."

"그거 잘됐네. 이거면 목표 금액에 도달했을까?"

"예, 충분합니다."

수중의 금액은 필요한 경비를 제외하더라도 가게 확장과 상위 조약 설비를 살 만한 정도였다. 다만 그러면 운용할 수 있는 여유자금이 또 없어지지만.

내가 지금 있는 장소는 OSO 안에서 사용하는 포션이나 소비 아이템을 주로 다루는 가게 [아트리엘]이다.

내 게임 캐릭터 윤이 소유한 가게이고, 나는 가게 주인이다.

나의 [아트리엘]은 설립 경위부터가 특수하다. 노점 등으로 수수하게 돈을 버는 평범한 과정을 넘어가고 남에게 판매를 위탁하여 주로 돈을 벌었다. 그리고 그 위탁 판매처와의 관계를 계속 유지하니까 딱히 손님이 안 오더라도 가게의 존속은 별 문제 없지만…….

"손님이 안 오니까 재미없네."

"그럼, 밖에 나가서 돈을 벌거나 포션을 보충해주세요. 윤씨가 안 계실 때를 위해 제가 있으니까요."

애교 있는 얼굴로 정론을 말하는 NPC 쿄코에게 그도 그렇다고 납득하면서 내 장비를 꺼내어 확인하였다.

"설비 확장의 목표액에 도달했으니 그것들을 주문하러 다녀올게."

내친 김에 가벼운 사냥 연습도 하고 싶고. 마음속으로 그렇게 중얼거리고 쿄코와 자리를 바꾸듯이 가게를 나갔다.

내가 일단 만나러 간 것은 밭의 매매를 관리하는 NPC 아저씨였다.

"아저씨, 지금 한가해?"

"뭐냐, 아가씨인가. 무슨 일이지?"

"아가씨라고 하지 마. 나는 남자야."

갈색으로 탄 피부와 밀짚모자가 잘 어울리는 남자가 나를 여자 취급하는 것에는 어떤 이유가 있다. 그건 OSO를 처음 시작할 때 캐릭터 에디트에서 기계가 문제를 일으킨 바람에 내가 여성 캐릭터가 되었기 때문이다. 그 바람에 NPC에게 조차도 여자 취급을 받는다.

"점포 확장을 부탁하고 싶어. 점포 뒤에 공방을 두고 상위 조합설비도 들이게."

"겨우 카운터 점포에서 한 걸음 전진이군."

내게서 돈을 받으며 그렇게 중얼거렸다. 괜한 오지랖이라고 한소리 해주고 싶다. 분명히 지금 가게는 창고용 나무 건물과 카운터. 안쪽에 약초 재배용 밭이 있을 뿐이다. 그래도 거점으로서의 역할을 충분히 다하고 있다.

"뭐, 좋아. 가게 확장에 얼마나 걸려?"

"며칠이면 다 되지. 그럼 나는 일하러 돌아간다."

항상 그 자리에서 팔짱을 끼고 있는 NPC한테 무슨 일이 있다는 걸까. 한 마디 해주고 싶은 충동에 사로잡혔지만, 그걸 꾹 참고 마을을 돌아다녔다.

한동안 마을을 걷자니 뒤늦게야 가게가 커진다는 실감이 일어서 그 기쁨에 차츰 작은 미소가 떠올랐다. 발걸음도 가볍게 사냥터로 향했다.

평소에 사냥터로 삼는 곳은 마을에서 다소 떨어진 숲. 여기에서는 약초나 광석 등 [아트리엘]에서 생산에 쓰는 소재도 채취할 수 있다. 기분도 좋아서 즐겁게 산책하는 느낌이었다.

하지만 오늘은 길을 걷다가 한 무리의 파티와 마주쳤다. 이쪽을 훔쳐보면서 소곤거리는 말소리가 들려왔다.

'어이, 등의 저거 활 아냐?' '명중률도 코스트도 안 좋잖아.' '뭐, 우리랑은 관계없지.'

귀에 들어온 말에 반사적으로 고개를 돌려 그들을 노려보면서 나는 활을 손에 들었다.

3인조의 상공, 거기를 조준하여 화살을 연속해서 날렸다. 그 직후 3인조의 주위에 화살이 꽂힌 몹이 떨어져서 지면에 구르다가 소멸했다. 그들이 놀란 모습에 살짝 속이 후련해지는 동시에 '나는 더 센 몹도 잡을 수 있다'는 마음으로 에어리어 안쪽으로 들어갔다.

궁술 —— 정확하게는 [활]의 센스는 소비품인 화살을 필요로 하는 등 다루기 까다로운 무기 센스다. 내 주무기라서 적지 않은 애착을 가지고 있다. 그렇기 때문에 방금 전의 비웃음에 기분이 상했지만, 그와 동시에 이 무기로도 충분히 싸울 수 있다는 마음을 가지고 더 강한 몹을 찾아 전진했다.

"반드시 다시 보게 해주겠어!"

그리고 강한 적이 나오는 에어리어에서 벌인 첫 전투에서부터 나는 죽어서 마을로 되돌아오는 꼴이 되었다.

"그래. 3인조로 파티를 짜서 안전하게 싸우는데 왜 솔로로 돌격했지? 나도 참 바보다. ⋯⋯머리 좀 식히자."

의욕이 생기는 동시에 실수한다. 뒷머리를 긁적이면서 살짝 한숨을 내쉬는 동시에 나는 메뉴에서 로그아웃을 선택. OSO 세계에서 윤이라는 캐릭터가 나갔다.

●

나는 아침 일찍부터 부엌에 서서 도시락을 준비하였다.

옷차림은 학교 하복 위에 에이프런. 여동생 미우도 마찬가지로 하복을 입고 나보다 먼저 아침을 먹고 있었다. 아직 서두를 시간도 아닌데 토스트에 달걀 프라이와 햄을 얹어서 먹어댔다.

"미우. 그렇게 서두르지 않아도 시간은 충분해."

"우우⋯⋯. 뭐, 그렇지만 시간이 아까워. 남는 시간에 정보 수집!"

그러면서 입 안의 음식을 홍차로 단숨에 넘긴 미우는 잘 먹었습니다, 라는 말과 함께 내 옆의 싱크대에 식기를 넣었다.

아침식사를 마친 미우는 자기 방에서 노트북을 가지고 나와서 진지한 표정으로 화면을 들여다보았다.

"그래서 무슨 정보라도 찾았어?"

"오빠……. 지금 서버 점검 중이래."

"흐흠."

"아앗, 흥미 없다는 대답이잖아. 그리고 버전이 올라서 몇 가지 변경 사항이 있대."

"변경 사항? 버그라도 찾았나?"

"아니, 아니. 밸런스 패치라고 해야 하나?"

거실로 가져온 노트북 화면을 잡아먹을 듯한 눈으로 보던 미우가 손짓하길래 도시락 통에 요리를 담고서 그 옆으로 가보았다.

"여태까지 인기가 없던 [요리] 센스를 살리기 위해 만복도 시스템을 도입한대."

"헤에~, 그 말은…….'

"게임 안에서도 식사가 필요해진다는 소리. 공복이면 스테이터스 감소, 최악의 경우는 아사해서 마을로 되돌아간대. 으음, 로그 계열 게임이 떠오르네."

중학교 3학년 여동생이 팔짱을 끼고 고개를 끄덕이면서 옛날 생각난다며 중얼댔다. 너 나보다 나이도 어린데 뭐가 옛날이야.

미우가 말한 로그 계열 게임이란 로그 라이크 RPG를 말한다.

플레이어와 몬스터가 바둑판 형태의 필드에서 교대로 행동하는 게임으로, 속도 등으로 행동 순서가 정해지는 아주 간단한 게임이다. 다만 필드에 위치한 아이템이나 덫을 구사하고 적의 움직임을 읽으면서 행동하지 않으면 포위되어서 죽는다. 플레이어는 한 명인데 필드의 몬스터가 여덟 마리 이상인 경우는 잘 행동하지 않으면 포위된다. 한 줄로 세우고 직선 관통 공격으로 일소하든가, 전방의 세 칸을 동시에 공격하는 등의 대처법이 반드시 필요하다.

잘못 행동하면 적이 서로를 공격한 끝에 이긴 몬스터의 등급이 올라가서 강화되거나 플레이어가 덫에 걸려서 못 움직이게 되었을 때 사정없이 공격을 받는다.

그리고 만복도 때문에 한 필드에서 계속해서 레벨을 올리기 어려운 게임이기도 하다.

로그 라이크는 시즈카 누나가 특히나 잘했는데, 누나의 말을 따르자면 [플레이어 스킬은 다음 수를 미리 읽을 수만 있으면 어떻게든 된다. 못 읽겠다면 죽으면서 배울 수밖에 없다]라는 게임이다.

다만 내가 걱정하는 건…….

"게임에서 배가 부르면 현실에선 못 먹는 거 아냐? 저녁밥을 만들었는데 게임에서 먹었으니까 됐다고 그러면 슬픈데."

"그건 아니야. 베타판에서 시험 삼아 요리 아이템 [주먹밥]을 먹어봤는데, 맛은 나도 배는 안 불러. 그러니까 게임상의 스테이터스야."

그런 건가. 그렇게 납득하면서 다시금 화면을 보았다.

화면에는 여러 종류의 식재료 아이템 샘플이 나와 있었다.

내 게임 안의 가게 [아트리엘]은 주로 소모품을 다루는 가게다. 상품에 요리 아이템을 추가해보는 것도 재미있겠지. 샌드위치 같은 거라면 빵 사이에 재료를 끼우기만 해도 만들 수 있다.

"……[요리] 센스도 따볼까."

무심코 중얼거린 한 마디에——.

"오빠, 너무 많이 따는 거 아냐? [활]에 [부가], [조합]. 거기에 [요리]라니……"

"냅둬. 너는 치트캐인 주제에."

스스로 생각해도 너무 많이 손 댄 것 같지만 후회는 않는다. 오히려 나는 내 페이스로 게임을 해나갈 작정이다. 안 쓰는 센스는 예비란에 넣어두면 되고.

"윤 언니라면 지원 마법 관련 센스를 취득해서 파티 지원 중시의 마법사라는 역할이 어울릴 것 같은데."

"그러니까 윤 언니라고 하지 말라고."

미우의 말에 짜증내듯이 얼굴을 찌푸렸지만, 무슨 말을 하려는 건지는 알겠다. [회복]과 [부가]로 파티의 안정성을 높이고, 여유가 있으면 공격 마법을 구사한다는 스타일을 그렸겠지. ……그건 지금 내 스타일과 별 다를 것도 없군.

회복이 마법이냐 포션이냐의 차이 뿐이고, 공격도 마법이냐 활이냐의 차이 뿐이다.

"역할에 별 차이가 없잖아. 게다가 내 캐릭터는 서포트에 전념한 캐릭터야. 요리도 누군가가 필요로 한다면 지원하는 게 내 방식이고."

물론 이런 타이밍에서 [요리] 센스가 강화되지 않더라도 언젠가는 딸 생각이긴 했다. 드래곤 고기 스테이크 같은 건 꿈꾸던 바였고.

"으음……. 그건 그래. 그럼 게임에서 맛있는 요리 먹여줘."

"그래, 그래. 도시락이 좀 식거든 뚜껑 덮어서 가방에 넣어둬."

"오늘은 뭐야?"

"치킨라이스."

"오오! 오빠, 사랑해!"

치킨라이스처럼 어린애나 좋아하는 요리를 이렇게 기뻐해주면 오히려 만든 내가 더 창피해진다. 뭐, 만들기 쉬우니까 좋지만.

"자, 잊어버리기 전에 가방에 넣어둬."

"오빠, 잠깐 와봐."

내가 내 도시락을 챙기고 아침을 먹으려던 때에 미우가 내 옆에 나란히 앉아서 다시금 노트북을 보았다.

화면에는 OSO의 각종 스케줄이나 업무 연락이 나오고 있었는데, 그 중 최신 정보가 동영상 형식으로 방금 전에 갱신되었다.

"틀게."

[안녕하십니까, 여러분. [Only Sense Online] 개발부 부장 요시노 카즈히토입니다.]

　우리는 노트북 화면에 나타난 남자를 주시했다. 제법 미남인 20대 후반의 남자. 어디 아이돌 아냐?

[이번 공지는 업데이트 내용과 공식 이벤트에 대한 것입니다.]

　힐끗 미우를 엿보니 진지한 표정으로 동영상을 잡아먹듯이 들여다보고 있었다. 나도 묵묵히 동영상 쪽으로 시선을 돌렸다.

[이번 업데이트에서는 보다 리얼한 감각을 부여하기 위해서 만복도 시스템을 도입했습니다. 그리고 공식 이벤트로 저희 운영진이 여름방학의 깜짝이벤트를 준비하였습니다.

　열흘 뒤의 오후 1시. 제1마을에서 공식 이벤트를 개최하겠습니다. 참가 제한은 한 명에서 여섯 명의 파티. 한 명이 소지할 수 있는 아이템 숫자는 100개입니다. 이 이벤트를 잘 활용하면 플레이 시간이 적은 플레이어라도 단시간에 강해질 수 있을 겁니다.

　또 몇 가지 선물 같은 요소도 포함된 이벤트니까 꼭 참가해주세요.]

동영상은 3분도 안 되는 길이에 조용한 말이었지만, 그 내용에 미우는 깊은 생각에 잠겼다.

"공식 이벤트라……. 단기간에 강화가 가능……. 조건은 멤버 한 명당 소지 아이템 개수뿐."

"미우? 시간 됐다. 학교 가자."

"응."

우리는 집을 나선 뒤로도 방금 전의 공지 내용에 대해 이야기를 주고받았다.

"오빠는 아까 그 공지를 어떻게 생각해?"

"첫 이벤트잖아? 자세한 내용도 안 밝혔으니까 생각이고 자시고 없지."

"그렇지만 단기간에 강해진다는 소리는 공식 유니크 아이템이나 레벨업 아이템 같은 걸 줄지도 몰라. 레어템의 냄새가 풀풀 나."

"나는 모르는 세계야. 하지만 나도 참가해볼까? 시즈카 누나는 어쩌려나?"

"언니는 폐인이니까 분명히 참가할걸. 게다가 여름의 이 시기면 참가하는 사람도 많겠고~."

내 옆을 걷는 미우는 하늘을 향해 한껏 팔을 뻗고 태양에 눈살을 찌푸리면서 말했고, 나도 마찬가지로 눈부신 태양에 눈을 가늘게 떴다.

"혹시 시즈카 누나한테 여유가 되면 파티라도 짜서 참가할까."

"아, 무리, 무리. 시즈 언니는 길드의 부길드장이야. 지금은 서른 명 정도 되는 길드니까 가족이라고 편애할 수 없어. 게다가 우리보다 훨씬 앞서가고 있거든."

"진짜?!"

"진짜. 우리는 지금 남쪽의 입구에서 레벨을 올리고 있지만, 언니는 더 안쪽에서 레벨업 중인가 봐. 또 길드의 자금을 벌고 있다고 그랬고."

호오~, 벌써 길드 같은 걸 만들었나. 길드 설립 퀘스트를 클리어하면 최종문제는 자금이라던데, 그것조차 클리어했다니. 나는 길드에 들어갈 생각도 없으니 관계없지만…….

"그렇다면 짚이는 사람도 없으니 혼자 참가해야 하나. 뭐, 준비는 해볼까."

"그래. 나도 레벨업 준비를 해야 돼. 으으, 그렇긴 해도 왠지 게임 하고 싶어졌어. 학교 가기 싫어."

"어차피 한나절이야. 도시락도 준비했으니까."

"오빠, 좋은 색시가 되겠어."

"내 동생은 오빠한테 못 하는 소리가 없어."

미우를 향해 한숨을 내쉬었다.

우리는 시간에 여유 있게 등교했다. 학교까지 걸어서 등교. 이렇게 찌는 날씨 안에 달궈진 아스팔트 위에서 땀을 줄줄 흘리며 등교하는 건 육체적으로 힘들다.

간신히 도착한 교문. 나는 고등부. 미우는 중등부니까 거기서 일단 헤어졌다.

복도를 걷고 있자면 교실에서 목소리가 들려왔다. 나는 내 교실로 들어갔다.

"여여, 슌. 오래간만."

"오래간만이 아니잖아. 게임에서 이따금 만났잖아."

나는 불평을 늘어놓으면서 가볍게 펀치를 날리고 타쿠미가 그걸 막았다.

"왠지 졸려 보이는데 제대로 자는 거야?"

"아니, 심야 2시까지 레벨업. 광산의 적이 강해서 나를 유혹한다고. 레벨이 제법 짭짤하게 오르지."

"폐인 자식. 그래서 좀 어때? 괜찮은 아이템 있었어?"

"그쪽으론 틀렸어. 광석이 대부분인데 우리는 안 쓰거든. 생산직에게 넘겼지. 또 보스가 너무 세. 한계까지 레벨을 올린 뒤에 북쪽을 공략해봐야지."

"그래. 나는 채집이나 생산을 짬짬이 하니까, 필요한 거 있거든 가게로 와."

"그래볼게."

으음, 광산이라. 한 번 가보고 싶긴 한데. 뭐, [세공] 센스가 25가 된 뒤에 가볼까.

우리는 오늘 아침의 점검과 업데이트 정보, 공식 이벤트에 대해 이야기를 나누었다.

타쿠미도 같은 동영상을 본 감상으로 '여태까지 사용되지 않는 센스를 활용할 수 있도록 하는 업데이트일 거다'라는 의견이었다.

그 외에 타쿠미나 오래간만에 만난 친구들과 이야기하면서 조례까지 시간을 보냈다.

여름방학 도중의 등교일은 선생님께 방학 도중의 주의사항을 듣고 교내의 청소. 그리고 귀가라는 흐름이다.

타쿠미는 귀가해서 곧바로 OSO에 로그인하여 이번 업데이트 내용을 확인하겠다면서 뛰어서 돌아갔다.

나는 귀갓길에 저녁밥 재료를 사서 귀가. 나도 곧바로 OSO에 로그인했다.

1장　요리와 만복도

　만복도 시스템이란 시간 경과나 활동에 따라 서서히 만복도가 감소하는 수치를 말한다. 정기적으로 요리 아이템 등으로 만복도를 회복시킬 필요가 있다.

　만복도가 4분의 1 이하로 내려가면 스테이터스에 마이너스 영향이 발생하고, 만복도가 0이 되면 서서히 HP가 줄어든다.

　만복도는 상태 이상과는 달리 자연 회복이 없기 때문에 조급한 인위적 회복이 필요. 포션이나 환약 같은 소비 아이템을 먹어도 만복도가 극히 소량 회복되지만, 주먹밥이나 샌드위치 같은 요리 아이템 쪽이 회복량이 많다.

　대충 요약하자면 이런 느낌이다.

　또 요리를 만드는 [요리] 센스를 사용하여 몬스터 등의 소재로 요리를 하면 일시적인 스테이터스 상승효과를 부여할 수도 있다. 반대의 경우도 있지만…….

　"어라, 윤 씨. 안녕하세요."

　"아, 쿄코. 안녕. 오늘 손님은?"

　나는 [아트리엘]의 카운터 앞에서 움직이지 않고 만복도에 대한 메뉴 화면을 살피는 바람에 누가 다가와서 말을 걸 때까지 알아차리지 못 했다.

　"없었습니다. 손님이 좀 와도 좋을 텐데요."

그렇게 말하면서 어깨를 으쓱이는 쿄코. 그러고 보면 오늘 오전은 정기점검이라 로그인할 수 없었으니까 플레이어가 가게에 물건을 사러 올 일은 없었다. 스스로의 얼빠진 질문에 쓴웃음이 떠올랐다. 때때로 NPC는 실제 인간이 아닐까 생각할 정도로 리얼한 개성이 있었다.

"왜 그러십니까, 윤 씨?"

내가 계속 쿄코를 바라본 탓에 의아한 눈치로 나를 마주 바라보았다.

"아무것도 아냐. 내일이라도 블루 포션의 재료랑 같이 약초를 많이 사다주겠어? 초심자 포션을 보충하게."

"알겠습니다. 그리고 이게 오늘 수확입니다."

나는 건네받은 아이템들을 보았다. 가게 옆에 만든 밭에서 재배한 약초 계열 아이템들이었다.

밭에서 재배한 약초 아이템은 보다 상위 약초로 만들고, 그렇게 나온 소재로 포션을 만들면 효과가 훨씬 좋아지지만 오버 힐까지는 기대할 수 없다.

뭐, 그런 점은 다른 센스로 보충하는 거지.

"오늘은 뭘로 할까. 시설을 더욱 업그레이드할 돈도 필요하고……."

게다가 신규 업데이트에 추가되는 만복도를 위해서 [요리] 센스도 취득하고 싶다. 아, 그 전에 배달할 아이템을 정리해야지. 그런 마음으로 시선을 내리고 메뉴를 확인하던 내 머리 위에서 목소리가 들렸다.

"안녕하세요."

"……음?"

그 목소리에 작업하던 손을 멈추고 소리가 들린 방향을 돌아보았다.

"야호. 아침에 보고 또 보네, 언니."

"안녕하세요, 윤 씨."

"뮤우, 루카토인가. 어쩐 일이야?"

동생 뮤우와 그 파티 멤버인 루카토였다.

뮤우가 언니라고 하는 이유는 내 현재 외모에 이유가 있다.

애초에 현실에서도 여자 같다는 소리를 듣지만, OSO의 캐릭터 에디트에서 한층 더 여성적인 방향으로 보정이 걸렸다. 머리칼은 허리까지 내려오고 목소리가 높아지고 몸도 둥글둥글해졌다. 그 사실에 다시금 한숨이 새어나왔다.

"왜 그래? 내 얼굴에 뭐 묻었어?"

"저기, 그…… 언니라고 부르는 것 좀 그만둬."

"그렇기는 해도 진짜 파리 날리는 가게네. 지금은 회수되는 거야?"

"사람 말 좀 들어라……."

손님이라곤 없는 가게 안을 둘러보는 뮤우와 그 옆에서 쓴웃음을 짓는 루카토. 나는 살짝 한숨을 내쉬었다.

"아이템 종류나 가격도 나쁘지 않을 텐데, 단순히 가게를 만들기만 해선 손님이 안 오네."

"아이템 구입 개수에 제한이 걸린 것도 이유 중 하나일걸. 아, 이거 부탁해."

"스테이터스 회복약과 하이 포션이군. 알았어. 하아, 수수하게 계속해나가는 수밖에 없어."

옆에서 작업하는 NPC 쿄코를 대신하여 계산했다. 게임을 시작할 당초에는 포션 가격 급등이나 매점매석 같은 일과 마주쳤기에 [아트리엘]에서는 그런 일이 없도록 모두가 마음 편한 가격으로 와서 물건을 살 수 있게 판매 개수에 제한을 두었다. 그게 손님들의 발길을 막는 일이 있더라도 포기할 생각은 없다. 그런 생각을 하는 동안에 계산이 끝났다.

"그럼, 모험 준비도 되었으니까 우리는 꿈과 로망 넘치는 모험을 하러 갈 테니까, 재미있는 경험담이나 기대해! 나는 저녁밥을 기대할 테니까!"

"평소랑 똑같잖아. 참나……. 루카토, 뮤우를 부탁할게."

"예. 항상 이러니까요……."

미소 짓는 루카토에게 안심하고 맡겼다. 나는 아주 신이 난 뮤우와 루카토를 전송하고 다시금 뭘 할지 생각했다.

"그럼, 뭐부터 시작할까."

팔짱을 끼고 고민하는 내게 NPC 쿄코가 조언을 해주었다.

"마기 씨의 가게에 배달도 하면서 얼굴을 내밀면 어떻겠습니까?"

"그래. 처음에는 그렇게 할까. 그럼, 다녀올게."

나는 아이템을 가지고 가게를 나섰다. 업데이트 직후의

대로에는 사람이 많았으니까 뛰어가는 건 포기하고 마을을 관찰하면서 다녔다.

다들 파티를 짜거나 장비를 갖추고 있고, 노점을 연 플레이어도 소리 높여 호객을 하고 있었다. 그런 분위기를 즐기면서 마기 씨네 가게 [오픈 세서미]에 도착했다.

"마기 씨 있나요?"

"어머, 윤 군. 오래간만. NPC한테 배달을 맡긴 뒤로 잘 안 오니까 걱정했어."

걱정이라고 말하면서도 싱글싱글 웃으면서 맞아주는 마기 씨. 말하자면 나와의 대화를 즐긴다는 느낌이었다.

"뭐, 오래간만에 마기 씨랑 이야기 좀 해보라는 제안을 받았거든요."

"NPC는 자립성이 강하니까. 저번에는 자칫 실수했다가 야단맞았어."

"고생하셨습니다."

마기 씨는 가게에 진열된 무기를 정리하는 NPC 점원에게 시선을 던졌다.

우리는 그렇게 계속 대화를 나누면서 아이템을 거래하였다.

마기 씨네 가게는 금속 무기, 방어구를 메인으로 다루는 가게로, 본인은 [대장] 계열 생산 센스를 땄다. 나는 [조합] 계열 생산 센스로 포션이나 약 같은 걸 만들어서 마기 씨를 통해 위탁 판매하고 있다. 납품하는 블루 포션은 저렴한 제작비로 그럭저럭 괜찮은 효과를 내는데, 마기 씨의 가게는 손님이 많으니까 날개 돋친 듯이 팔렸다.

"왜 마기 씨네 가게에선 잘 팔리는 걸까요……. 똑같은 아이템인데."

"난 아직 윤 군네 가게를 못 봤는데, 어떤 느낌?"

"아, 스크린샷 있는데 볼래요?"

나는 마기 씨에게 보이도록 내 가게와 밭의 스크린샷을 불러냈다.

아담한 느낌의 나무 점포는 내 사랑스러운 가게. 그리고 푸릇푸릇한 잎을 피운 약초. 최근에는 열매를 네 개씩 맺게 된 활력수.

"대단해, 배경 같네."

"……그런가요."

일반인의 시점에서 보면 그렇겠지. 혼자 우울해하는 나를 보고 마기 씨가 허둥거렸다

"아, 아니, 괜찮아! 으음, 정취가 있다고 말해야 할까."

"괜찮아요. 가게는 누추하고, 아이템 구입 개수에도 제한이 있거나, 운영을 점원에게 다 맡겨놓고, 선전도 없고. 오는 건 여동생의 파티 멤버뿐이에요. 수입도 위탁 판매 쪽이 더 많으니까요."

조만간 설비나 가게 외관을 멋지게 바꾸도록 추가 투자할 생각이다. 그러니까 지금은 전혀 슬프지 않아. 지금 잠깐 시야가 흐려졌을 뿐이야.

"윤 군, 제안이 하나 있는데. 인챈트 스톤도 여기서 팔지 않을래?"

"인챈트 스톤 말인가요?"

젖은 눈을 비비면서 마기 씨를 보고 껌뻑였다.

인챈트 스톤은 [아트리엘]의 주력 상품 중 하나다.

내가 가진 [부가술] 센스의 스킬인 〈스킬 인챈트〉로 만드는 아이템이다.

[부가] 센스가 30레벨에 도달하면 발생하는 상위 센스로 습득할 수 있는 〈스킬 인챈트〉는 아이템에 플레이어가 가진 스킬이나 아츠를 발동 키가 되는 키워드와 함께 인챈트할 수 있는 스킬로, 엄밀하게는 생산 스킬이 아니다.

나는 싸구려 소재인 질 좋은 돌에 〈인챈트〉 스킬을 넣은 것을 편의상 인챈트 스톤이라고 부른다. 또 플레이어 본인의 센스 구성에 따르긴 하지만, 마법 스킬도 아이템에 넣을 수 있다. 이쪽은 보석에 인챈트하기 때문에 매직 잼이라고 부른다. 생산에 다소 수고가 들기에 나 개인의 공격수단으로 삼고 있다.

인챈트하는 아이템은 일정 수준에 도달하기만 했다면 무기든 소재든 상관없지만, 이런 아이템들은 사용하면 소멸한다. 그렇기 때문에 기본적으로 1회용 소모품이다.

잠시 동안 그런 생각에 잠겨 있었다.

"응. 사용법도 설명하고 가게 선전도 해줄게. 우리는 금속 제품 메인이니까, 올리는 스테이터스는 어택과 디펜스만이면 되니까."

으음, 매력적인 이야기다. 그런 아이템의 존재가 알려지면 다른 마법 공격이나 마법 방어 아이템을 찾아서 [아트리엘]에 와주겠지. 그리고 그걸 살 수 있는 건 현재 우리 가게뿐이니까 단골도 늘어난다. 게다가 후위라면 MP 포션을 사주겠지.

"……하지만."

"뭐 걱정되는 거라도 있어?"

"아뇨, 만드는 건 좋지만, 그건 생산이라기보다는 마법을거는 이미지가 강하거든요."

"그게 왜?"

"약초가 100개 있을 때 스킬을 쓰면 100개를 단번에 포션으로 바꿀 수 있지만, 인챈트 스톤은 돌 하나를 대상으로 선택해서 마법을 걸어야 해요. 그러니까 귀찮고 많이 만들려면 시간이 걸리죠. 뭐, 하나에 1분 정도지만요."

그것도 연마와 염색의 공정을 포함한 것이다. 이런 수고는 종류별로 효과를 판별하기 쉽도록 하기 위한 것이니까빼놓을 수 없다.

"게다가 소재인 돌도 모으지 않으면……."

"그럼 많이는 못 만들겠네. 그럼 이 사람이다! 싶은 사람에게 내가 선전해볼게."

"그럼, 내일부터 납품하는 거면 될까요? 또 사용 후의 감상도 들을 수 있으면 좋겠어요."

"오케이. 손님도 온 모양이니까 오늘은 이만."

"예, 내일 봐요."

그렇게 말하고 나는 새로 들어온 손님과 자리를 바꾸듯이 가게를 나갔다.

●

남은 SP를 소비해서 [요리] 센스를 입수한 나는 요리에 필요한 초심자용 생산 키트를 구입하고 이 마을의 포탈을 통해 제2마을로 전이했다.

소지 SP 16

[매의 눈 Lv31] [속도 상승 Lv16] [발견 Lv12] [마법재능 Lv34]

[마력 Lv32] [부가술 Lv9] [조약 Lv4] [세공 Lv24]

[생산의 소양 Lv21] [요리 Lv1]

예비

[조교 Lv1] [합성 Lv22] [지 속성 재능 Lv3] [활 Lv22]

[연금 Lv24]

제1마을에서 순식간에 목가적인 풍경으로 바뀌었다.

나는 그대로 제2마을의 포탈 근처의 NPC 점원에게 말을 붙였다.

"안녕, 마사."

"어머나, 윤. 안녕."

바구니를 든 풍채 좋은 중년 여성에게 인사하였다. 이 사람은 빵집의 마사 아주머니, 퀘스트용 NPC다. 마사에게는 아이템의 배달 퀘스트를 받을 수 있지만 다른 퀘스트도 받을 수 있다.

"오늘도 용돈벌이 배달이니?"

마사의 배달 퀘스트는 동네 주민에게 전달하는 퀘스트로, 제1마을에서도 비슷한 퀘스트가 있어서 마을 안에서 아이템을 전해주면 돈을 받는 간단한 것이다. 내용은 간단하고 금액도 싸지만 아주 안전하다. 또 퀘스트와 관련된 NPC에게서 랜덤으로 여러 물건을 받을 수 있다.

"아니, 오늘은 제빵 수업을 받으러 왔어요."

"어머나, 그래?! 기쁘네! 젊은 처자가 와주다니! 수강료는 한 번에 5천G야."

"자, 여기 수강료."

이 순간 퀘스트 [마사의 빵 교실]을 수주했다.

이건 여러 요리 센스를 돕는 튜토리얼 퀘스트 같은 것 중 하나다.

튜토리얼 퀘스트는 플레이어가 알아둬서 손해 볼 것 없는 지식이나 기술을 돈과 맞바꾸어 NPC에게 배울 수 있는 퀘스트다. 생선가게나 푸줏간에서도 비슷한 퀘스트가 있기 때문에 꼭 여기가 아니더라도 가능하다.

"그러면 초심자라도 간단히 구울 수 있는 빵 만들기를 가르쳐줄게. 아, 너무 긴장하진 말고. 도구나 재료도 여기에 있는 걸 마음대로 써도 좋으니까."

착착 준비를 하는 NPC에게 압도당하면서도 내게 내미는 갈색 에이프런을 걸쳤다.

"그럼 설명할게. [요리]의 기초 스킬은 세 종류. 〈조리〉, 〈가공〉, 〈촉진〉을 상황에 맞춰 쓸 필요가 있어. 스킬 〈촉진〉은 만들어둔 반죽을 재우는 시간을 단축할 수 있어. 그리고 다 된 빵 반죽을 뜯어서 원하는 모양을 만들지. 다음부터는 등록된 모양에서 〈가공〉으로 대충 형태를 만들 수 있어. 시간이 없거나 할 때는 〈조리〉 스킬을 사용하면 재료에서 금방 요리를 만들 수 있어. 다만 이 스킬은 모든 공정을 순식간에 끝내는 대신 평가도 낮아져. 수고를 들이는 편이 요리도 맛있어지지. 그럼 원하는 대로 빵을 만들어봐."

"시작부터 그런 건가. 뭐, 도구는 있으니까 마음대로 해볼까."

빵을 만든다고 해도 이미 갓 구운 빵도 재료에 있다. 나는 그걸 활용했다.

마사의 빵, 베이컨이나 양상추, 치즈 등을 적당히 잘라서 끼워 넣기만 하면 완성되는, 쉽고 실패할 일 없는 레시피다.

윤의 샌드위치 [소모품]

만복도 +25% 평가 5
윤이 마음을 담아 만든 샌드위치

이런 것이 나왔다. '[제작자명]의 [요리명]'이 이 아이템의 이름이 된다. 그리고 설명도 '[제작자]가 마음을 담아 만든 [요리명]'이 된다. 그리고 아이템의 평가. 이건 얼마나 맛있는가를 수치화한 것이다.

평가는 1부터 10까지 10단계. NPC의 식품 아이템의 평가가 대부분은 2나 3인 것에 비해서 5라면 제법 높다고 할 수 있겠지.

"오오. 다 됐네. 그럼 마지막으로 먹어봐."

스테이터스의 만복도에는 아직 여유가 있지만 모처럼 내가 만든 것이니 먹어보고 싶다.

"자, 네가 만든 빵이야. 그리고 이건 우리 가게의 레시피."

퀘스트 보수로 바구니에 가득 담긴 빵들과 조악한 갈색 종이에 적힌 레시피를 마사에게 받았다. 레시피 몇 장을 슬쩍 읽어보았지만, 주로 그림과 재료의 분량이 적혀있을 뿐인 간단한 레시피였다. 요리 지식이 없어도 대충 어떻게 만드는지 알 수 있는 것이다.

"그럼, 이걸로 제빵 교실은 끝이야. 내친 김에 휴스텔 할아버지한테 빵 배달하는 일도 있어. 어쩔래?"

"그럼, 배달 퀘스트도 할까요."

마사에게 배달 퀘스트와 배달품인 샌드위치가 담긴 종이

봉투를 받았다.

"항상 가던 강에서 낚시하고 있을 테니까. 숲 속을 지날 때는 주의하렴. 윤은 모험가지만 위험한 곳이니까."

아줌마 특유의 한숨을 내뱉으면서 나를 전송하는 마사. 어느 NPC고 인간미가 넘쳐서 쓴웃음이 나온다.

나는 종이봉투를 인벤토리에 넣고 마을 밖으로 나가서 울창한 숲을 달려갔다.

숲의 끝, 빛이 비쳐드는 장소. 숲을 빠져나간 순간 피부로 느껴지는 시원한 강의 습기. 마을 안을 지나는 강보다도 폭이 넓고 흐름이 급한 그것은 계류(渓流)라고 할 만한 것이었다.

여기는 몹이 출현하는 장소 한가운데에 존재하는 몹 불가침 영역. 플레이어의 휴식 지점 —— 세이프티 에어리어다.

그 계류 옆에 있는 카다란 바위에 걸터앉아 낚시를 하는 노인을 발견했다.

"안녕하세요, 휴스텔 씨인가요?"

"그렇긴 한데, 무슨 일이지?"

"샌드위치 배달입니다."

내가 그렇게 말하자, 휴스텔 할아버지는 기쁜 듯이 돌아보았다.

"끼니를 깜빡 잊었군. 고맙네, 아가씨."

이 할아버지의 대응은 아주 신사적이라 호감이 들었다. 하지만 아쉽네요, 할아버지. 나는 남자거든요.

나한테 종이봉투를 받아들고 얼른 안을 뒤지는 휴스텔 할아버지. 재주도 좋게 다리 사이에 낚싯대를 끼우고 샌드위치를 꺼냈다.

　배달 완료가 확인된 순간 마사의 배달 퀘스트가 완료되고, 휴스텔 할아버지가 샌드위치를 입에 물었다. 행복한 듯이 맛있다고 말하는 노인의 모습이 흐뭇하였다.

　휴스텔 할아버지는 다리 사이에 끼운 낚싯대의 반응을 놓치지 않고 익숙한 솜씨로 물고기를 낚아 올리더니 옆에 놔둔 광주리에 던져 넣었다. 그 모습을 계속 지켜보는 내게 씨익 미소를 보였다.

　"이 [낚시]는 그저 노인의 도락이지. 어디, 낚이는 시간대도 슬슬 끝났으니 돌아갈까."

　할아버지가 무거운 엉덩이를 들고 오른다리를 끌면서 강에서 멀어졌다. 나도 자리에서 일어나서 할아버지와 함께 돌아가려고 발을 떼었다.

　"할아버지, 저 강에 뭐가 있어요?"

　"아무것도 없어. 돌하고 바위. 그리고 생선밖에 없는 조용한 장소야."

　"……돌! 그래, 그게 있었지!"

　"어이쿠?! 왜 갑자기 소리를 지르고 그래!"

　"고마워요, 할아버지. 강으로 돌아가 볼게요."

　나는 다급히 지금 온 길을 되돌아가서 강으로 향했다. 주저 없이 강에 뛰어든 나는 의외로 물이 얕으면서도 흐름이 강해서 놀라면서도 허리를 굽히고 물속으로 손을 넣었다.

"우와?! 차가워!"

물이 닿는 곳이 뼛속까지 시릴 정도로 차가운 가운데 바닥의 돌을 주웠다. 딱 좋은 크기의 돌. 인챈트 스톤의 소재로 쓸 만하다. 그걸 인벤토리에 넣고 또 하나하나 주웠다. 눈에 들어오는 돌을 계속 줍다보니 어느 틈에 강 한가운데까지 들어가서 허리까지 물이 찼는데, 그것도 모른 채 계속 돌을 주웠다. 그러다가 그만——.

"우왓?!"

물속에서 다리가 미끄러졌다. 강 한가운데의 가장 깊은 곳에 들어간 것도 있어서 강물에 휩쓸렸다. 옷에 물이 스며들어서 무겁고, 갑작스러운 일이라 패닉에 빠져서 허우적거렸지만, 물이 손가락 사이를 빠져나갈 뿐이었다. 간신히 손에 잡힌 것은 주먹 크기의 돌. 그리고 점차 의식이 멀어지고 바닥 밑을 나뒹구는 게 느껴졌다.

물길에 휩쓸리고 바위에 몸을 부딪쳤다. 목에 차가운 물이 흘러들었다.

급류의 기세는 곳곳마다 달라서, 뱅뱅 돌면서 쓸려가고 떠내려갔다.

바위에 부딪칠 때마다 폐 속의 공기가 새어나가고 시야 구석이 어둠에 침식되었다.

다만, 마지막까지 돌을 놓지 않은 채 의식을 놓았고—— 퍼뜩 눈을 뜬 곳은 제1마을의 중앙광장이었다. 나와 마찬가지로 죽어서 돌아온 사람들이 있는 가운데, 나만이 젖은 머리로 덩그러니 서 있었다.

그 자리에서 호기심 어린 시선을 한 몸으로 받으면서 내 몸을 확인했다. 온몸이 흠뻑 젖었고 옷이 피부에 달라붙어서 무거웠다.

옷 자체의 색깔이 어두운 만큼 완전히 비치지 않았지만, 몸매가 들어나서 주위 사람들이 그걸 주목하고 있었다.

"아…… 우우……."

우와아아아아아?! 이건 창피해! 죽어서 돌아온 건 좋지만 아무래도 이건 아냐!

속으로 비명을 지르면서 나는 전력으로 달렸다. 물에 젖어서 무거운 몸과 익사했다는 정신적 피폐도 무시하고 [아트리엘]로 도망쳤다.

노란빛을 뿌리면서 맹렬히 달리는 내 모습은 오히려 강한 인상을 주었을지도 모른다. 나는 [아트리엘]로 도망쳐 와서 곧바로 로그아웃하고 거실의 소파에 드러누웠다.

게임에서 익사하는 게 의외로 정신을 갉아먹는다는 사실을 로그아웃한 뒤에 깨달았다. 머리에 낀 헤드기어를 벗는 손이 미세하게 떨리고 다리가 후들거렸다.

수분을 좀 보급할까 싶어서 냉장고에 넣어둔 보리차를 가지러가는 모습은 갓 태어난 새끼사슴처럼 불안했다.

"하아. 오늘은 아무래도 힘들겠다."

이제 뭘 할 기분이 안 든다. 미안, 미우. 오늘 저녁은 레토르트나 인스턴트면 될까? 오빠는 지쳤다. 그렇게 마음속으로 사죄했다.

내가 그대로 소파에서 자고 있을 때 휴대전화가 울렸다.

기본 착신음이 계속 울려서 네 번 정도 반복되었을 때 받기로 결심하였다.

"……여보세요."

[여어, 슌. ……왜 그래?]

"……오늘 아침에 학교에서 만났잖아."

[왠지 패기가 없잖아. 무슨 일 있었어?]

내 목소리에 민감하게 반응했는지, 그렇게 묻는 타쿠미. 정말이지 은근슬쩍 남의 기분의 변화를 알아차리다니 대단하다.

"여태까지 중에서 제일 더러운 식으로 죽었어."

[어, 실수로 보스랑 붙었다든가?]

"아니, 강에서 아이템을 채취하다가 다리가 미끄러져서 익사."

아니, 진짜로 죽는 줄 알았다니까. 괴롭다든가 그런 레벨이 아냐. 버틸 수 없는 절대적인 폭력이야. 지금 그로기 상태라고.

[너 대체 뭘 한 거야?]

"하하하, 마음대로 말해라. 물에 빠지면 말이지, 폐에 물이 들어오지, 떠내려가면서 바위에 부딪치지, 차츰차츰 괴로워하면서 죽는다고. 너도 한 번 해봐."

[우와아…….]

상상했는지 신음소리를 흘리는 타쿠미. 거기는 돌을 많이 주울 수 있지만 위험하다. 로프나 그런 걸 몸에 묶는 식으로 대책을 강구하지 않으면 오늘 같은 꼴을 또 보겠지.

[익사할 만한 강이 있던가?]

"제2마을 부근의 숲 안에 있는 세이프티 에어리어야. 경치는 괜찮았어."

그러고 보면 풍경을 스크린샷으로 남기는 걸 잊어버렸군. 한동안은 트라우마를 자극하고 싶지 않으니까 가기 싫지만.

[헤에~, 그런 곳이 있나.]

"적도 없었고 조용한 곳이야. 그런데 전화는 왜 했어?

[아, 그렇지.]

이제야 떠오른 듯한 목소리. 대체 무슨 일이지?

[슌은 이벤트 준비를 어쩌고 있나 해서.]

"어쩌긴. 아니, 보통 이벤트 준비를 어떻게 하는데? 난 업데이트 대응에 정신이 없는데…….."

[업데이트 대응이라면 만복도? 그 대응이라면 설마…….]

"응? [요리] 센스를 땄어."

[설마 그 대화가 플래그였나…….]

무슨 말인지 이해되지 않는 말을 저편에서 중얼거리는 타쿠미.

"그래서 보통은 이벤트 준비를 어떻게 하는데?"

[아, 그래, 그거야 레벨업이라든가 소모품 보충이나 장비 강화지. 슌은 어떻게 할래?]

"별로 할 것 없네. 조금씩 포션이라도 만들어서 대비할 테니까."

[이런 잔인한 놈. 오늘 이야기를 나누며 파티 밸런스를 구상한 끝에 네가 제일이라고 다수결로 결정했다고. 딱히 이벤트 전이 아니더라도 되는데.]

기대해주는 건 기쁘지만, 귀찮다. 하지만 친구의 부탁을 싹 무시해버리기도 그렇군.

"참나, 어쩔 수 없군. 다음에 광석을 캘 수 있는 곳에 데려가줘. 임시라면 함께해줄 테니까."

[땡큐~.]

"가끔이다? 내 기분 내킬 때다? 그리고 가게에 얼굴 좀 내밀어. 일단 그럭저럭 물건을 갖춰놨으니까."

[츤데레, 감사합니다.]

그런 말이 돌아왔다. 아니, 츤데레 아니라니까.

뭐, 이번 이야기도 내가 생산직이 아니었으면 받아들였을지 모를 만큼 매력적이다. 하지만 나는 지금 하고 싶은 일이 잔뜩 있다.

"돌을 안전하게 확보하는 방법의 확립이 우선이야."

자택 천장을 향해 기지개를 켰다.

"좋아, 기운 났다! 저녁이나 만들어볼까."

소리 내어 스스로를 고무했다. 왠지 타쿠미랑 이야기하는 동안에 기분이 다소 나아졌다. 거기에 대해선 타쿠미에게 감사해야겠다고 생각했다.

●

하룻밤이 지나고 정신적으로 안정을 되찾은 나는 오후부터 [OSO]에 로그인하였다.

거기서 날 기다리던 것은 새롭게 만들어진 공방과 거기에 설치된 새로운 조합설비. 나는 그것들을 만족스럽게 바라보았다.

"큰일이야, 큰일 났어, 쿄코. 웃음이 멈추질 않아."

"그렇군요. 이걸로 일단 최소한도로 그럴싸해지긴 했습니다."

방구석에는 여태까지 사용했던 휴대용 화로가 놓여있고, 채광용 창문이나 조명용 랜턴이 걸린 들보가 연결된 심플한 나무 받침대가 있었다.

"아, 여기에 사람들을 불러다가 차라도 마시고 싶어. 아니, 자랑하고 싶어."

너무나도 기뻐서 여기저기 만졌다. 돌벽의 감촉, 조합 설비의 큼직한 사발, 나무 창문, 그리고 소재 보존용 아이템 박스.

기뻐하는 어린애를 바라보듯이 쿄코는 계속 미소를 지었지만, 지나치다간 쓴웃음으로 바뀔지도 모른다. 나는 정신을 다잡고 요란스럽게 헛기침을 하며 화제를 바꾸었다.

"다음에 가게에서 샌드위치도 상품으로 다룰 거니까 재료 매입 좀 부탁해."

"알겠습니다. 하지만 이거고 저거고 다 다루다간 가게 운영이 힘들겠습니다만……."

한숨을 내쉬는 쿄코. 아니, 고생 끼쳐서 죄송합니다.

"괜찮아. 이번에는 팔릴 만한 상품을 늘려갈 테니까! 분명 팔릴 거야…… 아마도."

"……아마도입니까. 뭐, 지금으로선 상품 재고가 많으니 금방 재고가 바닥날 일은 없겠지요. 밭의 수확물은 모두 연구에 사용합니까?"

은근슬쩍 '손님이 안 오니까 재고가 남아있습니다' 라는 뉘앙스를 담은 것 같지만, 무시하기로 했다.

"그래. 여태까지 안 썼던 몬스터 고기나 다른 소재를 살릴 수 있으면 좋겠는데."

"힘내주세요. 그럼 다시 가게를 돌보러 가겠습니다."

그렇게 말하고 점포 쪽으로 나가는 쿄코를 지켜보며 나는 조합을 시작했다.

한층 커진 사발에 약초를 대량으로 넣고 슥슥슥 갈았다. 예전에는 야외에서 혼자 꾸역꾸역 작업했던 것을 떠올리니 진보가 느껴졌다. 하지만 이번에는! 하지만 이번에는! 초심자 포션을 만드는 과정으로 으깬 약초즙을 새로운 설비인 성분농축기에 넣었다.

합성으로도 똑같은 양의 소재를 사용하여 포션을 만들 수 있지만, 효과는 과연 어떻게 될까?

성분추출이 완료될 때까지는 어린애처럼 그 변화를 지켜보며 기다렸다.

하지만 큰 냄비에 졸이는 것보다도 시간이 걸리기 때문에 도중에 질려서 다른 작업을 시작했다.

작업장 확장과 설비 추가로 포션이나 환약 제작을 병행하여 할 수 있게 되었다.

지금은 포션의 상위 회복약인 하이포션과 고형 회복약인 환약을 평범하게 조합하는 일에 집중하였다.

"하아, 역시 요리랑 마찬가지로 커다란 공간과 충실한 도구가 있으면 단번에 많이 만들 수 있어서 편하구나, 편해. ……아, 이런! 포션?!"

성분농축기를 생각 외로 오래 돌렸던 모양이다. 보통 포션 열 개를 만들 소재를 가지고 농축된 포션 두 개가 나왔다.

농축 포션 [소모품]

HP+300

그것은 일반 포션과 완전히 별도의 아이템으로 [레시피]에 등록되었다. 농축되었음에도 불구하고 그 회복 효과는 일반 포션과 비슷한 정도였다. 농축액은 물로 환원시키면 되겠거니 생각하면서, 완성된 농축액을 증류수로 다섯 배로 희석시키자 다섯 개의 일반 포션이 나왔다.

이어서 열 배로까지 희석시키자 초심자 포션으로 변했다.

"뭐지, 실수로 만들긴 했지만 이 농축 포션은 어디에 쓰는 거야?"

모르겠다. 회복량은 높지 않고 재료도 더 많이 쓰는 것치고 별 의미가 없지 않나? 다만 성분농축기는 과도하게 가동시킬 수 있다는 게 확인되었으니까, 그 다음에도 여러 소재를 농축기로 돌렸다.

해독초, 마비 치료초, 약령초, 마령초, 각종 고기나 드랍 아이템.

약초 계통은 일단 말린 것을 농축기에 넣으면 통상 것보다 약간이나마 회복량이 늘어나는 모양이다. 해독 포션, 마비 치료 포션의 효과도 상승하여 [해독2], [마비 치료2]로 상태 회복 효과가 올랐다. 하이포션, MP 포션은 효과가 1할 늘어나는 정도였다. 앞으로는 농축기로 생산하게 되겠군.

하이포션과 MP 포션도 농축시킬 수 있었지만, 포션 등과 비교해서 생산에 시간이 들었다.

또 농축기를 이용한 아이템을 [레시피]와 MP소비로 재현한 경우, MP소비가 아주 커지기 때문에 스킬로서 연속 사용할 수도 없다.

생산 스킬의 사용은 어디까지나 귀찮은 작업을 MP로 대용하여 극한까지 압축하는 행위다. 필요한 작업은 스킬로 압축하고 나머지를 수작업으로 하는 등 여러 방법이 있다.

"뭐, 수작업을 하면서 MP를 회복시키면 되겠지. 그러고 보면 약은 독도 된다는 말이 있는데 독약을 만들 수 없으려나."

박쥐가 드랍한 독피에서 성분을 추출하자 [독약 — 미미] 가 손에 들어왔다. [독]과는 다른 아이템으로, 이름 그대로 상태 이상을 유발하는 아이템이다.

이 독약을 또 몇 차례 성분 추출하자 [독약 — 약(弱)]이라는 아이템으로 변했다. 이쪽은 [독2]의 상태 이상을 발생시킨다. 법칙을 생각하자면 여기서 또 다섯 배 농축하면 상위 독약으로 변하겠지만, 아이템의 한계인지 그 이상 농축은 할 수 없었다. 하지만——.

"하하하…… 꼭 한 가지 방법만이 아니라는 걸 나는 알고 있지."

소지품 중에서 남아돌던 독피를 죄다 소비하여 간신히 생산한 [독약 — 약(弱)]을 오랫동안 안 썼던 [연금] 센스의 〈물질 변환〉 스킬을 사용하여서 조약의 한계를 다른 루트로 회피하는 데에 성공했다.

딱 한 번뿐인 성공 사례지만, 그건 내게 커다란 진보였다. 다만 그걸 위해서 [독약 — 약(弱)]을 10개 갖출 필요가 있지만 지금은 소재가 없다.

"완성된 아이템의 효과가 [독3]의 배드 스테이터스인가."

10초에 1%의 도트(DoT : Damage over Time). 그게 90초 계속되어 최대 9%의 대미지를 입히는 아이템.

나는 그 외에 독과 관계있는 아이템에서 독약을 만들 수 없나 연구를 시작했다.

독물을 시작으로 몬스터의 고기나 드랍 아이템을 바수고 물과 섞고 농축기에 돌렸다.

하지만 생산된 것은 제일 약한 [독약 — 미미]였고, 농축해도 [독약 — 약(弱)]까지밖에 되지 않았다. 만든 독약의 효과를 [연금]으로 더욱 끌어올리려면 더욱 많은 [독약 — 약(弱)]이 필요하기에 단념했다.

"하아~, 쓰는 소재에 비해서 나오는 아이템이 적어. 이벤트에 대비해서 매직 젬을 주체로 갖추는 편이 나을까."

기존 포션 등의 소모품을 내 몫, 가게 몫으로 준비하고, 보석 채취가 필요하겠다고 실감하였다.

그러기 위해서 강에서 익사한 트라우마를 극복해야만 한다.

●

이벤트 공지로부터 1주일이 지나고 업데이트로 만복도가 도입되면서 다소 혼란이 일었지만, 금방 대응할 수 있었던 것은 NPC점포도 요리 아이템을 갖춘 덕분이겠지. 나도 공식 이벤트를 앞두고, 그리고 트라우마 극복을 위해 강에서 수영을 하였다.

소지 SP 15

[활 Lv22] [매의 눈 Lv31] [속도 상승 Lv16] [발견 Lv12]

[마법 재능 Lv34] [마력 Lv32] [부가술 Lv9] [조약 Lv4]

[요리 Lv5] [수영 Lv5]

예비

[조교 Lv1] [합성 Lv22] [지 속성 재능 Lv5] [연금 Lv24]

[세공 Lv 24] [생산의 소양 Lv21]

'보석 원석을 마음껏 캘 수 있잖아!'

물살이 센 강바닥의 바위를 붙잡으면서 돌이나 보석 원석을 인벤토리에 던져 넣었다.

물속에서 안정하게 활동하기 위해 [수영] 센스를 취득하고 소재 채집에 힘썼다.

"푸하! 힘들다~."

나는 물 밖으로 나와서 근처 바위에 앉아 인벤토리에서 꺼낸 타월로 옷을 닦았다. [수영] 센스의 특성은 옷을 입고 수영할 수 있다는 점이다. 그리고 옷이 빨리 마르게 해준다는 점. 딱히 큰 쓸모가 없는 센스였다.

수영하는 동안에 수중 행동의 좋은 점과 나쁜 점을 발견했다. 좋은 점은 물속에서는 [매의 눈]의 효과가 적용되어 시야가 넓어지고 [발견] 센스와 함께 사용하면 물속의 아이템이나 숨어있는 물고기 등을 찾을 수 있다는 것. 이 덕분에 물속에서 수월하게 활동할 수 있었다.

반대로 나쁜 점은 물속에서는 당연히 말을 할 수 없기 때문에 스킬을 사용할 수 없다, 즉, 전투에 치명적인 결점이 있었다. 다만 애초부터 스킬이나 아츠를 사용하는 편이 아니라서 지금으로서는 별로 결점으로 느껴지지 않았다.

"[수영]과 [요리] 센스의 레벨은 양쪽 다 5인가. 성장률은 보통이군."

쉬면서 센스 스테이터스를 확인했다. 지금 말한 두 센스는 성장했지만, 대신 다른 것은 별로 성장하지 않아서 수중 활동으로 [매의 눈]과 [발견]이 오른 것 이외에는 거의 그대로였다. [지 속성 재능]의 레벨이 5가 되면서 방어용 마법인 [클레이 실드]를 얻어 보석에 인챈트할 수 있었던 덕분에 방어용 매직 젬도 준비하였다.

주위에서는 '첫 공식 이벤트?! 제1마을에서 개최되니까 마을 방어 이벤트일지도 몰라!' 라든가 'PVP 이벤트일지도 몰라' 같은 억측이 오가면서 전투 센스를 서둘러 올리는 사람이 있는 가운데 나는 마음을 깨끗하게 정리했다. 전투만 서둘러 올려봤자 주위 사람들도 마찬가지로 올리니까 어차피 무의미하다고 일찌감치 체념하고 생산 센스 레벨을 올렸다.

그렇기는 해도——.

"——아이템 칸이 모자라."

이벤트가 지척으로 다가온 가운데 아이템은 제법 갖추었

다. 인챈트 스톤이나 포션, 매직 젬 등의 아이템을 준비했는데, 제일 중요한 구성을 정하지 못했다.

공식 이벤트에 참가할 때의 아이템 제한은 100개. 내가 가져갈 것은——.

연금, 합성, 조합, 연마, 요리의 생산 키트와 세공을 위한 휴대용 화로까지 해서 생산 아이템 6개.

활이 하나. 철화살이 6세트. 그리고 방어구가 세 개. 이렇게 무기 아이템이 열 개.

이렇게 확정된 아이템을 제외하고 나머지 84개의 내역이 정해지지 않았다.

요리는 어떻게 할까. 소모품인 회복 아이템은? 매직 젬은? 공격과 방어 매직 젬을 얼마나 가져갈까? 애초에 이벤트가 어떤 것인지 모르는 이상 부족해지는 사태만큼은 막아야 한다. 그렇게 생각하니 1인당 100개는 너무 적다.

무난하게 균등하게 준비할까 싶은 마음에 한숨을 내쉬려던 때, 마기 씨에게서 친구 통신이 들어왔다.

"예, 무슨 일인가요?"

[아, 윤 군? 공식 이벤트 참가해?]

"예. 그렇기는 해도 혼자서 참가할 예정이에요. 아는 사람들 대부분은 파티가 고정되어서 들어가기 어렵거든요."

[그래, 그렇구나! 윤 군, 혼자인가 봐!]

마기 씨의 옆에 누가 있나? 곧 마기 씨는 대답을 해주었다.

[윤 군, 우리랑 같이 파티 짜서 참가 안 할래?]

"우리라뇨?"

[클로드랑 리리도 참가. 어떤 공식 이벤트인지 보고 싶잖아!]

"내가 가도 되나요? 더 괜찮은 사람 없나요?"

[아, 틀렸어, 틀렸어. 다들 전투 바보 같은 이벤트광이라서 우리처럼 느긋하지 않으니까. 우리는 관광하러 가는 거야. 우리는 결국 솔로 기질이라서 집단행동은 별로거든.]

"아, 그러네요. 나도 열의를 갖고 참가할 생각은 아니니까요. 그럼 부탁할게요."

[좋았어, 결정! 갑작스러워서 미안하지만 회의 같은 걸 하고 싶으니까 내 가게로 와줄래?]

"예, 알았어요. 금방 갈게요."

그렇게 말하고 마기 씨와의 통신을 끊었다. 그 뒤에 제2 마을의 포탈을 경유하여 마기 씨의 가게 [오픈 세서미]로 향했다.

가게 안에는 이미 생산직 동료인 리리와 클로드도 기다리고 있어서, 내가 가게에 들어갔을 때 가볍게 손을 들며 맞아주었다.

"갑자기 불러서 미안해. 하지만 필요한 아이템을 엄선해야만 하니까……."

"알고 있어요. 그래서 셋은 어떤 식으로 가져갈 건가요?"

각자의 이야기를 들어보면 마기 씨는 대장과 세공용 생산 키트, 채굴용 곡괭이를 포함한 장비 일체, 최소한의 식량과 포션 등의 소모품. 나머지는 생산에 필요한 금속 주괴와 중량급 무기.

리리와 클로드도 생산직으로서 기본적인 소지품은 마찬가지고, 목공사인 리리는 가공된 목재. 클로드는 재봉사로서 필요한 천과 가죽을 가져간다고 했다.

그리고 나는——.

"그러면 역시 [조약]과 [요리] 주체면 될까요?"

"윤 군, [요리] 센스를 땄구나. 그럼 나는 식량을 줄이는 게 나을까?"

"그렇겠네요. 식재료 아이템을 가져가면 요리해서 숫자를 늘릴 수 있겠고……. 그러면——. 하지만 왜 마기 씨는 그렇게 중량급 무기를 골랐나요?"

리리와 클로드는 생산 소재를 가져가지만, 마기 씨는 전투도끼나 대검, 전신갑옷 등의 묵직한 금속무기, 방어구를 포함하고 있었다.

"몇 개는 보조무기야. 하지만 나머지는 윤 군과 마찬가지. 장비를 분해하면 주괴를 여럿 만들 수 있으니까. 뭐, 좀 줄어들기는 하겠지만."

마기 씨가 쓴웃음과 함께 한 말을 들으니, 분명히 아이템의 숫자를 가급적 줄이면서 활동할 수 있겠구나 싶었다. 하지만 그만큼 즉효성이 없으니까 주괴도 많이 가져갈 필요가 있다. 그 밸런스가 어렵다.

"내가 다루는 건 소모품이니까 숫자가 필요하고……. 어떤 비율로 가져갈지가 어려워요."

"맞아. 하이포션이나 MP 포션은 소재든 완성품이든 숫자가 변하지 않으니까."

"아니, 그 점은 괜찮아요."

지금 이야기를 듣다 보니까 어떻게 개수를 압축할 수 있을지가 떠올랐다. [질 좋은] 소재로 들고 갔다가 이벤트 개시 후에 [연금] 센스의 하위 변환으로 숫자를 늘리는 식으로 하면 가져갈 아이템을 압축할 수 있다. 또 지난번에 도입한 조약 설비의 성분농축기로 만든 농축 포션들. 그것도 하나의 아이템이고 증류수로 다섯 배로 희석할 수 있다. 질 좋은 소재나 농축 하이포션과 MP 포션을 가져가고, 나머지는 즉석에서 쓸 수 있는 일반 하이포션, MP 포션이면 되겠지.

이벤트 자체의 내용을 알 수 없으니, 어쩌면 개시 직후에 혼전이 일어나서 생산이나 상황 정리를 할 틈도 없을지 모른다. 하지만 여러 플레이어가 참가하는 이벤트에서 갑자기 그런 힘든 요구를 할 리도 없겠지. 아니, 그러길 빌자.

그 뒤 서로 어떤 아이템을 가져갈 것인지 자세한 내용을 의논하고 의견을 조율하였다.

아이템 선별에 의외로 시간을 많이 빼앗겼기 때문에 각자자기 가게에 돌아온 뒤에서 이벤트 당일 준비에 애썼다.

그리고 당일, 점심식사를 마친 나는 마기 씨 일행과 파티를 짜고 이벤트 시작을 기다렸다.

"기대되네! 한곳에 사람이 모여서 축제 같아."

그렇게 말하며 미소를 짓는 리리와 달리 지친 듯이 한숨을 내쉬는 클로드.

"나는 인파 속이 별로다."

그럼, 왜 사람이 모이는 가게를 만들었는데?

"윤 군, 괜찮아? 긴장 안 했어?"

"긴장 같은 건 안 했어요. 어차피 게임이고 허둥거릴 정도도 아니고요."

"으음, 배짱이 두둑하네. 나는 조금 긴장했어."

"전혀 그렇게 안 보이는데요?"

"정말이야."

나와 마기 씨도 그 순간이 오기를 기다리고 있었다.

그리고 시간이 되어 집합장소 중 하나, 제1마을의 광장에 안내방송이 나오기 시작했다.

[이제부터 공식 이벤트를 시작하겠습니다. 참가하는 파티는 소정의 장소에 남아주세요. 참가하시지 않는 분은 곧바로 이 장소에서 벗어나주세요.]

구경꾼 몇 명이 떨어진 장소에서 지켜보고 있었다. 주위 사람을 둘러보자, 자신만만한 플레이어나 불안한 표정을 짓는 플레이어가 보였다.

[그러면 이 자리에 있는 전원을 지금부터 특별 서버로 이동시키겠습니다. 자세한 설명은 이동 후에 하도록 하겠습니다. 다소 충격이 있겠습니다만, 몸에 영향은 없습니다.

10, 9······.]

카운트다운이 시작되고 모두의 표정이 긴장으로 굳으며 이동의 충격에 대비하였다.

[—— 2, 1, 0.]

시야가 구불텅하니 일그러지고 현기증이 일었다. 불쾌함에 무릎을 구부리고 몸을 굽혔지만, 견디다 못해 주저앉았다. 곧 감각이 정상적으로 돌아와서 주위를 둘러보았다.

"······여기는 어디지?"

"글쎄? 언뜻 보기는 숲속의 뻥 뚫린 공간인데. 크로찌, 어떻게 생각해?"

"세이프티 에어리어 같은 걸지도 모르겠군. 그렇기는 해도 다른 플레이어는 어디 있지?"

주위에는 열 팀 정도의 플레이어들이 있고 다들 당황한 듯이 주위를 둘러보고 있었다.

참가 플레이어는 그보다 더 많았고 다른 집합장소에도 플레이어들이 있었겠지.

"으음. 파티 단위로 뿔뿔이 이동시켰나~. 이러면 집단전 이벤트는 아니겠어."

그렇게 중얼거린 마기 씨가 쓰러진 내게 손을 내밀어주었기에 얌전히 그 손을 붙잡고 일어섰다.

"고맙습니다."

"괜찮아. 서로 돕는 거잖아. 게다가——."

마기 씨가 말을 이으려는 순간, 다시금 안내방송이 흘러나왔다.

[참가해준 플레이어 제군. 나는 [OSO] 개발부 부장 요시노 카즈히토다.]

상공에 비춰진 3D 홀로그림을 보고 나는 '또 이 녀석인가?'라고 생각했다.

2장   여름 이벤트와 새끼 동물

[참가해준 플레이어 제군. 나는 [OSO] 개발부 부장 요시노 카즈히토다.]

그 안내방송에 모든 플레이어들은 술렁거리던 것을 멈추고 방송에 귀를 기울였다.

[이 이벤트는 많은 플레이어가 즐길 수 있도록 기획했다. 이번 이벤트는 —— [삼림 캠프 게임]이다. 여름이라고 하면 아웃도어. 제군들은 이 숲속에서 6박 7일 동안 캠프를 하게 된다.]

어디에선가 '웃기지 마! 이거 데스 게임 아냐?! 로그아웃하게 해줘!' 같은 소리가 있었지만, 이야기는 아직 끝나지 않았다.

[제군들은 뭔가 착각하는 모양이군. 이건 위험하지도 않고 시간도 많이 빼앗지 않는다. 이 필드는 특별 서버라서 일반 필드와 비교해서 약 80배의 속도로 시간이 흘러간다. 즉, 이 자리에서의 1주일은 현실에서 2시간 정도다. 그만큼 농밀한 레벨업이 가능하다는 뜻이지. 자, 무슨 말인지 알겠나?]

즉, 여기에 참가한 사람은 1주일의 플레이 시간을 확보할 수 있다는 뜻이다. 아니, 어디의 수행의 방이야?

[물론 통상 게임 진행을 하고 싶거든 몬스터와 싸워서 죽으면 마을로 돌아가게 되니 마음대로 하도록. 이 경우 데스

페널티는 발생하지 않는다.]

여기까지 이야기하고 일단 말을 끊었다. 다른 파티는 이미 의욕이 생긴 모양이었다. 여기는 미지의 숲. 그런 곳에서 레벨업을 할 기회라니 일단 즐기고 봐야 한다는 기분인 모양이다.

[그럼 이제부터 룰을 설명하지. 6박 7일의 캠프 이벤트. 모두가 있는 곳은 세이프티 에어리어다. 이 숲 안에는 세이프티 에어리어를 여럿 설치하였다. 지금 있는 곳 말고 다른 곳으로 이동해도 된다. 그리고 여기는 부유대륙이며 유적이나 호수, 산 등이 존재한다. 물론 이벤트니까 각 장소에 유니크 몬스터나 아이템 등을 배치하였다. 자신의 센스를 믿고 그걸 찾는 것도 재미있겠지.]

저 멀리서 우렁찬 함성 같은 게 들렸다.

[또한 숲에는 비선공 몬스터인 어린 동물들이 배회하고 있다. 혹시나 1주일 동안 우호적인 관계를 쌓게 된다면 소환석이 되어 너만의 펫이 되어준다. 또한 [조교] 센스를 가졌다면 사역수로 삼아 함께 싸울 수도 있다.]

또 다른 장소에서 소리가 들렸다.

[마지막으로 1주일 동안 살아남은 사람들은 그 행동을 수치화하고, 가장 높은 포인트를 쌓은 다섯 파티를 선정하여 기념품을 증정하겠다. 또한 이 에어리어에서 입수한 모든 아이템은 가지고 돌아갈 수 있다. 입상을 노리지 않더라도 레어한 소재를 찾는 식으로 즐길 수도 있겠지.]

이 순간 흥분은 최고조에 도달한 모양이었다. 모두가 입상을 노리기 위해 의욕을 불태우는 가운데 나 혼자 다른 생각을 하였다.

'과연, 캠프를 시키기 위해 아이템 제한을 걸었나. 레어 소재는 가지고 돌아가서 재배하면 되겠군.'

이런 생각은 일반 플레이어와는 전혀 다른 방향성이다.

이렇게 들끓는 흥분 가운데 요시노 카즈히토는 플레이어들에게 찬물을 끼얹었다.

[다만 제한도 있다. 모든 플레이어는 이 기간 중 새로운 센스를 단 하나만 추가로 습득할 수 있다.]

뭐, 타당한 부분이겠지. 1주일 동안 일단 임시변통으로 새로운 센스를 습득하여 버티는 방식보다는 제한된 센스로 어떻게 할지 궁리하는 것이 포인트다.

[그리고 센스 [서바이벌]을 사전에 취득하지 않은 플레이어가 이걸 취득한 경우, 최종일의 포인트 계산에 대폭 마이너스 수정이 걸린다. 내가 보기론 입상은 물 건너가겠군. 참고로 [서바이벌]의 취득 조건을 만족하지 않은 플레이어도 이 기간 중에 취득할 수 있다.

마지막으로 이 숲에서 입수하는 대부분의 아이템들이 처음에는 미감정 상태다. 일단 효과를 체감하든가, 거기에 대응하는 센스를 얻으면 감정할 수 있다. 그 감정 정보는 파티 내부에서 공유할 수 있다.

필드 맵도 파티 내부에서 공유할 수 있으니 길을 잃을 리는 없겠지. 이상의 제한 속에서 다들 열심히 애써보도록. 너무 서두르다간 다리가 걸려 넘어진다. 조급해하지 말고 차분하게 전진하기를 권한다.]

안내방송이 끝나고 모두가 잠시 동안 멍하니 있는 가운데, 나는 이 필드의 맵을 열어보았다. 지금 있는 장소는 부유대륙의 중심부인 듯했다. 내 [매의 눈]에 들어온 세이프티 에어리어에서 반경 100미터 범위가 지도로 표시되고, 나머지는 잿빛으로 덮여있었다.

주위 사람들이 삼삼오오 숲 속으로 들어가는 것을 무시하고 우리는 자리에 앉았다.

"일단 베이스캠프라도 만들까? 만복도 시스템의 도입으로 식량 확보는 최우선사항이다."

클로드의 그 말에 우리는 각자 고개를 끄덕였다. 아이템 같은 건 미리 의논해서 밸런스 좋게 챙겨왔으니까 하루 이틀 정도는 버틸 수 있다.

"일단 실험해볼까? 잠깐 기다려."

마기 씨는 조금 떨어진 장소로 걸어갔다가 돌아왔다. 그 손에는 풀이 몇 종류 쥐어져 있었다.

"클로드와 리리는 이걸 보고 무슨 종류인지 알겠어?"

"아니, 모르겠군."

"미안, 마기찌. 모르겠어."

"그럼 다음, 윤 군."

그렇게 말하며 보여준 풀은 세 종류로 구분되었다 ——

61

약초, 독초, 그리고 허브. 이번 이벤트에는 많은 아이템이 미감정 상태로 존재하고, 대응하는 센스가 없으면 식별할 수 없다. 실제로 클로드와 리리는 이것들을 식별할 수 없었다.

"어어, 약초에 독초. 그리고 허브."

"아, 그걸 들으니까 나도 구분할 수 있게 됐어. 즉, 윤찌가 식물에 대응하는 센스를 가졌단 소리?"

"그렇다면 [조약] 센스겠군. 그건 약초를 다루니까."

납득하듯이 끄덕이는 클로드와 자기 추론이 옳았다며 가슴을 펴는 마기 씨. 즉, [서바이벌] 같은 범용 센스가 있고 내 [조약]처럼 핀포인트로 써먹을 수 있는 센스가 있다는 소리인가.

"어디, 추론이 정확한 모양이니까 나눠서 행동하자. 두 패로 나눠서 식량 조달과 베이스캠프 건설. 나와 윤 군이 주위 식량 채집. 클로드와 리리는 베이스캠프 건설이야."

"알았다. 최고의 잠자리를 준비해두지."

"기대되네! 친구들하고 캠프라니 왠지 두근거려."

"하아~. 오늘 저녁 반찬은 뭐가 좋을까?"

나는 그렇게 중얼거리면서 하늘을 올려다보았다. 오, 태양 위치가 거의 머리 위란 소리는 앞으로 여섯 시간 정도 뒤면 해가 진다는 뜻이군. 최소한 물과 식량 확보는 필요하겠어.

"그럼 주의사항을 확인할게. 채집한 아이템을 덮어놓고

먹지 말 것. 일단은 윤 군이 감정한 뒤에 먹기야. 그리고 부족한 소재가 있거든 친구 통신으로 연락하면 우리가 돌면서 채취해올게."

"아, 이런!"

갑자기 소리친 클로드에게 모두가 놀라 시선을 돌렸다.

"채색 아이템을 안 가져왔군. 이래선 보이스카웃 의상이나 위장 코스튬을 만들 수 없잖아?!"

"……하아~, 여전하네, 크로찌."

이런 장소에서도 흔들림 없는 신경은 어떤 의미로 존경할 만하다. 뭐, 있더라도 그런 거 입고 싶지 않지만.

아니, 천연소재에서 색을 추출할 수 있으면 남염처럼…… 같은 소리를 클로드가 혼자 중얼거렸다. 저 집착은 어디까지 갈까.

"그럼 우리는 이 주변의 맵을 작성하면서 주위를 탐색할게. 해지기 전에 돌아올 테니까."

"응, 마기찌랑 윤찌. 조심해."

혼자 생각의 바다에서 돌아오지 않은 클로드를 리리에게 맡기고 떠나온 우리는 일단 동쪽부터 시계방향으로 주변 지도를 만들기로 했다.

도중에 식물 군생지(群生地)를 발견하여 매핑된 지도에 아이템 채취장소의 정보를 기록하였다. 지도는 그런 식으로 꼼꼼하게 만들 수 있도록 되어있었다.

"윤 군이 있어서 다행이야. 아, 또 아이템."

"마기 씨?! 그건 마비초예요! 또 이 근처는 착란초라는 아이템의 군생지니까 함부로 채취해서 먹었다간 상태 이상이 일어나요."

"우왓?! 위험해라, 위험해라. 딱 보기론 시금치나 청경채 같은데 그렇구나."

"이쪽의 이상하게 생긴 풀은 무쳐서 먹을 수 있나 봐요."

우리는 착실하게 먹을 수 있는 아이템과 약초들을 감정하였다. 약초 중에서 하이포션이나 MP 포션의 원료인 약령초와 마령초를 확인할 수 있었던 건 큰 도움이 되었다.

그리고 의외다 싶지만, 발견한 아이템 중 절반 이상은 먹을 수 없는 식물이었다. 겉보기로는 맛있어 보이는 나무열매인데 [독4]와 [혼란4]의 상태 이상을 일으키는 엄청 위험한 과실도 있었다.

그 외에는 사과나 바나나 같은 과일도 채취할 수 있었다. 기후 같은 걸 무시한 분포지만.

채취한 아이템은 들풀이나 산나물 같은 식물뿐이라서 웰빙 느낌의 식사가 되었다. 게임이니까 영양 밸런스 같은 건 의미가 없지만, 동물성 단백질이 당기는데.

"식물은 제법 모았으니까 다른 식재료라도 찾아볼까요?"

"거기에 대해선 윤 군한테 맡길게. 매핑도 문제없이 되고 있고."

오후 3시 정도로 해가 기운 지금, 지도는 1할 정도 밝혀졌다. 중심에서 부채꼴로 조금 표시된 정도였다.

　북쪽 저 멀리에 산이 있는 게 보이고, 호를 그리듯이 남쪽을 향해 강 두 개가 흐르며 강 하류에 호수가 있었다.

　우리의 베이스캠프는 이 두 줄기 강 사이에 끼어있기 때문에 양쪽 강 중 어느 쪽에서 물고기를 잡는 것도 괜찮겠지.

　지도를 밝히는 동안에 다른 세이프티 에어리어나 플레이어들과 엇갈렸지만, 우리처럼 식량을 모으기보다도 유니크 몬스터를 찾느라 정신이 없었다. 저래도 괜찮을까 싶어서 걱정도 들었다.

　"그럼, 물고기라도 잡으러 강에 가 볼까요?"

　"그래⋯⋯. 아, 잠깐만. 배가 고파오는 것 같으니까 조금 쉬었다가 가자."

　마기 씨의 제안에 나는 동의했다. 내 만복도도 조금 줄어든 듯싶었다. 이쯤에서 샌드위치를 먹고 회복을 하고 싶다.

　우리는 적당히 찾아낸 그루터기를 의자로 삼아 앉고서 휴식을 취했다.

　"마기 씨는 먹을 것 좀 있나요?"

　"응. 이거 봐, 튀김빵."

　"맛은 어때요?"

　"으음, 맛있다고 하긴 어려워."

　"그럼, 제 샌드위치 좀 드릴까요?"

　쓴웃음을 지으며 대답하는 마기 씨에게 그렇게 물었다. 여기서 식재료 아이템을 꺼내는 것도 귀찮으니까 요리 센스의 스킬 〈조리〉를 발동시켜서 식재료 네 개로 샌드위치 열 개를 만들었다.

그걸 꺼내어 마기 씨에게 내밀었다.

"맛있어 보이는 샌드위치네. 게다가 평가도 높아. 역시 센스가 있으면 다르구나."

"그냥 잘라서 끼웠을 뿐이에요. 아무나 할 수 있는 거라고요."

내가 내민 샌드위치를 샅샅이 살피는 마기 씨를 왠지 미소가 자아나는 심정으로 바라보면서 나도 내 샌드위치를 꺼냈다.

그 순간 나는 복수의 시선을 느꼈다. 당장이라도 움직일 수 있도록 그루터기에서 슬쩍 일어나서 주변을 살폈다. 나무가 많은 장소라서 [매의 눈]을 발동시키더라도 사각이 많아서 완전히 망라할 순 없었다. 하지만 [발견]과 함께 사용하면 보다 더 정확하게 상대를 발견할 수 있다.

"왜 그래?"

"누가 있어요."

나는 긴장한 표정으로 시선의 발생원인 덤불을 지그시 바라보았다. 이윽고 거기서 뛰어나온 것은 ── 세 마리의 새끼 동물이었다.

"학학학······."

"냐아아, 냐아아."

"······."

세 마리의 새끼가 나를, 정확하게는 우리의 샌드위치를
노리고 있었다.

"오오, 벌써부터 새끼랑 만났네. 개랑 고양이랑 새? 얼른
녹화해야지. 어떻게 하는 거더라……."

하늘색이 들어간 은색 털의 동그랗고 푹신한 느낌의 강아
지는 반짝반짝 기대로 가득한 표정으로 우리의 샌드위치를
바라보았다.

검은색 몸에 다리 끝만 하얀 투톤 컬러의 새끼 고양이는
어리광부리는 울음소리와 함께 내 발치로 다가왔다.

마지막으로 새끼 새는 밝은 빨간색이었다. 풍성한 깃털
사이로 엿보이는 자그마한 노란색 부리가 삐끔삐끔 움직이
며, 아직 날진 못하는지 점프하면서 짧은 날개를 퍼덕이며
샌드위치를 졸랐다.

움직이면 간단히 뿌리칠 수 있을 만한 존재를 앞두고 나
는 꼼짝 않고 있었다.

"오케이, 촬영 중……. 윤 군, 어떻게 할까? 샌드위치가
먹고 싶은가 본데."

"어쩔까요?"

샌드위치를 오른쪽으로 움직이면 세 마리의 시선이 오른
쪽으로 움직였다.

샌드위치를 왼쪽으로 움직이면 세 마리의 시선이 왼쪽으
로 움직였다 —— 아, 새끼 고양이가 꽈당 쓰러졌다.

"……일단 줘볼까요."

샌드위치를 떼어서 세 마리 앞으로 가져갔다.

일단 강아지가 코를 벌름거리며 냄새를 확인한 뒤에 자그마한 입으로 깨물었다.

강아지가 먹기 시작하자 나는 계속해서 세 마리의 눈앞에 샌드위치를 떼어서 내밀었다. 샌드위치가 마음에 들었는지 세 마리는 계속해서 먹어댔고, 내 손에 들린 샌드위치가 다 없어져도 더 달라는 듯이 내 손을 핥았다.

어린 새는 부리로 콕콕 내 손가락을 쪼았고, 강아지와 새끼 고양이는 마기 씨가 가진 샌드위치로 시선을 옮겼다.

"아, 너희들. 마기 씨 건 안 돼. 이쪽에 더 있으니까."

"끄응~." "냐아~." "쯔쯔……."

세 마리는 내 말을 알아듣기라도 한 것처럼 내 얼굴을 똑바로 바라보았다.

우와아아, 기대의 눈빛이 눈부시다.

나는 일단 진정하고 인벤토리에서 샌드위치를 세 개 꺼내어 세 마리의 앞에 놓았다.

"자, 샌드위치다. 먹어도 돼."

내 말에 세 마리가 눈앞에 놓인 샌드위치를 정신없이 먹기 시작했다.

"이 애들, 배가 고팠던 걸까?"

"글쎄요? 하지만 이걸로 알았어요."

"뭘?"

새끼들이 다리로 샌드위치를 누르면서 악전고투하며 먹

는 모습을 관찰했다. 나는 하나로 충분하지만, 새끼들은 하나를 다 먹어치운 뒤에도 더 달라고 졸라댔다.

"이 녀석들, 분명히 내 샌드위치를 노리고 있어요."

"그만큼 윤 군의 샌드위치가 맛있다는 소리야."

"그럴까요? 그냥 먹보일지도 모르죠."

그렇게 말하면서도 나는 세 마리가 나를 따르는 게 기분 좋아서 샌드위치를 또 하나씩 내밀었다.

그 결과, 열 개의 샌드위치 중에서 일곱 개가 새끼들의 뱃속으로 사라졌고 우리가 각자 하나씩 먹었으니까 하나밖에 남지 않았다. 파티의 식량 사정을 책임지는 몸으로서 다소 계획에 없는 소비였다. 조급히 식량계획을 재고할 필요가 생겼다.

새끼들은 잔뜩 먹고 만족했는지, 강아지는 이쪽에게 배를 보이며 무방비한 모습을 하였다. 새끼 고양이는 자기 앞발을 핥으며 샌드위치 냄새를 마지막까지 맛보려 하였고, 새는 꾸벅꾸벅 졸기 시작했다.

"귀엽네. 자, 착하지, 착해."

마기 씨가 강아지의 배를 슥슥 문질러주자 강아지는 간지러운지 몸을 배배 꼬았다.

"으음, 좋다. 클로드랑 리리한테 스크린샷 보내야지."

"아, 저도 스크린샷 좀."

풀 위에서 설핏 잠든 새를 안아든 마기 씨는 자기 손바닥 위에 새를 올리고 스크린샷을 찍었다. 나도 세 마리의 푹신푹신한 털실덩어리가 식후에 기분 좋게 풀어진 모습을 촬영.

즐거워하는 마기 씨를 따라서 내 표정도 풀어졌다.

"자, 갈까요."

"윤 군, 윤 군. 이 애들 데려가면 안 돼? 아니, 방금 전에 클로드가 꼭 데려와 달라고 부탁했거든."

"이벤트 요소 중 하나일지도 모르니까 반대는 안 할게요. 하지만 먼저 강에서 물고기를 잡아야 해요."

"알았어. 그리고 이 애들이 배고프다고 조르면 어쩌지?"

"마지막 샌드위치는 마기 씨한테 줄 테니까 세 마리한테 나눠서 먹이세요."

우리가 이동하는 걸 느끼고 내 발치로 다가온 강아지와 새끼 고양이가 나와 마기 씨의 대화를 듣고 샌드위치가 마기 씨에게 있다는 걸 알았는지 마기 씨의 발치로 이동했다.

큭, 이놈들 무진장 약삭빠르구나! 싶기도 했다.

마기 씨는 세 마리를 품에 안고 행복한 눈치로 강으로 이동했다.

"하아~. 털구슬 축제야. 푹신푹신에 푹신푹신."

"행복해보이네요. ……조금 부럽기도 하네."

조그맣게 중얼거린 마지막 말이 마기 씨의 귀에 들어간 걸까, 살짝 놀란 얼굴을 하다가 입가에 씨익 미소를 띠었다.

"만져볼래? 들어볼래? 얼굴 묻어볼래?"

"아, 아뇨, 저기……."

"괜찮아, 싫어하지 않으니까. 자."

받치듯이 안아들고 있던 세 마리를 내미는 마기 씨. 너무 불안정해보여서 무심코 손을 내밀었다가 그대로 받아들었다.

"우, 우와아아……."

털이 푹신푹신, 몽글몽글해서 받아든 순간 손가락이 털에 파묻혔다.

잠시 동안 껴안고서 그 푹신함을 정신없이 만끽했다.

목덜미나 귀 뒤 같은 데를 손가락으로 부드럽게 쓰다듬자 더욱 힘을 빼고 내게 기대드는 세 마리. 그게 재미있어서 웃는 모습을 마기 씨는 실컷 구경하였다.

정신이 들었을 때 마기 씨가 싱글싱글 미소를 띠고 있었다.

"저, 절대로 다른 사람한테 말하지 마세요!"

"그래, 그래, 괜찮아. 그래서 어땠어? 기분 좋았어?"

"?! 모, 몰라요. 그보다도 식재료를 구하러 갈 테니까 이 애들 좀 돌봐주세요."

목적지의 물소리가 들리기에 얼버무리듯이 새끼들을 마기 씨에게 맡기고 강으로 발을 옮겼다.

"그럼 저녁거리 찾아올 테니까 무슨 일 있거든 부르세요."

"응, 다녀와."

나는 겉옷을 인벤토리에 넣고 가벼운 복장으로 강 속으로 들어갔다.

물의 저항이 적도록 흐름에 따라 헤엄치면서 밑바닥의 바위를 붙잡고 주위를 둘러보았다.

'물고기는…… 있네.'

바위 그늘에서 서로 바싹 붙어서 헤엄치는 물고기 두 마리를 발견하고 맨손으로 붙잡았다.

'잡은 물고기를 인벤토리에 수납할 수 있는 건 고맙군. 저녁식사는 1인당 세 마리, 새끼 동물들 몫을 생각하면 열다섯 마리 이상은 필요하겠어.'

그 다음에는 강바닥의 돌도 주우면서 물고기를 찾아다녔다. 아쉽게도 강바닥에는 광석도 보석도 없었지만 돌은 내게 귀중한 소재다.

5분마다 수면에 올라와서 공기를 마시고 또 잠수하기를 거듭했다. 때때로 마기 씨 쪽을 확인하자 무릎에 새끼들을 올려놓고 즐거운 시간을 보내고 있었다.

내가 스스로 정한 열다섯 마리라는 목표를 다 잡았을 무렵, 새끼들은 완전히 잠들어있었다.

"마기 씨. 이쪽은 끝났어요."

"수고했어. 윤 군만 일하게 해서 미안해."

"괜찮아요. 둘이니까 할 수 있는 것도 있지요. 하지만 그전에 해야 할 일이 있는 것 같으니까 무기 꺼내세요."

마기 씨는 안고 있던 새끼들을 깨우고 인벤토리 안의 도끼를 꺼냈다.

나도 아직 젖은 옷 위에 겉옷을 장비하고 활을 꺼냈다. 숨을 죽이며 조용히 숲 속을 향해 활을 겨누었다.

"너희들은 물러나. 윤 군, 내가 전위라서 불안하겠지만 잘 부탁해."

"기대할게요. 나무 위에서 와요."

마기 씨의 말에 맞장구를 치면서, 뛰어내린 검은 생물을 견제하여 화살을 날렸다.

길고 가는 다리는 뾰족뾰족한 털로 뒤덮였고, 입에서 노란 가루를 내뿜으면서 여섯 개의 붉은 눈으로 이쪽을 노려보는 —— 스파이스 스파이더라는 이름의 그 몬스터를 본 순간 새끼들이 노골적으로 겁먹기 시작했다.

"어디 그럼, 한 판 벌여볼까! 으랴압!"

"마기 씨…… 무리…… 하진…….."

예상 밖의 행동에 나는 경악했다. 손에 든 도끼를 그대로 전력투척. 원심력과 그 무게도 있어서 도끼는 종회전하면서 그대로 표적을 두 동강 낼 기세로 날아갔다. 하지만 거미가 슬쩍 오른쪽으로 피했기에 치명상을 입히진 못 했다. 대신 한쪽 다리가 완전히 잘려나갔고, 기세가 죽지 않은 도끼는 거미 뒤에 있는 나무에 반쯤 박혔다.

그 동안 몸이 가벼워진 마기 씨는 거미의 정면으로 달려가서 비어있는 두 손을 드높게 쳐들었다.

"자, 마무리."

인벤토리에 아이템으로 들어있던 망치가 그 주먹 안에 나타났다.

도망칠 수 없는 거미의 머리를 향해 중력과 완력을 살린

망치를 내리꽂았다.

끼익……하는 단말마의 소리와 스플래터한 그 전투법에, 이게 피와 살이 튀지 않는 게임이라서 다행이라며 내심 가슴을 쓸었다.

"의외로 별 거 아니네."

그렇게 말하며 내던졌던 도끼를 회수하여 인벤토리에 갈무리하는 마기 씨.

"……아니, 대체 뭔가요, 그 전투법?!"

"뭐가? 그냥 [투척] 센스로 무기를 던졌을 뿐이야."

아무렇지도 않은 듯이 그렇게 말하지만, 원거리 공격에 ATK와 DEX가 관계있다는 건 나도 안다. 투척은 던지는 물건에 따라 대미지량이 늘어나는 만큼 컨트롤도 어렵겠지. 그걸 메울 만한 생산직의 높은 DEX. 그리고 단련된 무기.

그야말로 최고의 무기 장인만이 가능한 전투법이다.

"보통은 나이프를 던지는 거잖아요."

"난 찔끔찔끔거리며 귀찮은 건 싫거든. 원래는 투척 무기를 던질 생각이었어."

보통 도끼를 던질 거면 작은 손도끼겠지만, 마기 씨는 두 손으로 던졌지.

"그보다 윤 군. 너무 재미가 없어서 이 누나가 좀 심심해."

"저건 초심자용 유니크 몹이었을지도 몰라요. 그보다 거미가 있던 장소에 보물 상자가 나왔네요."

"정말이네. 얼른 열어봐야지."

나는 아직도 겁먹은 새끼들을 껴안고 마기 씨가 연 보물 상자를 옆에서 엿보았다.

"이 유니크 아이템은 윤 군이 쓰면 되겠어."

"어어…… [마법의 조미료 세트]?"

　아이템 설명으로는 '사용해도 줄지 않는 조미료. 조미료 자체만으로는 만복도가 회복되지 않는다'라고 나왔다.

　이건 설탕이나 소금만 먹어대며 만복도를 회복하려는 걸 막으려는 의미겠지. 즉, 요리에 사용하란 소리다. 소금, 후추, 설탕, 카레가루라는 네 종류의 조미료를 무한으로 사용할 수 있는 편리한 아이템. 아까 거미가 입에서 내뿜던 가루는 혹시 카레가루?

　스파이스 스파이더라는 이름처럼 요리 보조용 유니크 아이템을 드랍하였다.

"혹시나 캠프에 쓰는 텐트나 바비큐 세트를 주는 유니크 몹 같은 게 있을지도?"

"그럴 듯해. 레벨이 낮은 플레이어는 애초에 서바이벌에 적성이 있는 센스 구성이 아닐 테니까 그걸 돕는 아이템이 있어도 이상하지 않겠어."

　내 혼잣말에 마기 씨의 냉정한 분석. 뭐, 준다니까 받고 보자.

"그럼 밤이 되기 전에 얼른 돌아갈까요."

"그래. 너무 어두워지면 행동하기 위험하니까."

　나는 세 마리의 털구슬 새끼를 껴안은 채로 캠프 지점으로 돌아갔다.

●

돌아가는 동안에 마기 씨가 스크린샷을 보내주었다. 그건
털구슬 같은 새끼들을 껴안고 기쁜 표정을 짓는 여자 모습
의 나. 얼굴에서 불이 날 것 같은 내 모습에 마기 씨는 장난
질에 성공한 악동 같은 표정으로 히죽히죽 웃었다.

"마, 마기 씨?! 이거 언제 찍었나요!"

"글쎄? 윤 군은 의외로 무방비하네. 이히히."

"마기 씨, 아까 스크린샷, 아무한테도 보여주지 말아요!"

"알았어. 윤 군은 의외로 귀여운 데가 있다니까."

"나는 딱히……. 됐어요."

마기 씨가 보낸 스크린샷을 나는 아무에게도 보여주지 말
라고 거듭 당부했다. 정말이지 창피하다. 혹시나 타쿠가 알
기라도 했다간 실컷 놀려댈 게 틀림없지.

"휴우, 그렇기는 해도 겨우 우리 베이스캠프에 돌아왔어."

"예, 잠깐 안 본 사이에 꽤나 변했지만…… 내 기억이 정
확하다면 그냥 빈 땅이었을 텐데……."

눈앞에는 멋진 로그하우스. 조금 작긴 하지만 머무르기엔
충분한 크기였다.

"마기찌, 윤찌, 어서 와. 힘 좀 써봤어! 멋진 로그하우스!"

"아니……. 이미 이거 캠프 맞지? 싶을 정도로 멋진데. 이

건 이미 별장이야."

"칭찬은 아직 이르다. 안도 완벽하게 꾸며 놨다."

문에서 나타난 클로드도 평소의 무표정과 달리 미소를 짓고 있었다. 이렇게 보면 역시나 잘 생겼군. 큭, 여자처럼 생긴 나와 비교하니 마음의 상처가 다시금 벌어졌다.

"자, 한 번 보시지! 리리가 만든 2층 침대! 그리고 그 침대에 아낌없이 사용된 침구류! 또한 새끼 동물들의 잠자리도 각각 완비하였다! 봐라!"

여느 때보다 한층 신이 난 클로드의 모습에 살짝 뒷걸음질 칠 뻔했다. 마기 씨를 보자면 '호오, 아주 잘 만들었네' 라며 살짝 늘어진 소리를 냈다.

분명히 푹신푹신한 이부자리와 모포라서 밤을 쾌적하게 보낼 수 있을 듯했다. 작은 로그하우스의 공간을 최대한 이용하기 위해 2층 침대를 놓았고 커튼까지 달았다. 남녀의 배려도 빼놓지 않은 모양이었다. 아니, 난 남잔데!

또한 나무상자에는 쿠션을 채워서 세 마리 새끼의 잠자리까지 만들어놓았다.

이게 최고의 목공사와 재봉사의 실력……. 이런 서바이벌 생활에서 우리 편이라는 게 든든하다. 하지만 재능의 낭비란 말은 바로 이런 걸 가리키는 것 아닌가 싶다.

"이쪽에는 테이블이나 나무 식기를 만들어놨으니까 윤찌가 요리할 때 도움이 될 거야."

"오오, 테이블 넓어! 그리고 아주 잘 만든 식기잖아."

로그하우스가 너무 잘 만들어서 빛이 좀 가렸지만, 식기가 있으면 요리에 한층 의욕이 생긴다.

"후후후, 우리는 오늘 밤의 안전하며 쾌적한 잠자리를 준비했다. 자, 다음은 너희 차례다!"

"그래, 그래, 자, 수확."

나는 인벤토리에서 먹을 수 있는 식물이나 과일, 그리고 신선도가 유지된 민물고기 등을 꺼냈고, 마지막으로 마법의 조미료 세트를 보여주었다.

"내일 아침 몫까지 충분히 되겠지만, 부족하면 밤사냥이라도 다녀올게."

"예상 이상의 수확이군. 하지만 밤사냥은 그만두는 게 좋아. 시야가 안 좋은 밤의 숲은 위험하다."

클로드의 말도 지당하지만, 나한테는 밤에도 볼 수 있는 [매의 눈] 능력이 있고 또 [발견]을 함께 사용하면 사냥감을 쉽사리 찾을 수 있다. 기습을 당하기 전에 해치우든가 도망치는 게 내 전술이다.

꽤 강한 적이 나와도 속도 인챈트와 적에게 거는 커스드를 이용하면 생존율은 꽤 올라간다. 완전히 따돌리지 못한다면 운이 없었다고 체념할 수밖에 없지.

"밤은 내 독무대야. 게다가 나는 애초에 솔로 플레이어니까 걱정 필요 없어. 뭐, 어두워지기 전에 모닥불이라도 피워서 광원을 만들까."

나야 어두워도 문제없지만, 다른 세 사람은 그렇지 않다.

라이트 마법이나 랜턴 같은 광원도 없는 상태에서 밤을 맞는 건 아무래도 불안하다. 나는 강에서 주워온 돌을 인벤토리에서 꺼내어 원형으로 배치하고 그 가운데에 리리가 쓴 목재나 떨어져 있던 나뭇가지로 모닥불을 피울 준비를 했다.

그리고 요리를 하던 도중에 잊고 있던 것을 떠올렸다.

"그러면…… 냄비를 불에 올리고…… 아…….."

중대한 걸 잊어버렸다. 물을 확보하지 않았다. 이래선 스프를 만들 수 없잖아. 또 농축 포션을 희석할 증류수도 만들 수 없다.

"아차, 깜빡했네."

"왜 그래, 윤 군?"

"끄으응."

마기 씨와 그 품 안에 있던 강아지가 나를 걱정스럽게 바라보았다.

"아뇨, 물을 깜빡했어요. 지금 당장 뛰어가서 길어올게요."

"잠깐. 이미 어두워서 위험해. 우리 중 누군가가 [수 속성 재능]을 취득하면 괜찮아."

"하지만 이제 첫 날인데 그런 센스를 취득하는 것도 아까워요. 무슨 일이 일어날지 모르잖아요."

내가 마기 씨의 제안을 떨떠름하게 여기는 사이에 강아지가 낑낑 신음하였다. 그리고 한 차례 높게 울부짖은 순간 냄비 안에 땡그랑 하고 딱딱한 소리가 났다.

"어? 얼음?"

"멍!"

한 번 짖을 때마다 5센티미터 크기의 얼음이 공중에서 툭, 툭 떨어졌다. 나는 그게 냄비를 가득 채우는 모습을 지켜보았다.

"……설마 네가 마법을?"

"멍!"

"오오! 대단해, 리쿠르!"

마기 씨가 껴안고 그렇게 칭찬해주자 끊어질 듯이 꼬리를 흔드는 강아지.

"리쿠르라는 이름을 붙였나요?"

"아, 그러고 보면 윤 군이 길들였지. 멋대로 이름 붙여서 미안해."

"괜찮아요. 난 네이밍 센스가 없거든요."

세 마리가 각각 최고의 생산직들과 노는 모습을 지켜보았다.

마기 씨에게는 강아지. 클로드에게는 새끼고양이. 리리에게는 새끼 새인가.

각자가 장난치고 그들에게 관심을 품고 서로를 인정하는 듯한 분위기를 자아내었다. 쉽게 말하자면 내 곁을 떠나서 각자의 상대를 발견하였다.

"괜찮아. 저 애들이 행복하면 나는 저 애들의 행복을 위해……."

"아앗! 윤 군. 현실로 돌아와!"

살짝 토라진 기분인 채로 나는 저녁식사 준비를 시작했다. 얼음으로 가득한 냄비를 불에 올려서 얼음을 녹여 물로 바꾸자, 요리는 어렵잖게 할 수 있었다.

"어~이. 저녁밥 다 됐어."

내가 소리치자, 세 사람과 세 마리는 재빨리 달려왔다. 한나절밖에 안 되었다고 해도 NPC가 만든 맛이 연한 음식보다는 제대로 된 식사에 굶주렸을지도 모르겠다.

"오늘 저녁은 생선구이, 생선경단 스프, 민물고기 향초찜, 들풀 무침이야. 거의 다 생선이라서 미안하지만, 첫날 저녁이니까. 내일은 탐사구역을 더 넓힐 생각이야."

"아니. 충분하다. 오히려 생선축제라서 쿠츠시타가 좋아하는군."

"쿠츠시타?"

테이블 위에서 식사 순간을 조용히 기대하는 새끼고양이를 가리켰다.

"몸이 까만데 다리만 하얗지. 마치 양말을 신은 것 같으니까 쿠츠시타다." (양말을 뜻하는 일본어 靴下 는 쿠츠시타 라고 읽는다.)

"딱 그렇긴 하네. 근데 너는 그런 이름으로 괜찮아?"

냐옹~, 기쁜 듯이 우는 새끼고양이. 클로드의 어깨에 올라가서 그의 얼굴에 볼을 비비는 모습이 꽤나 부럽다. 아니, 꽤나 따르는 모양이군.

"강아지가 리쿠르에 새끼 고양이가 쿠츠시타. 리리는 새한테 이름 붙였어?"

"으음, 아직이야. 즉석이지만 네시아스로 할까. 애칭은 시아찌로!"

그 소리에 리리를 바라보며 기쁜 듯이 팔짝 뛰는 네시아스.

"우와…… 깜짝 놀랐다?! 시아찌, 이제부터 식사야."

"삐이, 삐."

응. 뭔가 소중한 유대감이 생긴 듯하네. 어라? 이상하네. 어느 틈에 새끼들이 내 손에서 벗어났어.

"……우우, 푹신푹신 털구슬……."

"이건……."

"아, 윤 군. 왜 그래?! 그렇게 기죽지 마."

나를 따른다고 생각했어. 하지만 그건 환상이었다. 새끼들은 좋은 파트너를 찾은 모양이다. 다른 세 사람이 자신의 파트너와 함께 식사하는 동안, 나는 역시나 남은 쓸쓸함을 곱씹으면서 결의했다. 반드시 내 파트너를 찾겠다고 맹세했다.

●

"잘 먹었습니다. 휴우~, 맛있었어, 윤 군."

"대단한 거 아니에요."

나도 다 먹고 리쿠르가 만들어낸 얼음을 녹인 물을 마시며 속을 진정시켰다.

저녁을 먹는 동안에 주위는 완전히 어두워져서, 밖에 나가기에는 다소 위험한 시간대가 되었다. 또 여기 세이프티 에어리어를 나간 다른 파티는 돌아오지 않았으니까, 이 장소는 우리가 독점한 상태라서 아주 조용하다.

"정말 맛있었다. 현실보다도 좋은 식사를 한 걸지도 모르겠군. 맛도 확실히 나고 많이 먹어도 살찌지 않는다. 장점밖에 없군."

클로드도 식후에 아주 푸근한 표정으로 자기 파트너를 쓰다듬으면서 그렇게 평가했다. 그 손길에 쿠츠시타도 행복한 듯이 몸을 말더니 꼬리를 살랑살랑.

그 옆에서 리리가 몸을 앞뒤로 흔들거리며 졸기 시작했다. 손 안에 들어있는 네시아스를 짓누르지나 않을까 걱정스러웠다.

"리리, 괜찮아? 졸리거든 잘래?"

"으음. 잘래. 난 좀 지쳤거든."

자리에서 일어나서 불안한 발걸음으로 로그하우스로 향하는 리리를 지켜보았다. 그의 손 안에 있는 네시아스만이 아니라 리쿠르나 쿠츠시타도 졸린 듯이 뒤를 따라갔다.

이 로그하우스를 세우느라 예상 밖으로 기력을 썼겠지. 오늘 최고의 공로자는 리리일지도 모른다.

"리리, 고생했어."

"그래. 이런 환경에 흥분하여 애쓴 반동이겠지. 그럼 밤에는 주위를 탐색할 수 없으니까 다들 이만 잘까?"

"나는 아이템 정리 좀 더 할래. 한가하니까 심야 정도까지는 깨어있을래."

"나는 오늘 캐온 약초들로 포션이라도 만들까?"

리쿠르가 마련해준 얼음을 커다란 그릇에 담아두었으니까 포션 제작에 필요한 물은 확보되었다. 하다못해 농축 포션을 희석시켜서 내일 쓸 포션을 준비해야지.

"그래. 그럼 나도 리리랑 같이 먼저 자도록 하지. 심야에 깨워다오. 여기는 세이프티 에어리어라서 전투행위는 없지만, 만에 하나의 경우를 위해 불침번이 필요할 거야."

"오케이. 그럼 내가 잘 때 깨울게."

그렇게 말하자 클로드도 로그하우스로 사라졌다.

"으음, 역시 우린 우리대로 시작해볼까."

"그러네요."

"게다가…… 캠프에서 밤이라고 하면 걸즈 토크가 기본이니까."

"아니, 그러니깐 난 남자라고요."

즐거운 듯이 미소를 짓는 마기 씨에게 그렇게 한소리 하면서도 나는 작업을 해나갔다.

약초 계열과 상태 이상 회복 계열의 소재 중에는 [연금] 센스로 씨앗으로 변환시킬 수 있는 것도 있으니까 어떻게든 가지고 돌아가야 한다. 새롭게 입수한 약초는 각성초, 진정초와 정화초라고 불리는 것이었다.

그와 대비되는 독초로는 수면을 유발하는 최면초, 혼란을 일으키는 착란초. 저주를 일으키는 저주초를 발견하였다.

나는 여태까지의 상태 이상 회복약을 만들 때와 마찬가지로 약초와 새로운 약초를 섞어서 포션을 만들었다.

완성된 약은 수면 해제, 혼란 해제, 저주 해제 같은 스테이터스 회복 포션이 되었다. 또 독초에서도 일단 만들 수 있었지만, 이쪽은 숫자가 적었다.

농축 포션을 희석시킨 아이템도 포함하여 내일 활동에 필요한 숫자를 준비했을 무렵, 마기 씨도 가져온 대형 무기를 녹여서 주괴로 만들고 있었다.

"윤 군?"

"불렀나요?"

소리가 요란스럽게 캉캉 울렸지만 이상하게도 불쾌하진 않았다. 일정한 리듬으로 울리는 소리는 메트로놈 같아서 자연스럽게 눈꺼풀이 무거워졌다. 졸음을 부르는 소리에 저항하면서 마기 씨와 이야기했다.

"윤 군도 근접무기 필요해?"

"갑자기 왜요?"

"윤 군은 [요리] 센스를 가졌으니까 식칼을 무기로 삼으면 재미있겠다 싶어서."

"식칼을 꺼내서 싸우는 활잡이가 어디에 있다고요."

싸우는 요리사는 두 손에 식칼을 들고 먹잇감을 사냥한다는 느낌? 꽤나 초현실적이군.

"애초에 근접무기를 다룰 수나 있나요?"

"[대장]은 취득 센스와 관계없이 자기가 만든 종류의 무기 전부에 공격 판정이 발생해."

"진짜로? 그거 치트?"

"아니. 공격판정뿐이지 무기 대미지 보정이나 아츠 같은 게 전혀 없으니까. 그러니까 나는 무기의 강도를 살린 투척 전술이지만."

호오, 의외로 재미있는 이야기를 들었군. 하지만 식칼이 무기라. 요리 키트에 있는 볼품없는 식칼로는 아무래도 투척 나이프보다 못 할 것 같은데.

"[요리]도 마찬가지로 평소에 사용하는 도구에 공격판정이 붙는다면 근접무기가 있어도 손해 볼 것 없겠네요."

"내 무기가 다 되거든 만들게. 우후후, 누나가 최고의 식칼을 만들어줄게~."

그렇게 말하면서 녹인 주괴를 정리하고 중량급 무기를 또 꺼냈다.

나는 마기 씨가 금속을 두드리는 소리를 들으면서 포션들을 계속 만들었다.

약초는 낮 동안에 여러 종류를 캤기에 그 중의 소재와 식재료를 간단히 가공하였다.

"으으음! 힘들다! 하지만 전부 다 주괴로 만들었어!"

"수고하셨어요. 나도 내일 필요한 소모품 준비를 마쳤어요."

마기 씨도 지친 기색으로 기지개를 켜고 어깨를 빙글빙글

돌렸다.

"이제부터 윤 군의 식칼을 만들게."

"근데 괜찮아요? 돈 같은 건?"

가난한 나로서는 그게 걱정이었다. 아무리 주면 좋을지, 언제 주면 좋을지. 하지만 그런 건 신경 쓰지 말라는 듯이 손을 설레설레 흔드는 마기 씨.

"아, 돈 같은 거 필요 없어. 이런 캠프 생활이면 1주일도 지나기 전에 알 텐데, 이 기간 중에는 돈이 의미가 없어지니까."

"……그러네요. 분명히 그럴지도요."

이벤트 참가 조건에 소지금의 제한은 없었다. 갖고 있는 사람은 있겠지만, 이런 장소에는 NPC에게 물건을 사거나 생산직에게 안정적으로 공급을 받을 수 없겠지.

포션 같은 건 제한 없이 인플레이션을 일으킨다.

"……왠지 내가 만든 포션이 귀중할 것 같은데요?"

"이제 와서 무슨 소리야? 아이템을 100개밖에 못 가져오는데, 소모품이 넉넉하지 않으면 동급이나 더 강한 보스와 싸우기에 불안하지. 참고로 7일 동안 한 번도 무기나 방어구의 수리를 받을 수 없을 가능성도 생각해야 하고."

즐거운 어조로 말하는 마기 씨. 이벤트 중의 생산직은 사실 엄청나게 중요할지도 모르겠다. 그렇게 생각하니 이 캠프 이벤트는 꽤나 무리하게 설정된 거 아닌가? 오늘 하루 종일 걸어 다녔지만, 채집할 수 있는 아이템 중에는 독초라든가 독과일처럼 악의가 느껴지는 게 많았다.

"뭐, 윤 군에게 식칼을 만들어주는 건 내가 주는 보수 같은 걸까? 오늘 요리 고마워. 앞으로도 잘 부탁해. 같은 의미나 부적이라는 의미도 있으니까."

"그렇군요. 고맙습니다."

나는 그 마음을 솔직하게 받아들이면서 뜨거워진 냄비에 건조시킨 허브와 미리 벗겨둔 사과껍질을 넣고 한 차례 끓였다. 그걸 포션과 마찬가지로 걸러서 마기 씨와 내 컵에 따랐다.

"이거 드세요."

"응? 냄새 좋은 포션이네."

"허브티예요. 오늘 발견한 허브랑 사과 껍질로 만들었어요. 일단 [요리]거든요? 음료 대신으로."

"으음, 윤 군은 정말 만능이야. 윤 군을 데려오길 잘했네."

"만능이라는 말은 안 좋게 보자면 특출한 게 없다는 소린데요."

자조처럼 말하면서 나는 내 허브티에 입을 댔다.

마기 씨는 두 손으로 든 나무 컵을 기울이며 조용히 마셨다.

"푸근해져. 따뜻하고 마음이 놓여. 맛은 산뜻하고. 이게 도회의 소음에서 벗어난 고요. 지복의 한때란 거겠네."

"분명히 조용하네요. 게임인데 밤하늘이 예쁘고."

"트인 장소니까 잘 보여."

모닥불의 장작 튀는 소리를 조용히 들으면서 하늘을 올려다보고 나도 마기 씨의 말에 동의했다.

"으으음. 차 고마워. 조금 더 힘내볼 수 있을 것 같아."

"그런가요. 그럼 먼저 잘게요. 만든 포션은 드릴게요."

제작한 각종 포션의 4분의 3을 넘겨주었다. 나 개인이 쓸 몫은 애초에 그렇게 많지 않다. 포션 같은 건 원거리 직업에게 보험에 불과하다.

"여러모로 고마워. 그럼 잘 자."

"예, 잘 자요."

나는 그렇게 말하고 로그하우스 안에 들어갔다.

안쪽의 작은 상자 안에 웅크리며 잠든 새끼 동물들의 모습이 가볍게 웃었다.

"……잘 자."

조용히 그렇게 속삭이고 나도 2층 침대의 아래쪽 침대 안으로 들어갔다.

3장   유니콘과 길가에 쓰러진 엘프

게임 안에서 잔다는 첫 경험은 의외로 너무 간단해서 오히려 김이 샜다.

무거운 머릿속이 개운해지고 편해지는 감각. 일반적인 수면과 다르지 않았다.

5~6시간 정도 잤겠지. 눈을 뜨자 주위는 희끄무레한 빛으로 뒤덮여있었다.

2층 침대 아래쪽에서 잔 나는 위쪽의 조용하고 규칙 바른 숨소리를 희미하게 들으면서 마기 씨가 잔다는 사실을 이해하고 조용히 빠져나왔다.

"······일어났나."

"안녕, 클로드. 계속 불침번 섰어?"

일어나보니 테이블에서 가죽을 누비던 클로드가 있었다.

"내 몫의 생산을 하고 있었지. 딱히 문제는 없었다. 리얼에서도 철야는 당연하니까."

"너무 건강에 안 좋은 생활은 하지 마."

"흥, 무리다."

내 충고에 그렇게 대답한 클로드는 말없이 내게 날붙이와 가죽 벨트를 건넸다.

"이건 마기에게 받은 것과 내가 주는 감사와 사과의 표시다."

"무슨?"

"……요리와 동물에게 멋대로 이름을 붙인 것."

"그 정도로? 난 신경 안 써."

그렇게 말하면서 나는 어제 남은 식재료로 아침식사를 만들기 시작했다.

내 뒷모습을 보고 있는지, 등으로 시선을 느끼면서 클로드와 대화하였다.

"정말로 신경 안 쓰나? 자기가 길들인 동물을 빼앗겼는데."

"어어, 뭐, 전혀 안 쓴다고 하자면 거짓말이겠지. 하지만 하나 물어봐도 돼?"

"뭐지?"

클로드의 목소리가 굳었다. 내가 대신 뭐라도 요구할 거라고 생각했을까. 뜻밖이네. 요구가 아니라 부탁인데.

"나한테도 만져보게 해줘. 만지면 힐링이 되니까."

"……그런 건가? 이 아이들은 싫어하지 않으니 마음껏 귀여워해주면 되지 않나."

"응. 고마워. 그리고 벨트도 고마워. 착용해볼게."

얼른 장비해본 벨트와 식칼. 허리 주위를 뒤덮는 두꺼운 가죽 벨트는 바지의 벨트 구멍에 들어갔다. 식칼은 요리 키트의 식칼보다 다소 길이가 길어서, 현실에서 사용하는 것과 거의 같은 사이즈였다.

마기 씨의 식칼 [무기 - 식칼]
ATK +25 SPEED +15

CS No.6 오커 크리에이터 [동체]
DEF +8 MIND +8 SPEED +4

벨트도 무기도 꽤나 좋은 장비인 듯했다.

시험 삼아서 그것들을 장비하고 식칼을 들어보았다.

전후좌우로 바람 가르는 소리가 귀에 닿는 가운데 충분히 쓸 수 있다는 느낌이 들었다. 하지만——.

"보통 식칼이네. 무기로도 쓸 수 있지만, 그래도 어디까지나 식칼이야."

"그런가. 그 감상은 생산직에게 귀중하다. 마기에게 분명히 말해줘라."

"뭐, 식칼 본래 용도로 쓸까."

그 식칼을 써서 아침식사를 계속 만들었다. 처음 써보는 식칼이지만 신기하게도 손에 잘 맞았다.

"아, 잊기 전에 말해둘까."

"뭐?"

"메뉴를 열어봐라."

갑작스러운 말에 무슨 일인가 싶으면서도 메뉴를 열어보았더니 낯익은 메뉴 화면에 임시로 하나 더 추가되어 있었다.

"── [정보게시판]? 이건 뭐야?"

갑작스럽게 나타난 새로운 메뉴. 이건 이벤트 개시로부터 일정 시간이 지나서 열리는 건가? 아니면 일정 숫자 이상 리타이어해서 열리는 건가? 이미 생겨난 게시판이 몇 개 생겼는데, 초반에 생긴 것은 정리도 되지 않고 오래 가지 않았지만 현재는 내용별로 나뉘어있었다.

나와 클로드가 이야기하는 동안에 이쪽 작업음 때문에 눈을 떴는지 새끼 동물을 껴안은 마기 씨와 리리가 일어났다.

클로드는 아침식사 자리에서 주된 게시판의 정보를 토대로 오늘 예정을 말하기 시작했다.

"첫날에 많은 플레이어가 흩어졌기 때문에 이 에어리어의 대략적인 전체상이 보이기 시작했다."

모두가 먹는 아침식사는 과일, 졸인 사과, 무침, 샐러드 같은 건강 식단. 탄수화물이 고프지만, 이걸로도 만복도가 회복되니까 게임 상에서는 문제없다.

새끼들도 그것들을 맛있게 먹었다.

"전체상을 보자면 북쪽에 산, 남쪽에 호수, 동쪽에 유적, 서쪽에 지하 던전이라는 게 주된 배치다. 각각의 중간 에어리어에는 다소 레벨 높은 적이나 소재, 그리고 그 주변을 주로 활동하는 플레이어들의 세이프티 에어리어가 다소 배치되었다."

"으~음, 나 졸려."

"아침이 맛있어. 여기에 빵 같은 게 있으면 좋겠는데, 윤 군, 빵 만들 수 있어?"

"필요한 재료가 있으면 만들어요. 빵을 만들 설비가 없으니까 난(naan) 같은 거라면."

눈앞에서 클로드가 관자놀이에 핏대를 세웠다. 아니, 이야기는 듣고 있어. 하지만 이야기가 길어서 귀찮아진다고.

"너희들, 내 말을 들어라. 주로 북쪽에는 나나 마기, 리리가 필요로 하는 소재가 있다. 그리고 윤이 필요로 하는 식재료, 약초 종류는 동쪽부터 남쪽에 많이 있는 모양이다. 어쩔 거지? 윤은 우리와 함께 움직일 건가? 아니면 솔로로 움직일 건가?"

"그럼 솔로로 남쪽으로 갈까? 하지만 이 로그하우스를 방치해도 돼? 어제 불침번까지 섰는데 포기하다니."

"그건 문제없다. 로그하우스의 소유권은 리리가 소유한 채라서 빼앗을 수 없다. 부서지더라도 로그하우스 같은 건 또 세우면 되지. 리리가."

완전히 남한테 떠넘기는 거잖아.

"수리, 건축, 목공작업은 뭐든지 맡겨줘~, 조~올~려~."

머리 위에 네시아스를 올리고 우적우적 샐러드를 먹는 리리. 네시아스도 졸린 모양인지 작은 부리를 움직이면서 먹었다.

"이른 시간에 활동해서 또 베이스캠프로 돌아온다는 건 알겠어. 점심은 어떻게 할래? 일단 돌아와서 다시 탐색?"

"그러면 효율이 나쁘니까 간단한 도시락을 만들게요."

"그럼, 결정되었군. 도시락이 될 때까지 아이템 배분이나 준비. 근처 탐색이라도 하자."

클로드의 말에 아침식사를 다 먹은 사람부터 움직이기 시작했다.

"예이. 모두에게 포션 같은 건 돌렸지만, 내친 김에 이것도 줄게."

나는 즉석에서 만든 인챈트 스톤을 건넸다.

"키워드는 스피드. 이걸로 속도가 상승하니까 도망칠 때 써."

"고마워, 윤 군."

"고맙게 쓰도록 하지."

"우우~, 으음~, 어, 고, 고마워, 윤찌."

리리는 간신히 눈을 떴는지 초점이 잡힌 눈으로 이쪽을 바라보았다.

그리고 그 뒤에 세 사람이 흩어져서 주위를 탐색한 결과 새로운 식재료를 발견했다.

모두가 준비를 마쳤을 무렵에는 4인분+3마리의 도시락을 만들어 각자에게 나눠주었다.

"그럼 다녀오겠습니다, 엄마."

"오우, 조심해서 다녀와. 그리고 리리, 누가 엄마냐!"

리리의 농담에 내가 그렇게 한소리 하자 다른 두 사람이 킥킥대며 웃을 뿐 부정도 긍정도 하지 않았다. 끄으…… 엄마 소리는 하지 마. 가슴이 아프니까. 하다못해 형이라고 해줘.

"윤 군도 무슨 일 있으면 연락 줘."

"알았어요. 그쪽도 문제 있으면 연락주세요."

"그럼 다녀오지."

세 사람은 각자 자기 무기를 손에 들고 북쪽으로 향했다. 뭐, 도시락도 있고 미감정인 독음식을 먹는 우행은 하지 않겠지. 게다가 포션도 충분히 쥐어 보냈다.

저 세 사람은 물러날 때를 잘못 읽거나 하지 않겠지. 하지만 조금 걱정되네.

"……완전히 애 엄마 생각이잖아!"

스스로에게 한 소리 한 뒤에 한숨을 내쉬었다. 괜찮아, 나는 내 일을 하자. 그렇게 결심하고 혼자서 동쪽으로 갔다가 남하하는 루트로 이동할 예정이다.

적이 얼마나 강한지 게시판으로 조사한 결과 유니크 몹이라도 그리 강하지 않은 듯했다. 정말로 위험한 건 동쪽 유적과 서쪽 던전의 몹. 하지만 동쪽이라고 해도 너무 유적에 접근하지 않으면 몹과 마주칠 일도 없으니까 나도 안심하고 혼자 갈 수 있겠다.

어제 하루 동안 한정적이라고는 해도 센스 레벨이 올랐다.

소지 SP 16

[활 Lv24] [매의 눈 Lv33] [속도 향상 Lv19] [발견 Lv16]

[마법 재능 Lv35] [마력 LV34] [부가술 Lv10]

[생산의 소양 Lv23] [조교 Lv1] [요리 Lv7]

예비

[합성 Lv24] [지 속성 재능 Lv7] [연금 Lv27] [조약 Lv10]

[세공 Lv26] [수영 Lv8]

센스 숫자도 제법 늘어나서 관리가 힘들어졌다. 전투용, 생산용을 바꿔가면서 잘 써야겠다. 그리고 내 활은 DEX에 의존하는 경향이 강하니까 DEX 보정이 강한 [생산의 소양]은 항상 장비하는 게 마음 편하다.

오늘은 내 파트너를 찾기 위해서 [조교]도 장비했지만, 얼마나 효과를 발휘하는지 불명이다. 찾는다고 해도 어제처럼 우연한 만남을 기대할 수밖에 없고, 동쪽 유적 근처까지 가서 약초 같은 소재를 모은 뒤에 남동쪽 방향으로 향했다.

식재료가 될 만한 몹을 상대하면서 숲속의 아이템 회수에 전념했다.

식재료 아이템이나 포션의 소재, 또 제1마을 부근에서 출현하는 블루 슬라임 등, 잘 아는 몹도 출현하기에 딱히 위기감을 품는 일도 없이 마구 사냥하면서 전진했다.

강을 따라 남하하자 자연물로 구성된 강의 풍경에 서서히 변화가 나타났다.

돌을 쌓아서 유치하게나마 물길을 만들어 남동쪽으로 끌어가고 있었다.

나는 그 물길을 따라 발을 옮기다가 눈에 들어온 광경에
감탄사를 올렸다.

"우와아…… 죄다 밀밭인가."

물길이 도달한 곳에는 저수지가 있고, 옆의 자그마한 언
덕은 목초지. 그 안쪽에는 금색으로 빛나는 밀밭이 펼쳐졌
다. 촤악, 촤악, 무기를 휘둘러서 밀을 수확하는 플레이어
가 보였다. 이렇게 트인 이 장소 안쪽에는 예전에 밭이었던
곳의 흔적인지, 여러 식물이 자생하는 곳이 있었다.

"일단은 밀이군. 잘만 하면 오늘은 탄수화물을 먹을 수 있
겠어."

나는 일단 밀에 다가가서 뜯어보려고 했지만…… 꿈적도
하지 않았다.

"안 되네……. 내 밀 계획이……."

눈앞에 있는 모두는 자기 무기를 휘둘러서 베어내서 수확
하는 모양이다. 나도 그걸 흉내 내었다. 줄기 부분을 붙잡고
오늘 아침에 받은 식칼을 꺼내어 뿌리 부근을 성둥 잘랐다.

서걱 하는 감각. 이른바 쾌감이랄 것을 느끼면서 기분 좋
게 차례대로 밀을 모았다. 그렇게 모은 밀 다발은 [요리] 센
스의 기초 스킬 〈가공〉으로 밀가루와 짚단으로 바꾸었다.
열 단으로 1킬로그램 밀가루 한 부대와 짚단 하나. 그걸 대
충 서른 부대 정도 회수했을 때 나는 목초지로 돌아왔다.

"힘들구나. 아니, 너무 많이 베었나."

적당한 목초 위에 앉아서 밀을 벤 곳이 미스터리서클처럼

99

원형을 이룬 것을 바라보았다. 하지만 그걸 멍하니 바라보는 사이에 뿌리만 남기고 베었던 밀이 성장하여 원래대로 돌아왔다.

중간부터 나타난 인공수로, 그리고 누구의 눈에도 분명한 경작지, 유적이나 던전 등 사람이 살았던 흔적. 어쩌면 이 부유대륙은 [인간이 살고 있었다]는 설정이 있는 걸지도 모르겠다.

"뭐, 그것도 차차 조사하기로 하고. 조금 더 일해서 식재료를 모아볼까."

밀가루 서른 부대는 4인분으로서 많다 싶지만, 식량은 다다익선이다. 그보다 〈가공〉 스킬로 밀가루로 바꿨더니 부대에 담긴 채로 나왔다. 이 부대는 어디서 생겨난 걸까? 더 깊게 캐고 드는 건 관두자.

다음으로 향한 밭에는 독초나 포션 재료가 야채와 뒤섞인 형태로 자라있었다.

당근인가 싶어서 뽑아보니 당근과 비슷하게 생긴 저주의 식물 —— 만드라고라.

그런가 싶더니 당근도 분명히 있어서 생긴 걸로 판단하려다간 실패하도록 되어있었다. 나는 채취 직후에 감정할 수 있으니까 안전한지 위험한지 쉽게 알지만.

야채는 독초이 뒤섞인 상태로 수확되니까 충분한 양을 모으려면 시간이 걸리고, 그 뒤에 경치 좋은 목초지로 돌아가서 점심식사를 하기로 했다.

날씨 좋은 날에 목초지의 자그마한 언덕에서 소풍이라도 나온 것처럼 앉아서 일광욕을 했다.

"나도 게시판이라도 볼까."

갑작스럽게 그런 생각이 든 것은 이 상황에서 지식이 압도적으로 부족하기 때문이었다. 주위 상황, 내가 처한 상황, 치명적인 뭔가를 놓쳐선 안 되겠다 싶었다. 가볍게 먹을 수 있게 만든 점심을 꺼내고 게시판을 보면서 먹었다. 버릇없는 짓이겠지만 효율을 중시해서.

게시판은 전부 다해서 몇 종류로 나뉘어 있었다.

게시판 타이틀은 [던전, 유적 공략 정보 - 3] [새끼 동물이 너무 귀여워서 웃었다] [다들 안전 라이프] [부유대륙 몬스터 도감] [트레이드 게시판 - 시세 상담소] 등이었다.

그 중에서 나랑 관계있는 내용을 조사하려고 했는데, 자꾸만 재미있어 보이는 타이틀로 눈이 가서 괜한 곳을 보고 다녔다.

던전의 구성이나 덫의 종류, 추천 레벨이나 추천 센스 등, 또 이벤트 중의 실패담 같은 것도 있었다.

[맛있어 보이는 과일을 먹었더니 독에 걸려서 뿜었다] [내 파티는 [혼란]에 걸려서 1분 이상 파티들끼리 싸워대는 바람에 3명이 아웃] 같은 가슴 아픈 이야기도 있었다.

게시판 내용은 재미있도록 과장되어서, 꺼내놓은 점심식사를 잊고서 정신없이 읽어댔다.

"우와! 이거 새끼 스크린샷?! 투고도 할 수 있나!"

제일 신나게 읽었던 것은 새끼 동물 게시판이었다. 환상 세계의 단골손님인 검은 미니 드래곤이 푹신푹신한 깃털로 뒤덮여있거나…… 은색의 새끼 원숭이가 과일을 맛있게 먹거나…… 인형 사이즈의 귀여운 새끼 곰이 장난치거나…….

"역시 나도 얼른 파트너를 찾아야지."

그런 생각을 하지 않을 수 없었다.

"휴우……. 나도 점심 먹고 오후에도 열심히……, 어라, 내 점심 어디 갔어?"

꺼내놓은 채로 방치했던 점심밥이 완전히 사라졌고, 대신 새하얀 망아지가 졸린 듯이 무릎을 굽히고 쉬고 있었다.

털이 예쁜 새하얀 망아지가 눈앞에. 쓰다듬으면 분명 갈기의 감촉이 아주 기분 좋겠지, 싶을 정도였다. 상황에서 생각하자면 이 백마가 내 점심 도둑이구나 싶은데…….

"너, 언제부터 있었어?"

그것도 모를 정도로 게시판에 집중했나…… 싶었지만, 아무래도 그게 아닌 듯했다.

백마가 시선을 이쪽으로 돌린 순간, 말과 말 주위의 풍경이 흔들리더니 사라졌다.

"……?!"

하지만 내가 사라진 곳으로 시선을 집중하자, 흐릿하게 모습이 보였다. 백마는 한 발짝도 움직이지 않은 듯했다. 놀란 내 표정을 읽었는지 '어때? 대단하지?' 라고 말하는 듯한 불손한 태도로 모습을 보였다.

"……너 스텔스 기능이 있다니…… 대단한데."

놀라움에 칭찬을 섞은 감상이 자연스럽게 입에서 흘러나왔다.

"[발견]이 없었으면 못 찾았겠어."

숨겨진 덫이나 채취 포인트, 몹 등을 쉽게 찾게 해주는 [발견] 센스가 없었으면 도시락 도둑의 완전 범죄가 성립되었다. 더군다나 주위 깊게 찾아도 흐릿한 정도로밖에 보이지 않으니까, 그냥 평범하게 찾거나 두리번거려서는 못 찾았겠지.

그런 생각을 품고 중얼거리는 내게 딱히 큰 감정의 변화도 없이 꼬리를 한 차례 흔드는 것으로 대답하는 백마. 이 백마에게 나는 아무래도 좋은 존재겠지.

이 백마의 스텔스 기능은 강아지 리쿠르의 얼음과 마찬가지로 각 동물의 특성이겠지. 그렇기는 해도 별로 호의적인 인상은 아니었다. 하지만 이쪽이 적의를 품은 것도 아니니까 관심도 없는 눈치였다.

"그렇기는 해도 나도 배가 고픈데 밥도둑이라니. 뭐, 나야 만들 수 있으니까 괜찮지만."

만드는 거라면 물론 간단하다. 재료도 풍부. 요리 키트를 꺼내서 적당히 요리를 하였다.

다 된 요리와 나를 바라보던 망아지는 조용히 일어서서 야채볶음을 응시했다.

"……너 방금 그렇게 먹고도 더 먹고 싶어?"

고개를 끄덕이기에 나는 망아지 앞에 접시를 내밀었다.

왕성하게 먹어대기 시작하는 모습을 보며 '지금이라면 만질 수 있지 않나?' 하는 호기심에 따라 옆으로 가서 몸을 만져보았다.

손 전체로 만져도 전혀 움직이지 않았다. 스윽스윽…… 문질문질.

어제 길들인 새끼들처럼 털실 같은 느낌은 아니지만, 이 감촉은 진짜 버릇 들겠다.

특히나 긴 갈기를 손가락 사이로 흘려보면 빛을 난반사해서 아름다웠다.

"……너 나랑 같이 행동할래?"

백마는 이쪽으로 고개를 돌리더니 그 맑은 눈으로 가만히 들여다보았다. 10초, 20초, 긴 침묵. 틀렸나. 싫어서 반쯤 체념했을 때, 그 머리가 내 배를 꾸욱꾸욱 눌렀다.

"아니! 잠깐, 밀지 마?!"

갑작스러운 일이 그대로 엉덩방아를 찧었다. 예기지 않게 넘어지는 바람에 다리를 접으며 앉는 —— 그야말로 여자답게 앉자, 백마는 그 무릎 위에 머리를 올렸다.

"어이…… 이게 뭐야?"

꼬리만 흔들고 완전히 눈을 감고 있었다.

그대로 낮잠에 돌입하는 백마. 나는 아직 점심 못 먹었는데 이래선 요리를 할 수 없잖아. 그렇게 생각하면서도 백마가 기분 좋아하는 모습을 보니 왠지 방해해선 안 된다는 느껌이 들어서 어쩔 수 없이 인벤토리의 과일을 먹으며 허기를 달랬다.

갈기나 이마의 감촉을 즐기는 가운데 손바닥에 작은 돌기 같은 게 느껴졌다. 백마의 이마 근처에 살짝 딱딱한 게 있는 듯해서, 풍성하니 부드럽게 손을 밀어내는 털 사이를 살펴보았다.

분명히 뭔가 있었다. 내 다리에 머리를 올린 백마의 이마 부분 털을 헤치고, 손에 걸린 게 뭔지 확인하였다.

"……뭐?"

눈을 껌뻑이며 잘못 본 게 아닌지 확인하고 경악했다. 내 반응을 보고 살짝 고개를 든 백마는 '뭐야? 불만 있어?' 라고 말하는 듯했다.

아니, 얘 머리에 작은 뿔이 있다고요. 털에 가려져서 몰랐지만 뿔이 나있는 말이라면 환수 유니콘이 유명하잖아요.

유니콘은 처녀에게밖에 다가오지 않는다. 아니, 난 여자가 아냐, 남자라고.

잠시 동안 이게 어떻게 된 건지 생각했지만, 별 문제 아니라는 결론에 도달했다. 이렇게 감촉이 좋으면 뿔의 유무 같은 건 별 문제없지 않나 싶었다. 딱히 내가 손해 볼 게 없으니까.

그 뒤로 계속 털의 감촉을 만끽하면서 쉬는데 갑자기 백마가 벌떡 일어났다.

"……? 왜 그래?"

백마는 거듭 고개를 돌리더니 호수 방향을 똑바로 바라보다가 갑자기 뛰어갔다.

"어이, 잠깐만!"

나도 다급히 따라갔다. 완만한 언덕을 단숨에 뛰어 내려가서 숲 속으로 들어간 백마는 나무 사이를 누비듯이 계속 달렸다.

"이대로 있다간 뒤처지겠는데. 〈인챈트〉 —— 스피드."

놓치지 않도록 나도 속도를 올려서 계속 쫓았다. 한 차례 이쪽을 살피려고 돌아본 백마는 문제없다고 확인했는지 더욱 속도를 올렸다.

"제길! 뭐냐고, 갑자기!"

나무뿌리나 돌 같은 장해물을 피하면서 뛰었다. 때때로 보이는 서바이벌용 아이템을 드랍하는 유니크 몹을 죄다 무시하며 지나쳤을 때에는 아깝게 여겨졌다.

그리고 밀밭에서 숲으로 들어가서, 맵 상으로는 남부의 아무것도 없는 장소에서 백마가 멎었다.

"갑작스러운 일이라 쫓아오긴 했는데, 나한테서 도망친 것도 —— 아니, 사람이!"

백마의 발치에는 엎어져 있는 플레이어가 있었다.

작은 체격과 긴 머리칼을 보면 여자인 걸 알겠고, 그 주위에는 밀버드와 초식동물의 몹이 있었다.

"습격 받았나?! 일단——."

내가 한 걸음 다가가자 초식동물과 밀버드가 거리를 벌리듯이 내게서 떨어졌다. 백마도 그 두 마리의 몹과 쓰러진 플레이어 사이에 서듯이 자리를 잡았다. 우선해야 할 것은 쓰러진 플레이어다.

"어이, 괜찮아?"

"……움직일 수, 없습니다."

"무슨 일이 있었지?! 몹한테 당했어!"

"……먹을, 것."

어? 분명히 습격당했다고 하기에 부자연스럽게도 그녀의 HP는 가득했고, 상태 이상 같은 행동 방해를 받은 흔적도 없었다. 그리고 먹을 것이라니…….

"……무슨 행려병자냐."

예쁘장한 얼굴을 하고 한심한 소리를 하는 이 사람에게 한숨을 내뱉으면서 과일을 몇 개 꺼냈다. 그걸 떨리는 손으로 들더니 야성미 넘치는 방식으로 먹는 모습에는 천년의 사랑도 식을 듯했다.

"휴우……. 겨우 3할 회복이군요."

"더 먹을 거야?"

"아뇨, 저도 그렇지만, 사역수인 이 아이들에게도 필요합니다."

그렇게 말하며 가리킨 곳에 방금 전에 그녀를 에워싸고 있던 초식동물과 밀버드가 다가왔다. 적의라곤 없는 모습이니까 아군인가 본데…… 그렇다는 소리는.

"[조교] 센스를 가지고 있어?"

"예, 자세한 이야기는 먹으면서라도…….."

아니, 그 말은 음식을 준비하는 쪽이 하는 말이잖아. 여태까지 쓰러져있던 녀석이 할 말이 아니잖아. 그런 말이 목젖까지 치밀었지만 어떤 것을 본 순간 쑥 들어갔다.

"엘프 귀…….."

"아, 예. 엘프 귀지요."

"어떻게?"

"음, 캐릭터 에디트에서 귀를 좀 손댔어요. 엘프 같은 외견을 하고 싶었으니까요."

헤에. 나는 기본 카메라 촬영 그대로 신체 수정을 받았거든. 여성적으로.

귀에 걸린 금발을 걷어내며 뾰족한 엘프 귀를 보여주길래 뚫어지게 관찰했는데, 여성을 그런 식으로 보는 건 안 좋은 일이란 생각에 시선을 돌렸다.

이야기는 먹을 거라도 먹으면서 듣기로 했는데, 찾아온 과일을 죄다 먹어치울 기세인 한 사람과 세 마리. 어이, 망아지. 너는 아까 먹었잖아. 그런 마음으로 노려보았지만 모르는 척 하는 망아지. 참나…….

"그럼, 자기소개로군요. 저는 레티아. 일단 숲의 민족 엘프를 이미지해서 만들었습니다. 그리고 사역수는 초식동물 하루와 밀버드 나츠."

"나는 윤이야. 보다시피 활잡이."

"음, 겉모습을 보면 알겠군요. 그리고 빨리 바꾸기를 추

천하겠어요."

"동생도 그러더라고. 하지만 지금은 마음에 들어. 내버려 둬……. 그보다 레티아는 왜 그런 데에 쓰러져 있었어?

"거기에는 대단히 깊은 이유가 있습니다……."

깊은 이유. 누군가에게 식량을 빼앗겼다든가 도망치려고 죄다 내놓았다든가──.

"이벤트 기간 중에 어떻게든 진기한 동물을 찾아보려고 숲에 들어간 건 좋았지만, 1인분의 식량을 저와 하루와 나츠가 나누게 되어서……라는 여러 사정이 있었습니다."

"아니, 자업자득이라는 말로 끝나잖아. 음식은 여러 곳에서 채취할 수 있잖아. 대응하는 센스가 있으면 감정해서 안전한지 조사할 수 있잖아?"

"그건…… 부끄러운 이야기지만, 밤새서 활동하기 위해서 [광 속성 재능] 센스를 따느라고 신규 센스를 취득할 수 없습니다."

어이, 역시 자업자득이잖아. 그런 마음에 한숨을 내쉬고 싶어졌다.

"그럼, 어디 파티에 들어가든가. 아니면 수중의 아이템과 물물교환이라도 하든가."

"소모품도 약간이나마 만복도가 회복되기에 그것도 먹었습니다. 주운 식량 때문에 몇 차례 상태 이상에 걸렸습니다."

자신만만하게 할 말이냐! 게다가 소모품을 쓰는 게 아니라 먹다니…….

"하아, 안전한 음식을 가르쳐줄게. 내가 주는 걸 손에 들고 먹어보면 아이템에 대해 상세히 알게 될 거야. 대신 아까 먹은 식량만큼의 아이템하고 교환하자."

"즉, 저는 현재 배가 부른데 그걸 초과해서 먹으라는 말씀인가요?"

"궁금한 게 그거냐?"

"더 말하자면 하루와 나츠 몫도 합쳐서 세 배나 먹으라니…… 인간이 아니군요."

"왠지 아주 불만인데……."

빈곤한 표정으로 담담히 하는 말에 딴죽을 걸자 가볍게 웃는 레티아.

"농담이에요. 곤경에서 구해주셔서 감사합니다. 윤 씨는 마음 착한 여성이군요."

"그러니까 나는——."

"그래서 이 백마의 이름은?"

"내 말 좀 들어, 한심한 엘프."

배가 빵빵해진 초식동물 하루와 밀버드 나츠를 데리고 있는 레티아에게 내가 남자라는 사실을 전할 수 없었다. 그녀의 흥미는 백마를 향하고 있었다.

"레어 동물입니까. 탐나는군요. 이미 이름은 붙였습니까?"

"아니, 이름이라도 해도…… 그렇지?"

내가 하얀 망아지에게 동의를 구하듯이 말하자, 휙 고개를

111

돌리는 망아지. 아직 이름도 붙이지 않았고 파트너도 되지 않았다. 잠시 뒤에 스윽 몸을 지우고 어딘가로 가버렸다.

"아, 가버렸네."

"뭔가 잘못했습니까?"

"변덕 아닐까? 나왔다 사라졌다 그래. 그보다 적당히 아이템 좀 찾으러 가자. 내가 감정할게. 그렇게 모은 아이템은 둘이서 나누는 게 어때?"

"예, 독 같은 게 섞여있어도 괜찮습니까?"

"괜찮아. 독음식 말고도 생산소재 같은 건 쓸모가 있어. 어디 베이스캠프에 생산직이 있으면 소재와 생산물을 교환해줄지도 모르잖아."

"알겠습니다. 열심히 찾아보지요."

그렇게 말하며 하루와 나츠라는 두 마리 사역수를 구사하여 숲속을 뒤지기 시작했다.

나도 줄어든 식재료나 부족한 식재료를 모으기 위해 숲속으로 들어갔다. 사라진 것처럼 보이면서 내 뒤를 따라오는 하얀 망아지의 존재를 느끼면서.

●

"예를 들어서 여태까지 만복도 회복을 위해 먹었던 이 독초들도 조합하면 스테이터스 이상을 치료하는 약이 되는군요."

"아니, 그런 표현은 좀 이상하지만 완전히 틀린 것도 아니야."

둘이서 모아온 아이템들은 종류가 아주 다양해서, 최종적으로는 레티아에게 가르쳐줘야만 했다.

"자, 이거 먹어. 그리고 그 다음에 이것도 먹어."

"무리입니다. 독이란 걸 알면서 왜 먹나요……."

"안심해. 바로 해독초를 먹으면 대미지가 최소한으로 끝날 테니까."

"그렇다고 해도……."

그래, 지금은 위험한 식재료를 뺀 실용적인 소재를 레티아에게 말 그대로 몸으로 기억시키고 있었다. [몸으로 식별]이라고 불리는 방법이다. 중간에 잡담도 섞어가면서 하나하나 사용법을 가르쳤다.

"[조합]을 가진 사람한테 상태 이상이나 상태 이상 회복 소재를 가져가면 여러 아이템을 만들어줄 거야. 다음에는 평범한 식재료인데……."

보통 디메리트가 없는 아이템은 사역수인 하루와 나츠에게 먹여도 감정할 수 있다는 사실이 판명. 설령 사역수에게라도 독초 같은 걸 쓰기 싫다면서 레티아 본인이 직접 먹었다. 결코 내가 괴롭힌 게 아니다.

"우우……. 이게 캠프. 독마저도 입에 넣지 않으면 살아남을 수 없다니."

"아니, 일반적으로 감정할 수 있으면 안 먹으니까. 게다가 한 번 기억하면 그 다음부터는 위험한 짓 안 해도 되니까."

담담히 식별을 위해 소재를 입에 넣던 엘프풍 미소녀는 시선을 사역수 쪽으로 돌렸다. 주인의 시선을 무시하고 맛있게 소재를 우적대는 사역수들. 파트너 관계란 무엇인지 의문스럽게 생각하는 동시에 대단히 초현실적 광경이라서 미묘하게 슬퍼졌다.

  "으음, 뭐랄까. 이벤트에서 살아남으면 좋은 일도 있어. 그러니까 무리하지 마."

  "당신은 신기한 사람이군요. 쓰러진 이를 구하고 대가 없이 살아남는 법을 가르쳐주다니……."

  딱히 깊은 생각도 없이 도와준 것뿐인데.

  "게다가 활을 무기로 삼다니. 쓰레기 센스를 가졌다는 점에서 공감을 느낍니다."

  "왠지 싸움 거는 것 같은데?"

  "그렇지 않습니다. [조교] 센스는 쓰레기네, 써먹을 데 없네 하는 소리를 듣는데, 비슷한 이야기 듣지 않았을까 하고."

  "아, 그러고 보면 [조교]도 그런 소리 듣지. 방향성을 정하기 전에 땄을 뿐이지 쓰진 않았어."

  레티아의 말에 떠올랐지만, 난 [조교] 센스를 쓰지 않는다. 사역 몹을 입수할 확률이 지극히 낮고 운이 필요하기 때문에 따기만 하고 묻어놓았다.

  "그 인식은 반쯤 맞고 반쯤 틀렸습니다."

  "어? 무슨 소리야?"

  "완전한 운이 아니라 준비도 필요하단 소립니다. 예를 들어서 동물을 길들이는 방법은 뭐가 있을까요?"

"어어, 먹이를 준다든가?"

"그렇습니다. 그 외에도 전투를 통한 조교나 기능을 보여주어서 상대와 공감하는 것이 포인트입니다."

분명히 전투만으로 [조교]하려면 완전히 운으로 동료가 되지만, 몇몇 방법을 시험하면 확률을 올릴 수 있다. 상대에게 가장 적절한 방법을 취하면 동료가 될 확률이 확 오른다. 다만 수법이나 확률 상승을 해도 결국은 운이 얽히니까, 시행 횟수를 늘릴 필요는 있는 모양이지만. 그리고 동료가 된 몹은 소환석이라는 아이템에 되어서 불러낼 수 있게 된다.

소환석으로 불러낸 몹은 종류별로 코스트가 결정되고, 코스트에 따른 MP를 사용한다. 그렇기 때문에 플레이어는 자신의 MP 상한에 적절한 몹을 [조교]할 필요가 있다는 소리다.

"이런 느낌이지요."

"흐응, 그런가."

레티아의 설명을 들으면서 아이템 식별작업. 슬슬 끝이 보이기 시작했을 때 그게 나타났다.

"어?! 저기 새끼가."

"어, 거짓말? 어디에……."

레티아의 시선은 내 뒤에 못 박혔고, 그 시선을 따라가니 나무의 굵은 가지 위에 그게 있었다.

가느다란 몸에 하얀 털과 새빨간 눈을 가진 생물이었다. 족제비나 페럿 같은 생물은 이쪽을 관찰하듯이 가만히 바라보았다.

"그럼 여기서 방금 이야기한 걸 실천해볼까요. 갑자기 전투로 굴복시키는 것보다는 일단 여러 가지를 시험해보죠."

그렇게 말하면서 레티아는 감정한 무독성 과일을 손에 들고 나무 위의 동물에게 말을 걸었다.

"자, 먹을 거야. 이리 오렴."

족제비 같은 동물의 시선이 과일로 쏠리고 쪼르르 나무에서 내려왔다. 다만 내가 새끼들과 마주쳤을 때와는 달리 꽤나 경계심 같은 걸 품었는지 좀처럼 다가오지 않았다.

"그런 다음에는 악기 같은 걸 연주하여 마음을 빼앗죠."

그렇게 말하며 꺼낸 것은 피리였다. 엘프를 자칭하는 만큼 얼마나 훌륭한 연주를 해줄 것인가 기대했는데——.

삐뿌루루~ 하고 뭔가 김새는 소리와 단조로운 소리가 반복해서 숲속에 공허하게 흘렀다.

"이렇게 [악기] 등을 사용해서 우호를 쌓을 수도 있습니다."

"그 이전에 놀라서 굳었잖아! 저 족제비 말이야!"

"이상하군요. 고블린은 두 손을 휘두르며 엄청 기뻐했는데……. 뭐, 연주가 끝나면 습격해왔지요. 레벨이 낮은 게 원인일지도 모릅니다."

틀렸다 싶었던 순간 족제비 새끼의 분위기가 변했다.

한심한 피리 연주가 끝나는 동시에 경계심에서 단숨에 적개심을 드러내더니 이쪽을 위협하였다.

"어이, 완전히 화가 났는데……."

"가끔씩 완전히 틀린 권유법을 취하면 단숨에 적대상태가 되는 경우가 있지요. 드문 일이지요."

"그거 완전 글렀잖아! 우왓?!"

족제비의 짧은 앞다리가 연녹색 빛으로 뒤덮이고 바람이 모이기 시작했다. 휘두르는 앞다리의 연장선상에서 재빨리 피하자, 거기를 날카로운 바람이 지나치며 지면에 작은 상처를 남겼다.

"낫 족제비인가. 적대했으면 쓰러뜨릴 수밖에 없나?"

벨트에 달아둔 식칼을 뽑고 낫 족제비와 적대했다. 레티아와 그 사역수 두 마리도 배치에 들어갔지만, 파티를 짠 것도 아니니까. 공투 페널티를 받지 않도록 역할을 정해야 한다.

"레티아. 전투가 되면 어떻게 하지?"

"아쉽지만 저는 근접 전투력이 없습니다. 거의 하루와 나츠에게 맡기니까요. 부탁해요."

"하아, 나도 접근전은 초보인데."

거리가 너무 가까운 탓에 장궁으로는 상대하기 어렵다고 판단하고 식칼을 꺼냈는데, 여기선 싸우지 않고 전술적 후퇴가 좋겠지. 하지만 이대로 얌전히 보내줄 만한 분위기가 아니다.

"내가 앞, 레티아는 페널티가 없는 거리에서 서포트 부탁해."

"알겠습니다."

즉각 뒤로 물러나는 레티아와 그 옆을 지키는 사역수들. 내가 선수를……이라고 생각한 순간 식칼을 든 손을 잡아당기는 것을 느꼈다.

"너는…… 왜?"

여태까지 레티아에게서 숨어있던 유니콘 새끼가 내 소매를 입에 물고 무기를 못 휘두르게 방해하였다.

이 녀석까지 적이 되었나? 라고 생각했는데 딱히 공격해오는 것도 아니었다. 딱히 누굴 편드는 느낌도 아니라 눈에 적의가 없었다.

"옵니다……!"

"?! 우앗."

날아드는 바람의 칼날을 유니콘 새끼와 함께 맞아서 HP가 줄었다. 충격으로 한 걸음 물러났지만, 즉각 뒤에서 대기하던 레티아가 회복마법으로 나와 유니콘 새끼의 상처를 치료했다.

낫 족제비에게서 공격을 받아도 저쪽에게 적대하지 않는 유니콘. 쓰러뜨리지 말라고 말하는 것 같잖아.

"알았어. 쓰러뜨리지 말고 무력화시키면 되지? 그렇게 할 테니까 놔줘."

내 말이 통했는지는 모르지만, 물고 있던 소매를 놓고 내게서 거리를 벌렸다. 쓰러뜨리지 않고 무력화시키는 방법은 있다.

"레티아! 멈추지 말고 계속 회복해줘. 〈인챈트〉 —— 마인드!"

인챈트로 마법방어를 높이고, 한 걸음 물러났던 만큼 다시금 전진했다. 계속해서 날아오는 바람의 칼날은 교차시킨 팔로 막아냈지만, 방금보다 대미지를 줄이는 데에 성공했다. 재빨리 내게 쏟아지는 힐. 착실하게 거리를 좁히고 거기에 비례해서 제정신이 아니라고 할 정도의 공격을 날리는 낫 족제비. 그리고 손이 닿는 거리까지 온 나는——.

"참나, 사람 귀찮게 하고 말이지——."

인벤토리에서 꺼낸 액체를 낫 족제비의 머리에 쏟아 부었다. 그 직후에 쓰러지듯이 움직임을 멈추는 낫 족제비.

"뭐든지 만들고 볼 일이군. 상태 이상약이라니."

[수면]의 상태 이상을 일으키는 약을 맞고 얕은 잠에 빠져 숨소리를 내는 낫 족제비. 이렇긴 해도 10초도 안 되어 눈을 뜰지도 모른다.

그런 내 옆을 빠져나가 앞으로 나온 새끼 유니콘은 이마에 빛을 모으더니 잠든 낫 족제비에게 가져다 댔다. 그렇게 해서 감소된 HP와 상태 이상을 회복시켰다. 우리는 공격을 하지 않았으니까, 그 이전에 대미지를 입었겠지.

"아, 눈을 떴네요."

눈을 뜬 직후에는 흥분상태였던 낫 족제비도 회복된 자기 몸을 확인하는 시늉을 한 뒤에는 유니콘과 우리를 보고 허둥거리며 도망쳤다. 그걸 뒤에서 바라보던 레티아는 다소 아쉬운 듯이 한숨을 내쉬면서도 딱히 별 말이 없었다.

"서포트해 줘서 고마워."

"아뇨. 적재적소입니다. 하지만 윤 씨는 역시 신기한 사람이로군요. 뭐, 레어몹 새끼를 간단히 쓰러뜨리는 건 아까우니까요. 좋은 판단입니다."

"내 판단은 아냐. 아, 벌써 숨었나."

새끼 유니콘은 자기 일이 끝났다는 듯이 스텔스 능력을 써서 조금 떨어진 장소에 있었다.

"그렇기는 해도 우리랑 만나기 전에 누구한테 공격을 받은 모양이군요. 대미지를 입은 상태였습니다."

새끼를 노리는 플레이어가 있었을까, 아니면 몹들끼리 전투라도 한 걸까.

"모르겠어. 아, 곧 해가 지겠다. 레티아는 어떻게 할래?"

"적당한 장소에 베이스캠프라도 만들고 쉬겠어요."

"그럼, 여기서 헤어질까."

"그렇군요. 또 인연이 있다면."

그렇게 말하고 자기 파트너들을 데리고 숲 안으로 들어가는 레티아가 보이지 않게 될 때까지 지켜보았다.

"어디, 우리도 돌아갈까……. 음? 뭐지, 이건?"

낫 족제비 새끼가 있던 장소에 둔한 빛을 내는 것이 있었다. 불그스름한 빛의 금속으로 된 반지였다. 아이템의 상세 내용을 볼 수 없었기 때문에 [세공] 센스로 전환하여 감정하였다.

라스 링 [장비품]
DEF +15 MIND +15 추가 효과 : [분노3]

뭔가 무시무시한 장비다. 하지만 왜 이런 장소에 있는지 몰라서 고개를 갸웃거렸다. 자세히 조사해보니 묘하게 표독스럽고 불길한 느낌의 무늬가 있었다.

"뭐, 생각만 해도 수가 없나. 이건 인벤토리 안쪽에 넣어두자."

그렇게 중얼거리며 나도 베이스캠프로 돌아갔다. 중간까지는 새끼 유니콘이 따라왔지만, 베이스캠프의 다른 사람들을 보고 또 숨듯이 도망쳤다.

인연이 있으면 또 만날지도 모른다는 생각으로 일단 머릿속에서 지워버리고, 마기 씨나 다른 사람들에게 오늘의 성과를 보고했다.

4장 수영과 호수 밑 유적

"오늘도 별도 행동인데 윤 군은 괜찮아?"

"문제없어요. 아무래도 호수 밑을 보러 가려면 [수영] 센스가 없으면 도저히 탐색이 안 되니까요. 게다가 뭐가 나올지도 모르고요."

마기 씨가 그렇게 걱정해준 사흘째 아침. 어젯밤에 날뛰는 새끼 동물에게 무저항으로 맞선 경험을 말했더니 마기 씨가 크게 걱정해주었다.

"윤 군, 무리는 하지 마. 무사히 돌아와야 돼."

"알겠어요."

"자, 가자. 오늘이야말로 생산에 필요한 소재를 찾아야지."

마기 씨는 클로드와 리리와 함께 북쪽 에어리어의 탐색 구역을 넓힐 예정이었다. 어제는 안전선을 지키면서 탐색했지만, 필드에 출현하는 몹은 비교적 단조롭고 약한 인상이라서 조금 더 적극적으로 행동하기로 했다.

품에 새끼들을 품고 걱정스럽게 이쪽을 돌아보는 마기 씨를 웃는 얼굴로 보내주고, 보이지 않게 되었을 즈음에 나도 살짝 미소를 지으면서 '걱정도 많아'라고 중얼거렸다.

"자, 다들 갔으니 나도 오늘은 호수로 직행할까."

그렇게 말하고 우리 베이스캠프가 있는 세이프티 에어리

어를 벗어나자 눈앞에 새끼 유니콘이 나타나서 나를 따라오
듯이 나란히 걷는 모습에 쓴웃음을 지었다.

"역시 근처에 있었나. 어제는 그냥 베이스캠프까지 오면
좋았을걸."

내 옆을 나란히 걷는 망아지는 포니 정도 크기라서, 마기
씨에게 안긴 리쿠르나 다른 새끼들과 다른 멋이 있었다.

"이름이 없으면 불편하지. 네 이름, 뭐라고 할까?"

딱히 반응을 보이지 않는 유니콘을 보고, 이마에 손가락
을 대고 끙끙대며 이름을 생각했다.

"말이 없네. 말을 안 하니까…… 말없음. 우왓?! 마음에
안 들어?! 미안, 미안."

뒤에서 나한테 박치기를 해대며 불만을 표하는 백마. 이
름은 어렵군.

"음, 그럼 뤼이. 뤼이면 어때?"

그렇게 말하자 박치기를 멈추고 퉁한 태도를 취하면서도
결코 내게서 떨어지지 않고 보조를 맞추었다. 마음에 들었
는지는 모르겠지만, 인정한 거라고 봐도 좋겠지. 그리고 보
면 새끼 유니콘 —— 뤼이에 대해서 다른 사람들에게 말하
는 걸 잊어버렸다.

우리는 일단 남동쪽의 인공 수로로 갔다가 물길을 따라서
호수로 향했다.

수로와 호수의 경계는 눈에 띄게 나뉘어서, 호수 가장자
리는 개펄이 되어 있었다.

"얕은 물가에도 생물이 있으니 [수영] 없이도 식량을 확보할 수 있겠어."

내가 일단 개펄에 들어갔지만, 발밑이 불안정해서 균형을 잡기 좀 어려웠다. 뤼이는 그런 불안정한 곳에 결코 들어오지 않았다.

"뤼이는 개펄이 싫은가 보네. 거기서 기다려. 오늘 저녁 식재료 좀 구해올 테니까."

그렇게 말하자 뤼이는 고개를 끄덕이고 그 자리에 앉아서 낮잠을 자기 시작했다.

나는 의식을 개펄로 되돌렸다. 조금 더 깊은 곳으로 들어가자 큼직한 새우나 조개가 보였다.

허리를 굽혀서 따보려고 했는데, 새우나 조개가 커다란 집게발이나 조개껍질로 손을 공격하려 들었다.

"이런…… 이거 몹인가?"

시험 삼아 식칼을 꺼내어 그 자리에서 베어보았는데, 대미지가 들어가지 않았다. 그래서 센스를 맞추어 장비하자 공격에 판정이 발생했다. 그렇기는 해도 껍질에 튕겨날 뿐이었다.

"움직임도 둔하고 안 움직이네. 그러면 몹…… 그래, 새우는 뒤쪽으로 돌아가서 껍질 틈새로 식칼을 찔러서……."

상대를 밟아서 움직임을 막은 뒤에 식칼 끄트머리를 틈새로 찔러 넣었다. 후우 숨을 내뱉고 집중. 단숨에 식칼에 힘을 넣어서 틈새부터 절단했다.

처음에는 강한 저항이 느껴지던 새우 껍질을 힘으로 밀어붙이자, 뿌직 하는 마지막 저항 후에 모습이 사라지고 인벤토리에 새우가 들어왔다.

"사냥에 식칼도 쓸 수 있네. 단검잡이가 아니라 식칼잡이라니 완전 농담거리잖아."

하지만 단검은 나름 두껍다. 이렇게 깨끗하게 틈새를 찌를 수 있는 건 식칼이 얇고 날카롭기 때문이겠지.

그 뒤에도 입을 다문 조개의 껍질 틈새로 식칼을 꽂아서 안에서 조개관자를 쳐내자 조개가 손에 들어왔다.

다들 하나씩 움직임을 멈춘 뒤에 틈새를 노려야 하니까 효율 좋다고 할 수 없다. 시간이 제법 걸렸다.

하지만 적을 대충 100마리 정도 쓰러뜨렸을 때──.

[[요리] 센스가 레벨 10 이상. 요리 계열 장비로 100마리 토벌하였기에 스킬이 발생했습니다.]

"어? 레벨과 이벤트 이외에도 스킬이 생기는구나."

[요리] 센스의 기초 스킬 세 가지 〈조리〉〈가공〉〈촉진〉 외에 또 하나가 추가되었다.

그렇기는 해도 식칼로 몹을 공격하면 레벨이 오르는 건 또 뭐지?

"〈식재료의 소양〉── 10분 동안 적에게 빨간 마크가 생긴다. 그 장소를 공격하면 대미지 증가."

즉, 약점 발견 스킬이란 걸까. 시험 삼아 써보자, 주위 새우들의 껍질 틈새에 빨간 마크가 생겼다.

[부가]와는 다르게 스테이터스에 보정이 걸리지 않으니까 무기 센스의 대미지 보정에 가까운 느낌이다. 한정적인 공격 범위에 따른 대미지 보정은 완전히 하위 호환이라고 할 수 있겠지.

"식재료도 충분히 모았으니 한 차례 호수 안을 확인하고 돌아갈까."

장비에서 [조약] 센스를 빼고 [수영] 센스로 바꾸었다. 레벨이 높은 [조약]을 제거하는 건 다소 불안하기도 하지만, 그건 인챈트의 보정으로 어떻게든 커버한다.

물속은 막히는 곳 없어서 물줄기에 따라 물풀이 흔들흔들 움직였다.

급류와 비교하면 저항이 약한 물속을 자유롭게 헤엄치면서 바닥에 건물 귀퉁이 같은 것을 발견했을 때, 시야를 엄청난 속도로 지나치는 검은 그림자를 보고 재빨리 피했다.

'우와?! 뭐야, 저건?'

돌아보자마자 보인 물고기는 길이 1미터 50센티미터는 됨직한 시커먼 거대어. 이름은 양식 검은 참치였다.

여태까지 상대했던 새우나 조개와 비교도 되지 않을 정도로 강한 어패류에 나는 확신했다.

'이 녀석은 이 호수의 유니크 몹이야.'

어쩐다. 호수 밑의 건물을 조사하고 싶지만, 분명 저 놈이 방해하겠지. 그렇다면 물러날 수밖에 없다.

나는 일단 수면으로 부상했다. 검은 참치는 중간까지 날 따라왔지만, 일정 깊이 이상 올라올 수 없는지 도중에 돌아갔다.

"자, 전략이라도 짜서 잡을까."

최악의 경우 수면으로 도망치면 쫓아오지 않는다. 되는 데까지 도전해볼까. 나는 수면에서 태세와 호흡을 가다듬었다. 스스로에게 ATK, DEF, SPEED 인챈트로 강화. 또한 방금 취득한 〈식재료의 소양〉으로 약점을 찾아보았다.

식칼을 쥐고 다시금 물속으로 잠수, 참치를 찾았다.

하지만 찾을 필요도 없었다. 일정 구역을 돌아다니던 참치는 자기 영역에 들어온 나를 향해 돌격해왔다.

이번 접촉에서는 작게 회피하며 녀석의 몸에 난 마크를 겨누어 식칼을 휘둘렀다.

커다란 몸에 여러 군데 찍힌 마크를 향해 힘껏 휘둘렀지만, 참치에게 식칼이 꽂힌 순간——.

'으악?! 팔을——.'

꽂힌 식칼을 그대로 참치가 잡아당겼다. 식칼이 참치의 몸에서 빠지지 않아서 그걸 쥔 내 팔까지 잡아당겼다. 격심한 물의 저항에 내 HP가 서서히 줄어들었다.

위험하다 싶었지만 식칼이 도저히 빠지질 않아서 녀석이 방향을 바꾸기 위해 속도를 줄이는 순간을 노려서 식칼을 뽑았다.

'빠져라 —— 어?!'

탈출해서 마음을 놓았더니, 선회하기 위해 크게 휘두른 꼬리지느러미가 내 옆구리를 때려서 물속에서 크게 날아갔다.

　물속에서 위아래도 모를 정도로 고생한 끝에 간신히 멎었을 때 참치가 눈앞까지 와있어서 다급히 수면으로 도망쳤다. 첫 접촉은 내 패배다.

　"제길! 녀석은 거의 대미지를 입지 않았는데 나만 피가 절반 이상 줄었잖아."

　속도가 느리면 쫓아가서 식칼로 마구 찌르기라도 하겠는데, 선회하는 것마저도 공격 판정이 있다. 이럴 때에 〈커스드〉로 상대의 속도를 떨어뜨리면 좋겠지만 수면에서는 거리가 있어서 수중까지 말이 닿지 않으니까 무리다.

　포션으로 HP를 회복하고 다시금 물속으로 들어갔다.

　거리감은 문제없다. 공격 방법을 바꿔야지.

　아까처럼 돌진했다간 휘둘린다. 칼날이 길면 흐름의 범위 밖에서 벨 수 있겠지. 뭍에서 활로 쏘자면 물의 저항 때문에 화살의 속도가 죽는다.

　나는 공격법을 찾지 못한 채로 회피만 반복했다.

　……세 번, 네 번, 다섯 번, 여섯 번, 일곱 번, 여덟 번.

　아홉 번째 대치. 이 싸움을 시작한 지 한 시간이 경과하고 있었다. 기계적으로, 물속에서의 최적인 움직임을 익혔다. 그동안 천천히 공격방법을 생각했다.

　유효한 공격수단은 손에 쥔 식칼뿐. 식칼을 어떻게 쓴다?

128　온리 센스 온라인 2

머릿속으로 식칼 사용법을 떠올렸다. 식칼은 밀고 당긴다. 이것이 기본적인 움직임이다. 그럼 물속의 참치를 밀고 당기면 어떻게 될까?

마침 덤벼드는 참치.

겨드랑이를 딱 붙인 채로 두 손으로 든 식칼을 마크에 대고 꽂았다.

참치의 추진력과 내 추진력이 교차할 때, 식칼은 매끄럽게 들어갔다.

'좋아, 베었어.'

그대로 칼날을 고정하고 서로의 추진력만으로 벤다.

물속은 저항이 크니까 마구잡이로 팔을 휘두르고 찌르기보다도 헤엄을 치면서 대고 있을 뿐 —— 그 성과가 이거다.

지금 일격으로 마크를 더듬듯이 베었지만, 도중에 살짝 빗나갔다. 다음은 확실하게 선을 따라 베어주지. 이번에는 내가 공세에 나섰다.

물을 박차며 참치에게 정면으로 덤볐다.

물속에서 속도를 타고, 이번에는 내가 흐름을 만들어냈다.

서로에게 육박한 순간, 나는 몸을 돌려서 제일 긴 마크에 식칼을 꽂고 다리에 힘을 넣어서 단숨에 꼬리까지 내달렸다.

물을 박차는 기세와 맞물려서 이번에는 힘으로 눌리는 일없이 깨끗하게 마크대로 베었다.

이건 자신감이 되었지만 시간이 다 되었다. 일단 수면으로 올라가서 자세를 가다듬었다.

"겨우 1할 깎았나. 남은 건 9할."

열 번째 도전.

정면에서 도전하여 덤볐다. 서로 기세가 붙은 정면에서의 치킨레이스. 만에 하나 내가 피하는 타이밍을 놓치면 질량적으로 앞서는 참치에게 한 방 먹게 되겠지. 하지만 피해서 베기만 해선 큰 대미지가 들어가지 않는다.

교차할 때에 줄어드는 HP. 그리고 마지막 정면 대결.

스윽 꽂은 식칼은 참치의 몸을 미끄러져서, 최종적으로 절명에 몰아넣었다.

'——해체 완료, 로군.'

강적이었다. 1대1이라면 여태까지 싸운 어떤 몹보다도 강하겠지. 보스와 비견하는 건 웃기는 소리일지도 모르지만, 환경이 환경인만큼 보스 이상으로 강하게 느껴졌다.

그리고 유니크 토벌의 보수인 보물 상자가 물속에 생겨나서 가라앉았다.

나는 다급히 그걸 쫓아가서 바닥에 가라앉은 걸 확인한 뒤에 상자를 열었다.

'어디, 양식 검은 참치라면 어떤 아이템을 드랍할까.'

기대와 함께 꺼낸 아이템을 보고 눈이 동그래졌다. 그리고 나는 이 생각을 전하기 위해 전력으로 물을 박차고 똑바로 올라갔다.

"양식이란 게 양식(洋食)이었냐!"

거기 들어있던 아이템은 양식 요리 세트.

파스타 반죽을 넣어서 손잡이를 돌리면 파스타가 나오는 도구라든가, 보울과 잘록한 냄비, 대형 마법 풍로, 여러 도구가 들어있었다.

고맙긴 하고, 운영진이 이름에 장난 좀 쳤다는 건 알겠지만, 아무래도 납득하기 힘들었다.

●

"아아, 지쳤다. 물속 좀 확인하고 돌아가야지."

나는 물속에서 발견한 인공물을 향해 잠수하였다. 석조 건물에, 입구는 한 곳.

거기로 들어가자 내부에는 공기가 있고 횃불이 걸려 있었다.

"어이, 이런 곳이면 습기 때문에 횃불이 안 켜지는 거 아냐?"

그렇게 생각하면서도 요리 세트의 라이터로 불을 켜보니 불이 붙었다. 게임이니까 가능하겠지. 차례로 불을 붙이면서 전진하자 방 전체의 모습이 대략 보였다.

가늘고 길게 안쪽으로 이어진 석조 벽에는 회를 바르고, 그 위에 그림을 그려놓았다.

여러 동물의 그림. 늑대, 호랑이, 거대한 새, 코끼리, 곰, 여우, 용. 그 외 여러 동물들과 공존하는 인간. 글자라곤 하나도 없고 그저 그림만으로 표현된 공간.

방을 주욱 둘러보자 다른 공간으로 이어지는 듯한 통로가 보였지만, 천장이 무너졌기에 지나갈 수 없었다.

주위 깊게 주위를 살폈지만 동물 그림밖에 없었다.

그걸 놓치지 않도록 조금씩 스크린샷으로 촬영하였다. 천장에도 비슷하게 공존하는 그림이 있었다.

그리고 제일 안쪽으로 들어가자 그림 내용이 변하였다.

동물과 공존하던 인간이 동물을 사역하게 되고, 사역된 동물은 인간과의 관계를 소중히 여겼다.

그런 그림 중에서 제일 이채를 띠는 존재가 있었다.

크게 찢어진 입과 가지런하지 않은 날카로운 이빨, 검은 몸에서는 무수한 촉수가 나온 생물. 무시무시함을 조장하는 듯한 배색과 생물로선 불가능한 방향으로 구부러진 동체. 눈동자가 있어야 할 장소에는 뻥하니 구멍뿐.

그 생물은 촉수로 동물을 붙잡아서 그 흉흉한 입에 던져 넣었다.

그게 여러 마리 나타나서 동물들을 유린하는 그림은 여태까지의 목가적인 벽화의 인상을 산산조각내기에 충분했다.

마치 이 동물들의 천적이라고 할 만한 존재.

"내 상상이지만 이 부유대륙은 그런 설정이 있는 걸지도 모르겠네."

그리고 인간들이 무기를 손에 들고 그 천적을 없애러 갔다. 이형의 괴물들은 뒤에 숨겨진 눈이 있어서, 인간들은 거기를 노렸다.

그리고 마지막에는 그런 이형의 괴물을 크게 키운 듯한 무수한 눈알의 괴물과의 격전이 그려진 벽화.

이런 무거운 분위기의 벽화 끝에는 다시금 찾아온 보물 타임.

그 곳의 제일 안쪽에 자리 잡은 보물 상자의 생김새와 장식은 여태까지의 보물 상자보다도 더욱 중후한 느낌이 넘쳤다.

이번에는 호수 밑의 건축물 안에 있는 보물 상자. 내가 헤엄쳐서 도착했을 때에는 [수영] 레벨이 12였다. 그리고 근처를 떠다니던 검은 참치와의 사투를 생각하면 상당히 난이도가 높아서, 어제오늘 [수영] 센스를 취득해도 여기까진 오기 어렵겠지. 아니, 파티 여섯 명이 물속에서 쓰기 쉬운 창 같은 장비를 갖추었다면 더 쉬웠을지도 모른다.

'이번에야말로 장난이 아닌 아이템을 좀 줘!'

내가 긴장한 손길로 보물 상자를 열자, 안에서는 미감정 상태의 무기 네 개가 들어있었다.

——지팡이와 전투도끼, 단검 한 쌍과 장궁이었다.

지팡이는 빛을 빨아들이는 듯한 칠흑색 보석이 박힌 물건. 검은색의 신성한 느낌이 감도는 지팡이.

전투도끼는 검붉은 색으로 중후한 감이 넘쳐나는 것으로, 나는 들어올릴 수 없었다. 붉은 색에 금이 간 칼날 옆부분은 마그마처럼 검붉게 껌뻑였다.

두 자루가 한 쌍인 단검은 자루의 디자인이 같지만 칼날의 색깔이 달랐다. 한쪽은 유리 같은 검은색 칼날. 다른 쪽은 흉흉할 정도의 보라색. 양쪽 다 꺼끌거리는 표면에 빛을 반사하지 않는 질감이었다.

그리고 매끄러운 목재와 거기에 감긴 선명한 붉은색의 천, 그리고 정교한 장식 깃털과 무슨 소재인지는 모르지만 시커먼 현이 걸린 장궁.

리리가 만든 검은 소녀의 장궁보다도 한층 크고 가볍게 다룰 수 있을 것 같지 않았지만, 멈춰 서서 쏘기에는 안정되어 보였다.

그리고 마지막으로 메모.

"어어, [축하합니다. 필드의 숨겨진 보물 상자. 안에는 유니크 장비. 이건 당신 파티가 가장 즐겨 쓰는 종류의 무기입니다. 자세한 내용은 감정하면 알 수 있습니다]란 말이지. 분명히 미감정 상태긴 하네."

확인해보았지만 분명히 미감정이었다. 장비는 가능하지만 무슨 일이 일어날지 모른다. 오늘 밤에 마기 씨네한테 보여줘서 확인하자. 그보다 이건 마기 씨나 다른 이를 포함한 파티의 무기겠지.

떨어져 있어도 파티인가. 괜찮다 싶었다.

나는 이 자리에 더 이상 조사할 게 없자 다시금 물속으로 들어갔다.

호수 밑에서 올려다본 수면은 햇빛을 반사하여 반짝반짝

빛났다. 그 자리에서 일단 멈추어 그 광경을 스크린샷으로 남기고 호수 밖으로 나왔다.

"……뤼이. 있어?"

너무 오래 방치한 건지 주위를 둘러봐도 백마의 모습은 없었다. 두 시간 이상 방치한 건 좀 심했다 생각하면서 머리를 긁적이는데 근처 덤불에서 뛰어나오는 모습을 발견했다.

"기다려준 거야? 고마워."

나는 허리를 낮추고 다가오는 뤼이를 쓰다듬었다. 머리를 내게서 돌린 것은 기분이 상했다는 뜻일까. 미안한 짓을 했네.

"호수 탐색도 끝났으니 일단 돌아갈까. 아니면 다른 장소를 탐색……. 왜 그래, 뤼이?"

여태까지 나와 눈을 맞추지 않았지만, 쓰다듬는 게 싫은 눈치도 보이지 않던 뤼이가 뭔가를 본 것처럼 조용히 긴장된 분위기를 전개하였다.

그렇게 몇 초. 뤼이는 내게서 30미터 정도 떨어진 위치로 이동하고 고개를 흔들어 이쪽으로 오라고 재촉했다. 동물의 위기 탐지 능력은 게임에도 적용되었나? 그런 느긋한 생각을 하며 뤼이의 곁으로 다가간 순간 엄청나게 날카로운 목소리와 격렬한 금속음이 퍼졌다.

"뭐, 뭐야?!"

"——〈파워 웨이브〉!"

낯익은 목소리와 함께 호반 옆의 숲에서 거대한 두 마리 몬스터가 날아왔다. 그것도 딱 내가 있던 장소로.

"일격에 이 정도로 날아가다니 필드 유니크라고 해도 너무 약하잖아! 자, 내 검의 녹이 되어라!"

쓸데없이 신이 난 목소리. 쓸데없이 검을 휘두르며 바람을 가른다.

새우 형태와 나무 형태의 두 유니크 몹을 동시에 상대하는 소녀들이 몹들이 날아온 진로에서 나타났다.

"……뮤우. 갑자기 두 마리를 동시에 상대하는 건 다소 리스크가 큰 것 같은데요."

"으음. 나는 저 딱딱한 껍질로 망치 레벨을 올릴 수 있으면 좋겠는데."

"자, 자, 다른 사람한테 뺏기기 전에 서치 앤드 디스트로이! 이게 최강!"

아는 사람입니다. 빼도 박도 못 하게 아는 사람입니다.

경장비에 단검을 쓰며 냉정하게 파고드는 토우토비, 거대한 망치를 꺼내고 웃는 히노, 그리고 폭주 특급인 여동생 뮤우다. 위험을 느꼈는지 옆에서 뤼이가 스텔스 상태로 이행. 내 옆에서 한층 경계하였다.

그렇기는 해도 루카토나 다른 셋은? 뭐, 나도 별도 행동이니까 할 말은 없지만.

"어라? 언니다! 어~이, 윤 언니!"

"뮤우, 앞, 앞!"

전투 중인데도 여유롭게 이쪽에 손을 흔들어대더니 몬스터의 집게와 나무창의 협격을 어렵잖게 피하는 뮤우. 어이, 이 치트 동생아. 부탁이니까 오빠한테 걱정 끼치지 마라.

"──〈월 브레이커〉!"

"……〈백스탭〉!"

토우토비가 새우형 몹 심심풀이 시저스의 사각에서 단검을 꽂고, 히노가 망치를 휘둘러서 집게발을 박살냈다.

둘이서 유니크 몹 한 마리를 상대하는 동안, 뮤우는 혼자서 나무형 몹 스위트 트리를 상대하였다.

"자, 자! 그렇게 느려 터져선 안 맞아!"

뮤우는 나무에 난 인간 얼굴이 부르는 저주의 노래를 높은 마법방어력으로 저항하고, 나뭇가지를 변화시킨 창을 죄다 피했다.

빠르게 오가는 공방에 유니크 몹이라고 해도 죄다 동등한 건 아니라는 걸 느꼈다. 첫날에 본 거미형 몹은 초심자 파티라도 잡을 만큼 강했고, 호수의 검은 참치는 쓰러뜨리기 어려울 뿐이지 그리 스테이터스가 높지 않을지도 모르겠다. 다만 일단 수중전에 잘못 걸리면 신나게 당할 가능성이 있다.

그리고 눈앞에 있는 두 종류의 몹은 내가 절대로 혼자서 상대할 수 없는 정도로 강하게 느껴졌다.

스위트 트리의 싸움을 관찰했지만, 움직이지 않는 본체와 팔을 이용한 빠른 공격. 하지만──.

"너무 느리면 이쪽에서 간다!"

"아니, 그게 느리다니……."

손에 해당되는 가지를 증식하여 기세를 더한 찌르기들은 나로서는 회피에 집중하지 않으면 당장 꼬치가 될 만한 숫자였다.

그걸 종이 한 장 차이로 계속 피하면서 슬금슬금 거리를 좁혔다. 한손에 든 검은 접근을 방해하는 가지를 쳐내기 위해 가볍게 휘두를 뿐.

이 공방전은 양쪽 모두 제 실력을 한껏 내는 것으로 보였다. 하지만 스위트 트리에게는 아직 여유가 있었다. 그리고 뮤우도…….

방금 전에 날아가는 바람에 뿌리가 지면에서 벗어났지만, 지금은 든든히 뿌리를 내리고 부동 자세였다.

"〈피프스 브레이——"

아츠의 사정거리 안에 들어가자 모션에 들어가기 시작한 뮤우. 나는 스위트 트리의 변화를 느끼고 외쳤다.

"피해, 뮤우!"

동작을 캔슬하고 재빨리 백스텝으로 거리를 벌리는 뮤우. 뮤우가 있던 장소에 지면에서 튀어나오는 나무창.

부동의 스위트 트리는 근거리, 중거리에서는 가지로 찌르기 공격. 접근하면 지면에서 튀어나오는 창. 바로 떠오른 대항책으로는 마법으로 원거리 공격을 하는 걸까…….

"좋아! 그렇게 나오셔야지!"

"아아, 동생이 전투광이 되었어……."

위험했던 일격을 피하더니 투덜거리지도 분하게 여기지도 않고 어린애처럼 입을 크게 벌리고 웃더니 기쁘게 한 손검을 고쳐들었다.

순간 자세를 낮추나 싶었을 때에는 반동을 이용하여 단숨에 거리를 좁혔다. 날아드는 나무창을 속도만으로 피하고, 몸을 비틀어서 종이 한 장 차이로 피했다.

방금 전과 같은 동작이지만, 속도가 격이 달랐다. 그런 짓이 가능할 만큼 대단한 플레이어 스킬에 나는 공포를 느꼈다.

다시금 스위트 트리의 지뢰 범위에 들어갔다. 지면이 부자연스럽게 부풀어 오르는 가운데 뮤우는 멈추지 않고 돌진했다.

지뢰처럼 밟은 순간 튀어나오는 창은 사각에서 찔러들었다. 이건 피할 수 없겠다 싶었다.

"멀었어! 똑같은 수에 두 번은 안 당해!"

급정지하더니 달려오던 기세 그대로 오른발을 축으로 그대로 몸을 돌리고, 튀어나온 나무창을 회전의 기세를 살려서 쳐냈다. 그리고 다시금 스위트 트리를 향해 달려갔다.

정말이지 인간의 한계를 넘었다.

"이번에야말로 —— 〈피프스 브레이커〉!"

한 손 검의 끝은 아츠의 푸르스름한 빛을 남기며 스위트 트리의 몸에 날아들었다.

일격마다 대폭 깎여나가는 HP. 그래도 3할 정도밖에 못 깎았다. 처음에 날려버릴 때 1할 정도를 이미 깎았으니까 남은 건 6할.

방금 전과 같은 짓을 두 번 거듭하면 이길 수 있다. 여기선 다시 거리를 벌려서 히트 앤드 어웨이로 리스크를 줄이는 쪽으로 가면 되겠지.

하지만 역시나 내 동생은 내 예측을 훨씬 뛰어넘었다.

"멀었어! 멀었다고! 이 이벤트 최대의 적이라고 하기에 나무는 너무 약해!"

뉘앙스로 보자면 '나무'와 '너무'로 말장난을 하는가 본데. 스위트 트리니까 나무는 맞군.

하지만 놀랄 건 그게 아니라 일단 발을 멈추었던 뮤우가 마치 아츠의 모션처럼 움직였다는 것.

"마무리!"

명백히 기술명은 아니지만, 그 공격은 노도의 5연격. 방금 전에 했던 피프스 브레이커라는 한 손 검 아츠와 완전히 똑같은 동작을 할 뿐.

속도도 정확도도 아츠 정도는 아니고, 아츠 특유의 발광도 없었다. 데미지도 HP를 많이 깎을 만큼 보정이 걸리지도 않았다. 그래도 동작만큼은 완전히 똑같았다.

"으랴아압!"

속도를 살린 연속공격이 이어졌다. 아무리 상대의 나무창에 인터벌이 있다고 해도 접근전을 거는 건 무모하다 싶었다.

나무창이 날아들고, 쏟아지듯이 날아드는 나뭇가지의 공

격을 일부러 무시하고 계속 베었다.

대미지는 눈에 띄게 감소했지만, 힐로 계속 자기 회복을 하였다.

"이걸로 끝이야. —— 〈피프스 브레이커〉!"

이번에야말로 진짜로 아츠. 다시금 아츠를 맞고 침몰하는 상대에게 다시금 아츠를 쏟아부어서 오버킬을 하는 모습에 뮤우와 상대한 스위트 트리에게 동정이 일었다.

방금 전의 아츠 같은 공격도 그렇고 유니크 몹을 상대로 단독으로 접근전에 임하는 배짱도 그렇고, 뮤우는 역시 이 상하다. 세간에서 치트라고 불릴 만하겠지.

나는 절대로 무리. 혼자서 해치운다고 해도 지면에서 나오는 나무창의 공격범위 밖에서 활로 찔끔찔끔 쏘면서 시간을 들이겠지.

●

"……어어, 그렇게 경계하지 마. 저 애들은 적이 아냐."

뮤우 일행이 전투를 끝낸 직후에 뤼이에게 말했지만, 스텔스를 풀지 않고 갈기를 곤두세우며 경계의 빛을 띠었다.

"오오, 대단해. 뮤우가 여전히 엄청나서 나는 놀랐어. 하지만 예상 이상으로 데미지를 입었잖아."

"응? [갑옷] 레벨을 올리려고 일부러 맞았을 뿐이야."

그 공격을 버틴 것은 레벨을 올리려는 거였나. 여전히 리스크를 도외시하고 효율 중시로군.

"……무리나 하고. 당신이 리타이어하면 우리도 큰일이니까요."

"아하하하, 미안. 하지만 보물이야."

나한테는 보이지 않지만, 세 사람은 방금 전에 쓰러뜨린 유니크 몹의 보물 상자가 보이는 걸까. 상자를 여는 듯한 동작이었다. 관찰하고 있자, 아공간에서 나온 것처럼 쑤욱 튀어나오는 거품기나 보울, 컵, 쿠키를 같은 게…….

"좋아! 꿈꾸던 과자 계획이 또 한 걸음 전진했어!"

"내 생각으론 말이지. 파티원 중 아무도 [요리] 센스가 없는 시점에서 그 꿈은 깨진 거 아닌가…….

"……동감이에요. 그 이전에 잊은 게 있지 않나요?"

"어차, 윤 언니! 오래간만!"

이쪽으로 다가오는 세 사람. 나도 싹싹하게 말을 걸고 싶었지만, 옆에서 흥분한 눈치로 경계하는 뤼이가 마음에 걸렸다.

뮤우가 애를 보면 어쩔지는 간단히 예상이 갔다.

성기사에게는 백마! 같은 소리를 하겠지. 뮤우는 그런 걸 모습을 따지는 타입이니까.

"어, 어어. 잘 지냈어? 그리고 왠지 미안해. 토우토비, 히노."

"왜 언니가 사과해?"

두 사람에게서 시선으로 '그 마음 이해합니다' 라는 대답이 돌아왔다. 여전히 폐를 끼치고 다니는 모양이라 미안.

"그런데 너희는 왜 여기에?"

"으음, 식량 찾기? 만복도가 생겼으니까 안 먹었다가 리타이어하긴 싫잖아. 그래서 둘로 나뉘어서 활동하고 있는데 딱 유니크 몹과 싸우던 파티가 도망쳐왔어. 그래서 대신넘겨받았지. 장소가 좁아서 귀찮길래 히노의 해머로 날려버려 달라고 했어!"

MPK(몬스터 플레이어 킬) 아닌가? 게다가 두 마리를 동시에 상대해서 단시간에 이기는 너희는 참 대단하다.

"그래. 식사를 잘 하고 있다면 걱정 없겠군."

내 그 말에 세 사람은 노골적으로 눈을 돌렸다. 어이, 왜 돌리는데?"

"아니, 우리도 여기에 와서 제대로 된 식사를 안 먹었거든."

"과일이 맛있거든요. 뮤우나 우리가 억지로 요리하기보다는……."

"……오히려 전원이 사전에 [독 내성] 센스를 땄으니까 내성 레벨이 상당한 속도로 올랐어요. 그리고 독 과일은 오렌지와 딸기를 합친 듯한 맛이었지요."

어어, 그러니까 음식은 독 식물을 먹으면서 허기를 때웠다는 소리? 독을 먹어서 내성 강화하다니 무슨 닌자의 수행법이냐? 어제 레티아도 그렇고 생활 능력이 없잖아.

"하아~, 사흘 만에 그런 식사 환경은 최악이잖아."

"하지만~. 갑자기 센스 습득 제한이 걸리는 바람에 새로운 센스를 레벨업을 위해 딸지, 생활환경을 정비하기 위해 딸지 다들 고민하는걸. 그래서 내가 요리를 한 번 해보겠다고 했더니만 다들 말리고…….”

“뮤우는 그만둬. 집에서도 피해가 나오는데 남한테 피해를 확산시키지 마.”

“너무해, 언니.”

“오빠라고 해. 참나, 필수품들이 절대적으로 부족한 상황이니까 조금 연구해야지.”

톱 플레이어들이 요리 하나로 이렇게 소동을 부리는 것에 김이 빠져서 푸욱 한숨 섞어 투덜거렸다.

“필수품이 이렇게 모자랄 줄이야……. 어제 신나게 지하던전 공략했으니까 포션이 바닥나고 루카의 무기 내구도가 위험해요. 유니크 아이템이라든가 드랍템이 많이 들어왔지만 무기나 방어구, 포션이 필요해요. 미감정 아이템을 그대로 쓰는 건 무섭지요.”

“……운 좋게 독 과일과 일반 과일만큼은 감정할 수 있었으니까 다행이에요. 뮤우가 [혼란]에 걸려 날뛰기라도 하면 어떻게 손 쓸 수가 없으니까요.”

아니, 그 시점에서 나는 리타이어를 각오하는데.

“너희들 이미 위험영역이야. 제대로 좀 해. 조금 도와주지.”

“어?”

놀란 얼굴로 돌아보는 뮤우.

"저녁밥하고 포션은 내 베이스캠프에 가면 준비할 수 있어. 저녁식사 이후로는 내 파티랑 같이 있어야 하는데 괜찮아?"

"그건……."

"다만 보수는 확실히 받는다. 출장 [아트리엘]에서의 매매는 물물교환. 돈은 닷새 후가 아니면 못 쓰니까 필요 없어. 나는 아이템이 필요해. 딱히 유니크가 아니라도 약초나 식재료, 그리고 정보. 상품은 포션이나 상태 이상 회복약. 그리고 식사까지야."

대충 좋은 방안이라고 스스로도 생각했다. 아무리 현실에서 비슷한 행동을 한다고 해도 남을 무조건 도울 만큼 사람 좋지도 않다. 기브 앤드 테이크다.

"오래간만의 가정의 맛을 맛볼 수 있겠어."

"절대적으로 식재료가 부족하니까 보통 식사는 무리라도 과일보다는 나은 걸 할 수 있지."

"좋아, 가자! 루카랑도 설득해서 가자!"

뮤우가 불끈 주먹을 쳐들고 숲속으로 들어가려고 했다. 정말이지 손이 많이 가는 동생이다.

"저기…… 다른 이야기인데요, 윤 씨, 괜찮나요?"

"뭐야, 토우토비. 재료가 있으면 그걸로 대충 만들 수 있어."

"아뇨, 그게 아니라…… 윤 씨 옆에 뭐가 있는데…… 뭔가요?"

지금은 타이밍이 안 좋다. 방금 전의 전투로 흥분 상태가 되었으니까 함부로 자극하지 않았으면 싶은데. 안 보인다면 그대로 두었으면 싶었는데.

"어어, 토비는 뭔가 보여? 나한테는 안 보이는데."

"아마 탐색 계열 센스가 관계되는 것 같아요. 그래서 윤 씨 옆에 있는 건 뭔가요?"

"……어어. 저기……, 절대로 만지지 마."

자극하지 마. 특히나 뮤우가 제일 경계를 살 것 같다. 일단 그렇게 한 마디 한 뒤에 뤼이에게 나오라고 말했다. 스으 모습을 보인 백마에게 세 사람의 시선이 모였다.

"진정해. 이 애들은 적이 아냐."

무릎을 굽히고 그 몸을 쓰다듬으며 진정시켰다. 뮤우와 친구들은 다들 제각각 놀란 기색이었지만, 예상대로 제일 경계를 산 뮤우가 새된 소리를 질렀다.

"우와! 새끼! 게다가 백마! 갖고 싶어!"

"안 준다! 절대 안 준다! 스스로 포획해."

"윤 언니, 달란 말 안 했잖아. 그런데 어떻게 길들였어?"

다른 두 사람도 궁금한 눈치였다. 하지만 어떻게고 뭐고 없지.

"저기…… 어느 틈에…… 옆에 있었지?"

"왜 의문형이야…….."

"사실 이 녀석은 모습을 감추니까, 잠깐 눈을 뗀 틈에 내 점심을 먹어치웠어. 그 뒤로 조금씩 길든 것 같긴 한데."

계속 쓰다듬어주니까 뤼이의 흥분도 대충 가라앉았다. 반대로 어리광부리듯이 내 몸에 달라붙어왔다. 아니, 우리 관계를 보여주듯이, 라고도 표현할 수 있겠다.

"만져보고 싶은데 괜찮아?"

"뤼이한테 물어봐."

"저기, 괜찮아?"

하지만 뮤우의 질문에 고개를 돌리는 형태로 거부를 표했다.

"어라라……. 뮤우, 안 된단다."

"하지만 만질래?"

"어, 어이!"

여전히 컨트롤이 안 되는 동생이지만, 뤼이를 만지기 직전에 뤼이가 모습을 감추었다.

탐색 계열 센스가 없는 뮤우로서는 어디로 사라졌는지 알 수 없는 눈치였다.

그런 가운데 조금 떨어진 장소에서 뤼이가 다시 모습을 보였지만 조금 이상하다. 어딘가 이상하다고밖에 말할 수 없을 정도의 위화감.

그건 토우토비도 느꼈는지 살짝 미간에 주름을 잡았다.

"후후후, 도망치면 쫓아가고 싶어지는 것이 인간의 성미! 술래잡기의 시작이야!"

뮤우의 압도적인 속도에 새끼들은 대항할 수 없겠지 싶었다. 하지만 사실은 반대. 조그만 백마는 스위트 트리를 압도한 존재를 가지고 놀았다.

달리는 속도는 빠르지 않다. 뮤우가 닿으려고 한 순간 그 모습을 감추었다고 또 나타난다. 보기에 따라선 단거리 순간이동라도 하는 듯한 착각에 빠졌다.

그리고 한 번 뤼이를 놓친 뮤우는 다시금 모습을 보였다 싶으면 자기의 순간 최대속도로 쫓아갔다.

앞으로 한 걸음이면 닿는다 싶은 순간에 뮤우의 몸이 튕겨났다.

"꺅……. 으으."

이쪽으로 달려 돌아오는 뤼이. 뮤우를 가지고 놀아서 조금 만족한 눈치였다.

"무슨 일 있었어? HP도 2할 줄었고."

스스로에게 힐을 걸면서 돌아오는 뮤우. 히노에게는 그냥 뮤우가 놀림당한 것처럼 보였을 뿐이지만, 나와 토우토비는 대략적인 진상을 파악하고 있었다.

"저건 환영이군."

"……예, 모습을 숨긴 채로 자기 환영을 출현시켰다 없앴다 해요. 게다가 원하는 대상물의 모습을 지우고요."

사실 뤼이는 거의 움직이지 않았다. 움직인 것은 뤼이의 환영. 환영이 붙잡힐 것 같으면 지웠다가 다시 보이기를 반복했기 때문에 단거리 순간이동으로 보였다.

뮤우가 튕겨날아간 것은 단순히 스피드를 너무 올린 탓으로 자업자득이다. 뤼이의 모습을 한 나무를 정면에서 들이받은 것이다.

"우우, 오늘은 포기하겠지만 언젠가 만지게 해줘!"

뤼이가 '또 와. 그때는 또 장난쳐줄게'라고 하듯이 다소 즐거운 기색으로 바라보았다. 만화식으로 말한다면 라이벌 인정의 순간일지도 모르겠다.

이걸 계기로 서로의 분위기가 부드러워져서, 일단 뮤우네 베이스캠프로 가는 걸로 이야기가 되었다. 거기를 철수하고 우리 베이스캠프로 이동. 오늘은 거기서 밤을 보내고 내일 다시금 지하 던전에 간다는 게 대략적인 흐름이다.

뮤우를 경유하여 루카토 쪽으로 연락도 들어갔고, 도중에 먹을 수 있는 식물이나 약초를 주워가며 셋에게 감정시키는 식으로 설명해주었다. 어제 레티아와 같은 방식의 감정방법을 채용했다. 제일 웃겼던 것은 히노와 토우토비가 뤼이를 아무렇지 않게 만졌던 것이다. 그걸 보며 분해하는 뮤우가 다시금 뤼이를 만지려고 도전했다.

또 거부당하는 게 아닌가 싶어서 잔뜩 긴장한 뮤우의 모습은 신기했다고 할 수 있겠지. 결과적으로는 저항도 없이 쉽사리 만질 수 있었다. 다만 신이 나서 너무 쓰다듬은 나머지 뤼이의 분노를 사서 걷어차일 뻔했다.

그리고 우리가 뮤우네 베이스캠프에 도달했을 무렵 —— 불기둥과 확산되는 불길에 휘말려든 플레이어들을 보았다.

5장   저주의 장비와 새끼 여우

뮤우네 베이스캠프는 그야말로 지옥도라고 해도 과언이
아니었다.

중앙에 솟구친 불기둥, 그 불기둥에게서 도망치는 플레이
어들이 불길에 휩쓸려서 사라지는 게 보였다. 나도 뮤우네
파티도 왜 이렇게 되었는지 몰라서 그저 멍하니 있을 뿐이
었다.

"아니……. 아무리 캠프파이어를 하고 싶다고 해도 아직
해질 때도 멀었잖아?"

"농담이나 할 때냐! 명백히 이상상태잖아. ……루카토랑
다른 애들이랑 합류하자. 일단 연락해봐."

뮤우의 말은 물론 농담이겠지. 다만 보통 농담과는 달리
완전히 굳어있었다. 그만큼 뮤우에게도 충격적이었겠지.

보통 동요하는 여동생의 모습은 거의 볼 일이 없기 때문
에 오히려 차분한 마음으로 주위 관찰을 시작했다.

주위 텐트나 바닥에 널려진 도구 등에 불이 옮겨 붙어서
캠프장으로서의 기능은 괴멸되었다고 할 수 있었다. 불행
중 다행일까, 텐트들은 서로 확실히 거리를 두고 배치되었
기 때문에 불이 났어도 우리의 앞길을 가로막진 않았다.

"루카랑 연락 됐어! 지금 사람들을 유도하고 있대!"

"알았어! 우리가 움직여서 합류하자. 파티면 맵을 공유하

니까 어디 있는지는 알지. 두 사람은 안내 부탁해."

두 사람은 딱딱한 표정으로 고개를 끄덕였다. 사실은 전멸을 피하도록 그녀들만이라도 도망보낼까 생각했지만, 동료의 위기에 달려가고 싶다는 강한 마음이 전해져 왔기에 그렇게 말할 수 없었다.

임기응변이지만 없는 것보단 낫겠다는 생각에 나는 전원에게 DEF와 MIND의 인챈트를 걸고 인파를 거슬러갔다.

"이렇게 될 조짐 같은 건 있었어?"

"……없었어요! 이정도의 마법이나 공격을 할 몹은 확인되지 않았어요. 애초에 세이프티 에어리어에 보통 몹은 들어올 수 없습니다!"

평소에는 차분한 어조인 토우토비조차도 동요하고 있었다.

"나는 유니크 아이템이 원인이라고 생각해. 누군가가 치트 무기를 가지고 날뛴다든가."

"히노, 인터넷 소설을 너무 읽었어! 현실 온라인 게임에서 치트 같은 게 있으면 진짜 말도 안 되는 짓을 할 테니까 그건 아니지!"

진짜 치트 같은 네가 할 말이 아냐! 뮤우에 대한 세 사람의 마음의 소리가 일치한 순간. 하지만 다음 순간에는 그런 여유도 없어졌다.

"불길이 온다! 방어!"

나는 목청을 높여서 한 곳에 모이라고 지시. 인벤토리에서 꺼낸 클레이 실드의 매직 젬을 지면에 내던졌다.

"── 〈클레이 실드〉!"

솟구친 흙벽과 그 뒤에서 부딪치는 불길. 흩어지는 불길이 흙벽을 기어올라서 우리의 얼굴에 열기를 쏘았다. 벽 끝에서 슬쩍 얼굴을 내밀고 불길 너머를 살폈는데, 아직도 불길을 뿌려대며 기세가 죽지 않았다.

"……이래선 전진할 수가 없어."

목적지까지 그리 멀지 않지만, 이 불길을 뚫고 나아가기란 어렵다.

"언니, 루카랑 애들은 이리로 못 오겠대. 지금 남아있는 플레이어를 지키기 위해 방어하고 있대!"

"슬슬 구출이 필요해졌군. 원인은 모르겠고…… 우리들끼리 할 수 있을까?"

세 사람이 불안한 기색을 보였다. 방어에 전념한다고 해도 이런 파상 공격 같은 불길을 계속 버틸 수 있을 것도 아니다. 그리고 버틸 수 없어진 다음 순간에 기다리는 최악의 사태를 모두가 상정하였다.

제길, 그렇게 푸념을 내뱉으려는 가운데 오른손에 닿는 게 있었다.

"……뤼이……. 미안, 너도 불안하구나."

오른손에 몸을 비비는 뤼이. 나를 지그시 바라보았다.

"불길이 조금 약해졌어. 조금 전진할까."

불길이 약해지는 기미가 있으니까 그 주기를 틈타면 나아갈 수 있겠다. 그렇게 생각하는 내 어깨를 뮤우가 두드렸다.

"루카가 할 말이 있대. 금방 친구 통신을 연결할 테니까."

"그래, 알았어."

그 직후 들어온 루카토의 통신. 지금은 조금이라도 현장의 상황을 알고 싶다.

[안녕하세요, 윤 씨.]

"귀찮은 인사는 빼자. 몇 가지 질문할 테니까 대답해줘. 원인은 뭐지?"

[……새끼 동물입니다.]

어제 낫 족제비 새끼가 습격해온 것을 떠올리고 얼굴을 찌푸렸다. 그런 식으로 행동하는 몹인가?

"그래서 무슨 일이 있었지? 원인이 될 만한 사건은?"

[그 새끼는 플레이어가 데려온……. 아뇨, 억지로 데려왔으니까 납치라는 말이 적절할까요.]

납치면 별로 좋은 건 아니군. 즉, 강제로 끌고 왔다는 소린가.

[첫날부터 다른 사람들과 충돌하곤 하는 플레이어들이었는데, 어제도 마찬가지로 납치해온 새끼를 베이스캠프로 데려왔습니다.

그 결과 —— 새끼가 폭주. 다른 사람의 텐트나 베이스캠프를 찢고 파괴하면서 도망쳤습니다. 이번에도 그 정도인가 싶어서 지켜봤는데, 갑자기 그 새끼가 불길을 내뿜기 시작했습니다.]

"……원인은? 왜 그렇게 됐지?"

[멀리서 본 거라서 모르겠습니다. 하지만 뭔가 빛나는 것을 가지고 있었습니다. 보기로는 팔찌처럼 생긴 것 같았습니다.]

그 말을 듣고 지난번에 조우했던 낫 족제비가 묘하게 마음에 걸렸다.

확증은 없지만, 낫 족제비 새끼와 이번 새끼의 경우는 같은 사안이라고 생각되었다.

미감정 아이템을 플레이어가 아니라 새끼에게 시험한 결과, 폭주. 어제 주운 디메리트 액세서리 같은 아이템을 새끼가 장비했을 가능성이 있다.

이렇게 남에게 폐를 끼쳐대는 멍청이들을 한 차례 야단쳐주고 싶다.

"고마워. 대충 상황은 알겠어. 금방 갈게. 무리는 하지 마."

[예, 감사합니다.]

루카토와의 친구 통신이 끊어진 타이밍에 딱 불길이 약해져서 전원이 안쪽으로 들어갔다.

불길 중심으로 가면 갈수록 얼굴을 달구는 열기로 피부가 찌릿거렸다.

중심지까지는 그리 먼 거리도 아닐 텐데, 열풍과 때때로 덮치는 불덩어리가 앞길을 가로막고, 시야는 아지랑이 때문에 [매의 눈]으로도 안쪽까지는 보이지 않았다.

이런 곳에서 결점을 찾아내다니. 그렇게 쓴웃음을 지은

순간 시야 구석에서 뭔가가 반응했다.

"루카!"

"무사한가 봐! 우리도 가자!"

다가가서 확인해보니 루카토 일행은 그 공격을 한 몸에 받으며 버티고 있었다.

불기둥 안에 존재하는 작은 그림자는 불길 속에서도 또렷하게 알 수 있는 시선을 그녀들에게 향하며 강렬한 화염방사나 불길을 쏘아댔다. 그것들을 마법사인 코하쿠와 리레이, 그리고 보호받는 플레이어 중에 마법사 두 사람이 이어가면서 방어마법을 구사하여 버렸다.

하지만 우리가 여태까지 피했던 공격과는 밀도가 달랐다. 둘이서 덤벼야 간신히 막아낼 수 있는 느낌이었다.

"이런! MP가 떨어졌어!"

"그걸 알아도 MP 포션이 없어요……. 아."

여태까지 버텼던 코하쿠와 리레이의 정면에 전개된 방어마법 중 리레이 쪽의 방어마법이 먼저 사라졌다. 남은 코하쿠의 방어마법에 단숨에 부담이 걸려서 유리처럼 금이 가기 시작하고 붕괴가 코앞으로 다가왔다.

"늦지 않기를! —— 〈클레이 실드〉."

인벤토리 안에서 클레이 실드 매직 젬을 한손 가득 꺼내 어들고 새끼와 루카트 일행 사이로 던졌다.

양쪽 사이에 출현한 네 개의 흙벽에 불길이 부딪치고, 그 뒤에 코하쿠의 MP가 바닥나서 방어마법이 소멸했다.

"뭐가 어떻게 된 거죠?"

"도우러 왔어! 얘들아."

루카토, 코하쿠, 리레이까지 셋에 유도하던 파티가 다섯 명. 우리까지 합쳐서 열두명이 여기서 방어를 전개하였다

마법을 쓸 수 있는 사람은 MP가 바닥났거나 그러기 직전이고, 자연회복으로는 도저히 늦을 것 같기에 말없이 MP 포션을 사용하였다.

"고맙습니다, 윤 씨."

"인사는 나중에 해. 그보다 바로 도망칠 수 있겠어?"

루카토에게 최소한의 말로 확인을 구했지만, 힘들다는 표정인 걸 보면 아무래도 상황이 좋지 않았다.

그동안에도 단속적으로 공격을 받는 돌벽이 언제까지 버텨줄지 알 수 없다.

"무리인가?"

"예, 우리가 타깃이 되어있으니 등을 보이면 바로 공격해 올 거예요. 도망치려면 누가 시간을…… 아뇨, 말을 흐려선 안 되겠죠. 누가 미끼가 되어서 희생되는 수밖에 없어요."

그 말에 떠오른 감상은 '괜한 일에 끼어들었군'이라는 것이었다. 오늘 저녁식사도 못 만들고 리타이어할 순 없겠지. 아니, 절대로 죽을 수 없다.

"또 한 가지 방법은 저 새끼를 쓰러뜨릴 수밖에 없습니다."

타당하군. 성장하지 않은 몹이다. 종합적인 스테이터스는 낮겠고, 이 자리에 있는 열두 명이서 잘 협력하면 승산

은 있겠지.

"전원, 새끼를 토벌하는 방침에 반대 없지?"

그 말에 다들 조용히 끄덕였다. 좋아, 그럼 작전을 생각하자, 그렇게 생각한 순간 나는 뒤에서 충격을 받았다.

비틀거리면서 돌아보자 뤼이가 박치기를 하고 있었다. 그것도 몇 번이고 계속해서.

"어이, 지금은 놀고 있을 때가 아냐. 알잖아?"

그래도 몇 번이고 계속하기에 이상하다 싶어서 웅크려서 눈높이를 맞추었다.

"왜 그래?"

"…………."

말이 없어서 완전하게는 전해지지 않았다. 하지만 정면에서 바라보는 눈동자에 담긴 감정. 그것은 —— 애원이었다.

만난 지 얼마 안 되는 파트너가 이런 표정을 하는 이유를 생각했다.

어제 낫 족제비와 같다. 뤼이는 눈앞의 동포를 죽이고 싶지 않다, 돕고 싶다고 생각하겠지. 억측에 불과하다. 하지만 일단 그런 생각을 하니 어떻게든 그 부탁을 들어주고 싶어졌다.

그 바람에 나 자신도 곤경과 맞서게 된다더라도 말이다. 파트너의 부탁을 들어주는 것이 남자의 도량이겠지.

"미안, 시간을 뺏었군."

"아뇨, 왜 그러나요?"

루카토가 걱정스럽게 물었기에 나는 애써서 밝게 대답했다.

"미안! 나는 토벌 반대야!"

전원의 놀란 얼굴을 바라보며 나는 뤼이와 함께 흙벽 뒤에서 뛰어나갔다.

"자, 우리끼리 할 수 있는 걸 할까, 파트너!"

한 사람과 한 마리가 거대한 불길에 맞선다. 나는 딱히 톱 플레이어가 아니지만 승산은 있다.

●

나와 뤼이는 불기둥에서 날아오는 불길을 피하면서 냉정하게 관찰했다.

"〈인챈트〉── 스피드!"

인챈트로 더욱 속도를 올렸다.

뤼이는 장기로 삼는 환영을 구사하여 불길 속을 누비고, 나는 고생고생하며 꼴사나운 모습으로 뒤를 따랐다.

"〈인챈트〉── 인텔리전스!"

불길 속의 새끼를 향해 날린 커스드에 불길의 기세가 약해졌다.

이 불길은 마법. INT 스테이터스에 의존한다는 건 예상했다. 그게 아니라면 ATK를 낮추면 된다.

우리는 시간차로 인챈트를 스스로에게 걸었다. 선택한 종류는 마법방어 인챈트. 시간차로 인챈트를 거는 이유는 단번에 MP를 소모하지 않기 위한 것과 동시에 효과가 끝날 때에 생기는 커다란 빈틈을 없애기 위해서.

자잘한 테크닉이지만, 이걸로 생존율은 다소 오른다.

"〈인챈트〉—— 마인드!"

우리의 몸에서 노란색 외에 새롭게 녹색 빛이 흘러나왔다. 이걸로 방어면은 보강되었지만, 아직 여유를 가질 정도는 아니다.

약 2분, 그야말로 업화와 같은 공격을 빠져나가자 불기둥에서 날아오던 불길이 끊겼다.

나는 다시금 개시될 때까지의 시간을 계산하면서 머릿속을 최대한으로 돌렸다.

1, 2, 3, 4⋯⋯.

눈앞의 불기둥에 집중하기 때문에 뮤우나 다른 이들의 목소리가 멀게 들렸다. 이틈에 완전히 전투용 센스 구성으로 변경, 그 중에 세공 센스를 넣었다.

11, 12, 13, 14⋯⋯.

내 심장소리를 기준으로 삼아서 시간을 헤아렸다. 다시금 움직이려는 낌새를 놓치지 않도록 집중한다.

21, 22, 23, 24⋯⋯.

사나운 불길과 아지랑이 너머에 있는 새끼의 지금 상태를 확인할 순 없었다. 일단 불길을 걷어내지 않으면 직접 관찰도 불가능하다.

31, 32…… 움직였다.

지면을 핥듯이 내뿜은 불길을 피하며 다시금 2분 동안 인내심 겨루기가 시작되었다.

땀이 나지 않는 가상의 몸이지만, 긴장 때문인지 입가에서 새어나온 공기가 메마른 소리를 내었다.

"하하, 오늘은 장기전이 많네. 참치도 그렇고, 불기둥도 그렇고. 뭔 날이 이래!"

자조와 함께 계속해서 회피했다.

불길을 쏘는 간격이 단조롭기 때문에 회피 타이밍을 잡기 쉬웠다.

두 번째 2분의 내구전. 시야 구석에는 뮤우 일행이 흙벽에서 튀어나오려는 게 보였지만, 날카로운 시선으로 제지했다.

지금 튀어나오면 오히려 방해된다고 눈으로만 전했다.

나한테는 모두를 지킬 만한 능력도 멋지게 도울 실력도 없다. 그저 내 몸을 지키는 것만도 빠듯하다. 그렇게 생각하면서 2분이 경과하고 불길이 멎었다. 그 순간을 재어서 나는 인벤토리에서 매직 젬을 꺼냈다.

"──〈봄〉!"

양손에 하나씩 사이드 스로로 던진 매직 젬이 불길의 벽에 부딪치자 폭풍에 불길이 흩어졌다. 불과 흙 마법의 충격이 폭심지를 중심으로 공백지대를 만들어냈다.

불길에서 노출된 새끼는 불의 옷을 두르고, 방금 일어난 반격에 대해 분노를 보였다.

하지만 나는 그 시선에 응하지 않고 불의 옷에서 노출된 네 다리에서 내가 찾던 것을 감정했다.

액세서리 관련 센스인 [세공] 센스. 또한 매의 눈의 타깃 능력과 합쳐서 장비의 스테이터스를 보았다.

죽은 병사의 팔찌 [액세서리] 중량 : 5
ATK +50 INT +50 DEF -50 MIND -50
추가 효과 : [HP, MP 초회복] [죽음의 해방] [폭주] [저주3]
     [저주 해제에 대한 저항]

완전히 맛간 성능의 액세서리에 나는 경악했다.

상승효과와 감소효과가 극단이고, 추가 효과 자체가 이상하다.

방어를 포기한 완전 공격 특화 액세서리. 게다가 제어 불가능 효과와 장비 해제가 힘들어지는 저주의 아이템이다.

HP, MP 초회복이란 소리는 공격이 멈추는 30초 동안이 회복 기간이겠지.

죽음의 해방은 장비자가 사망한 순간에 장비가 풀리는 아이템이란 소리겠지. 안 그러면 영원히 이 폭주상태다.

그리고 폭주와 저주3. 말 그대로의 의미로 받아들이자.

마지막으로 저주 해제에 대한 저항 —— 이름만 보면 저주 해제의 성공률 저하일 텐데…….

"예상은 했지만, 실제로 보니까 최악이네. 운영진이 플레이어를 죽이려고 작정했어."

이럭저럭하는 사이에 새끼가 두른 불길이 커지고 불기둥이 부활했다.

그 간격은 약 5초.

작전은 정해졌다. 2분간 회피, 정지한 30초 동안에 봄 매직 젬으로 불길을 날려버리고, 5초 동안에 수중의 저주 해제 포션으로 저주를 해제 가능하게 한다.

"봄 매직 젬은 8개 남았나. 찬스는 그리 많지 않겠어."

다시금 회피에 매진했다. 뤼이의 스태미너도 문제없는 듯했다.

제3라운드의 인내심 겨루기도 뤼이 쪽이 우세, 불길을 어렵잖게 피했다. 나는 때때로 옷 가장자리를 불길이 핥듯이 닿는 바람에 HP에 대미지를 입었지만, 치명상 정도는 아니었다.

인챈트를 다시금 걸고, HP, MP 감소에는 아낌없이 포션을 사용하여서 제3라운드도 어떻게든 버텼다.

불길이 멎고 반격의 순간. 나는 수중의 보석을 꺼내는 동시에 불기둥으로 뛰어나갔다.

"――〈봄〉!"

너무 가까워서 봄의 폭풍에 휘말리는 바람에 살짝 대미지를 입었지만, 근접거리에서의 다중폭발에 비하면 별 것 아니다.

단숨에 새끼에게 접근한 나는 재빨리 저주 해제 포션을 꺼내어 그 팔에 던졌다.

깨지는 병과 흘러나오는 액체. 나는 그걸 확인할 틈도 없이 몸을 돌려서 불기둥의 영역에서 탈출했다.

뒤에서 사납게 달려드는 불길. 한 발 늦었다고 느낀 순간 등에 열기와 고통을 느꼈지만, 신음소리를 낼 틈도 없이 도망쳤다.

"이거…… 등에 직격인가."

고개만 돌려보니 숯이 된 외투 자락이 보였다. 등에 당기는 듯한 고통이 일어서 얼굴을 찌푸렸다. 등에 꽤나 넓게 불길을 맞았고, 바깥 공기에 드러난 피부는 시커멓게 탔다.

나는 공백 기간인 이 순간에 포션을 꺼내어 회복을 시도했지만, 완전 회복까진 되지 않았다. HP 회복 효과도 약하고 MP도 서서히 감소하였다. 내 스테이터스에 [저주]라는 글자.

"으으……. 설마 여기서 상태이상 치킨 레이스인가. 포션이 모자라겠는데."

저주 해제 포션을 스스로에게 쓸 수도 없다. 애초에 뭐가 [저주]의 원인일까. 액세서리의 저주가 전파된 걸까, 아니면 새끼의 특성일까.

내 투덜거림에 곧바로 달려온 뤼이가 몸에서 물을 만들었고, 그 물구슬이 내 등을 부드럽게 뒤덮었다.

당기던 고통은 물에 녹은 것처럼 사라지고, 물이 사라진 뒤에 남은 것은 상처 없는 깨끗한 등뿐이었다. 스테이터스의 상태 이상도 사라졌다.

"환술 말고도 치유술도 있나. 고마워! 살았어."

공백의 30초 중 남은 건 20초. 뤼이와 함께 불기둥을 바라보았다.

불길 속에는 검은 불길의 해골이 생겨나고 [2]라는 카운트를 표시하였다. 즉, 저게 0이 되었을 때 저 장비가 벗겨지겠지.

붉은색으로 번쩍이던 불기둥은 그 온도를 올려서 청색으로 변하였다.

"참나, 상태 이상도 있고 해제 저항……. 거기에 해제에 성공할 때마다 능력이 상승하는 추가 효과인가. 귀찮군."

녀석의 불길은 한층 더 강해졌다. 이건 뮤우랑 다른 애들을 도망 보내는 편이 좋겠군. 여파가 얼마나 될지 모르겠다.

"너희들! 이틈에 도망쳐! 이제부터 어떻게 될지 몰라!"

"무슨 소리 하는 건가요! 윤 씨를 두고는 못 갑니다!"

그런 목소리가 들렸을 때에는 이미 새끼의 공격이 재개되었다. 나는 위력이 늘어난 불길을 계속 피하면서도 루카토 일행을 계속 설득했다.

"MP가 있는 동안에 얼른 도망쳐! 여기서 수비만 하고 있다간 소모전이 될 뿐이야!"

"윤 씨, 혼자서 싸울 수 있다면 우리도 싸울 수 있어요!"

"그럼 묻겠는데! 녀석의 장비품에 [저주 해제]를 걸 수 있

어? 못 하겠다면 물러나!"

루카토의 안타까워하는 얼굴이 보였다. 하지만 미안해. 단순히 쓰러뜨릴 뿐이면 압도적인 마법의 연속공격이나 불길 틈새로 공격하면 끝나겠지. 이번 싸움은 완전히 나와 뤼이의 고집일 따름이다.

"나 할 수 있어! 회복 마법 중에 〈디스펠〉 마법이 있어!"

소리친 것은 뮤우였다. 그 외에도 방어라든가 불길을 유인할 수 있다면서 전원이 튀어나왔다.

"참나……. 너희들, 나는 저걸 쓰러뜨리는 게 아니라 장비를 해제하는 거야. 귀찮은 싸움이야."

"괜찮아요. 우리가 윤 씨를 돕고 싶다고 하는 거니까요."

멋진 미소를 돌려주는 루카토. 주위로 눈을 돌리자 토우토비는 불길 속에서 이동 계열 센스인지 뭔지는 몰라도 잔상이나 순간이동을 구사하며 새끼를 희롱하고 있었다.

또 루카토나 히노는 마법사인 코하쿠와 리레이와 페어를 짜서 방어나 새끼를 희롱하는 쪽에 참가하였다.

핵심인 뮤우에게는 뤼이가 붙어서 뤼이가 만든 물의 방패가 불길을 죽이며 뮤우를 지켰다.

불길의 기세가 커졌지만 유인하는 사람이 늘어나면서 내 부담이 확실하게 줄었다.

여기서부터 라스트스퍼트를 걸어보자.

"토우토비! 왼쪽!"

"알고 있어요. —— 〈사이드 스텝〉!"

나와 토우토비는 높은 이동속도나 센스에서 나온 이동 계열 스킬이나 플레이어 스킬에서 나온 위기 탐지 능력을 구사하며 불길을 피했다.

   뮤우는 그저 가만히 자기 차례가 오길 기다렸다. 뤼이는 그 옆에서 물의 방패를 만들어서 불을 상쇄하는 쪽에 매진했다.

   "혼자선 마법벽이 오래 못 버텨!"

   "괜찮아요. 타이밍 좋게 해제해주세요!"

   리레이와 루카토, 코하쿠와 히노의 콤비는 이동하면서 회피하니까 전부 다 피할 수 없다. 하지만 불길의 위력이 늘어나는 와중이라도 막을 방법이 없는 건 아니다.

   "갑니다! ……3, 2, 1 ——."

   루카토의 카운트와 함께 표면에 금이 가는 마법벽. 카운트다운의 지시에 따라 없애자 눈앞에 불덩어리가 날아든다.

   "—— 〈쇼크 임팩트〉!"

   루카토는 날아드는 불길에 맞춰서 두 손에 든 검을 휘둘렀다. 노란 광채와 함께 발현한 아츠는 불길을 막아내고 키잉 하는 둔한 금속음을 내더니 그대로 하늘로 날려버렸다.

   "나도 간다! —— 〈매직 스트라이크〉!"

   히노도 마찬가지로 망치를 휘둘러서 불길을 한꺼번에 쳐냈다.

   마법으로 방어하고 마법벽의 내구도가 바닥났을 때 마법 방어용 아츠로 쳐낸다. 그리고 아츠의 재사용시간까지 다시금 마법벽 뒤에 숨는다.

간단하게 연대하고 있지만, 마법을 쳐내는 아츠는 타이밍 자체가 까다로워서 상당한 플레이어 스킬이 요구된다.

또한 무기에 심각하게 부하가 가기 때문에 다용할 수 없다. 그건 1주일에 걸치는 서바이벌 환경에서 어리석은 짓이라고 할 수 있다. 내구도 회복도, 무기 조달도 곤란하기 때문이다.

그런데도 다들 내 고집에 협력해주었다. 나는 그녀들의 마음에 응해야만 한다.

"아직인가, 아직도인가."

내뿜는 불길을 피하면서 나는 끈기 있게 그때를 기다렸다.

"〈쇼크 임팩트〉 —— 앗!"

몇 번째인지 모를 검과 불길의 격돌 순간, 루카토의 검이 부서졌다. 이 순간 루카토는 몸을 지킬 방법을 잃었다. 내가 얼른 오라고 강하게 염원한 순간, 반격의 기회가 돌아왔다.

"뮤우! 준비!"

"알았어!"

두께를 더한 푸른 불길을 깨뜨리기 위해서 매직 젬이 얼마나 필요한지는 모른다. 그러니까 숫자를 늘려서 매직 젬 네 개를 불길로 투척. 그와 동시에 나는 불길의 영역으로 달려갔다.

방금 전보다도 거센 폭풍에 상체가 흔들려서 쓰러질 것

같았지만, 허리를 굽혀서 폭풍의 공백 지대로 들어갔다.

뒤에서는 뤼이가 지켜주는 뮤우가 신성하기까지 한 하얀 마법을 쏘았다.

"——〈디스펠〉!"

내가 불길의 영역에 들어갔을 때 뮤우의 해제 마법이 새끼의 팔찌에 닿고, 머리 위 해골의 카운트가 [1]이 되었다. 그와 함께 푸른 불꽃은 한층 기세를 더하여 검붉은 불꽃으로 변하기 시작했다.

상처를 막듯이, 내가 낸 공백지대에 검은 불꽃이 쇄도했다.

멀리서 비명이나 도망치는 듯한 소리가 일었지만, 이미 도망치긴 늦었다.

애초에 도망칠 필요가 있다면 처음부터 튀어나오지 않았다.

루카토의 검이 부러진 시점에서 우리에게는 이 싸움을 더 길게 끈다는 선택지가 없어졌다.

해제할 때마다 강화되는 불길에 단기간에 결판을 내려면 제안자인 나 자신이 제일 큰 리스크를 져야한다고 생각했다.

"——〈봄〉."

나는 내 마법 스킬인 〈봄〉을 발동시켰다. 발동까지 약간의 시간이 필요한 매직 젬과 달리 즉각 발동하는 스킬을 근접거리에서 폭발시켰다.

몸을 꿰뚫는 충격과 폭풍이 HP를 왕창 깎아냈다. 밀려드는 검은 불꽃을 폭풍으로 일단 밀어내고, 새끼에게 가는 길을 열었다.

거듭 강해진 불길과 폭발의 영향으로 나 자신도 만신창이에 가깝다. 포션으로 회복할 틈도 없이 나는 새끼에게 태클하듯이 달라붙었다.

"이걸로 끝나줘!"

마지막으로 쥐어짜내듯이 소리치며 저주 해제 포션을 내던졌다. 직후에 부풀어 오른 검은 불길. 이 순간 나는 ──
아, 죽었구나, 라고 반쯤 깨달은 것처럼 상황을 바라보았다.

부풀어 올라서 백색으로 변하고 폭발하는 불길. 왜 몸이 그렇게 움직였는지는 모르지만, 아직 불길을 두른 새끼를 지키듯이 껴안고 그 자리에 주저앉았다.

질끈 눈을 감고 고막을 사납게 뒤흔드는 폭음 속에서 그저 끝을 기다렸다. 눈을 떴을 때에는 분명 제1마을의 광장이겠지.

●

그렇게 생각하면서 10초, 20초 경과했지만, 주위에서는 마을의 소리는 고사하고 그 어떤 소리도 들리지 않았다.

조심조심 눈을 뜨자 나는 아직 그 장소에 있었다.

"……살, 아있나. 다행이다~."

긴장이 갑자기 풀렸는지, 몸에서 여분의 힘이 빠져나갔다. 광장의 불길은 모두 사라지고, 그 정도의 불길이 환영이었던 것처럼 고요했다. 하지만 분명히 지면에 남은 자국이나 불탄 물건들이 방금 전의 참상을 말해주었다.

그렇게 말하는 나 자신도 예외는 아니었다. 수도 없이 불길을 뒤집어쓰고 내 폭발에 휘말려서 HP는 회복하더라도 나를 지키는 천 장비는 완전히 걸레가 되었다.

속옷은 등에 커다란 구멍이 나고 벨트는 그을고 바지는 가장자리가 찢어서 슬릿 같은 꼴이 되었다.

MP를 흡수하여 자동으로 수복되는 장비지만, 이거 수리를 받는 편이 빠르겠지.

"하아~, 그나마 다행이게도 파손이 아슬아슬하네."

그런 한숨이 새어나왔다. ······수리를 받으려면 일단 장비를 해제해야 한다. 그런데 예비 옷이 없군.

"언니! 괜찮아?"

다급히 달려오는 뮤우와 다른 이들. 아, 혼자 불길에 뛰어들어서 걱정 끼쳤군.

"괜찮아······ 라고 말할 수도 없나. 완전히 걸레. 주로 방어구가."

"어, 어어······ 눈 둘 곳이 없네요."

루카토가 엄청난 기세로 눈길을 돌렸다. 아니, 그러지 말아줘. 내 쪽이 창피해지잖아.

"다들 고생시켰네. 미안. 그리고 숨었던 사람은?"

"한 발 먼저 다른 쪽과 합류한 모양입니다."

"그래……. 그럼 이 녀석은 어떻게 할까?"

지금 우리 이외에 아무도 없는 상황이다. 문제의 중심에 있던 것을 보았다.

검고 부드러워 보이는 털에 세로로 난 붉은 털. 특징적인 코에서 규칙적인 숨소리를 내는 새끼 여우.

"이번의 원흉인 새끼를 어떻게 할까?"

"어떻게……라면?"

"아니, 방치할 수도 없어. 그보다 솔직히 말해서 데리고 돌아갈까 하는데…… 뤼이 말고 새끼가 세 마리 있거든."

"세, 세 마리?! 윤 씨, 얼마나 새끼에게 사랑받는 건가요?!"

다른 멤버도 대충 비슷한 소리를 하였다. 뭐, 다른 세 마리는 내 손을 떠났지만…….

"뭐, 연락해볼까."

나는 마기 씨에게 통신을 넣었다.

"지금 시간 있나요?"

[응, 있어. 왜 그래?]

"여기서 트러블을 일어나서 방어구가 깨지고 데리고 갈 새끼가 늘었거든요."

[어?! 윤 군, 또 트러블에 말려들었어?! 역시 내가 같이 가야 했어……. 알았어. 데리고 와. 그리고 클로드한테 여벌 옷 부탁해놓을게.]

"아, 그리고 여동생네 파티를 데려가도 될까요? 저녁을 같이 먹기로 해서요."

[오케이. 그럼 일찍 돌아와. 이쪽도 성과가 제법 되니까.]

이상이 마기 씨와의 짧은 대화였다. 다만 다소 퉁명스러운 음색이었다.

"귀환 허가가 나왔으니까 가면서 말할까."

모두의 동의를 얻은 나는 새끼 여우를 조심스럽게 품에 앉았다. 옆에는 뤼이가 나란히 붙어서 따라왔다.

루카토 일행에게 말해만 하는 게 있었다.

"저기, 미안해. 내 고집에 어울리게 해서. 게다가 루카토의 검이 부서진 원인은 나한테 있으니까."

"그러네요. 무기는 그거 하나밖에 없으니까 큰일 났어요. 변상해주세요."

"루카, 보통은 신경 쓰지 마세요, 라고 하는 게 정석 아냐?"

코하쿠는 새된 눈을 했지만, 나도 가능하면 변상하고 싶다. 선의만으로는 이 이벤트에서 살아남을 수 없다.

"코하쿠나 리레이는 직접 때리는 무기가 아니니까 괜찮지만, 나나 루카는 그 불길을 되받아쳤잖아. 내구도가 장난 아니게 줄었어. 나는 창이 있으니까 아직 여유가 남았지만……."

"……최악의 경우 던전에서 발견한 막칼이라도 장비하면 될지는 모르지만, 저주가 걸렸을 가능성도 있어요."

히노, 토우토비의 말이 이어졌다. 정말로 미안하다 싶

175

었다.

"그래요. 뭐, 이렇게 된 것 자체는 어쩔 수 없고요. 그러고 보면 폭주의 원인인 액세서리는 어떻게 됐나요?"

"아, 이거 말이지?"

어느 틈에 내 인벤토리에 들어있던 액세서리를 실체화시켜서 손에 들어보았다.

"정말 야비하단 말이야. 디메리트 효과만 없으면 완전 치트 장비인데."

꺼내든 것은 검은 금속 팔찌. 그 표면에는 정교한 사신과 고통스러운 표정을 지은 남자의 모습이 새겨져 있었다. 솔직히 이런 기분 나쁜 장비는 쓸 마음이 들지 않는다.

"우와, 예쁜 장비네. 언니, 이거 대단해."

"그러네요. 아주 멋진 예술품이에요."

여자 일동이 포옥 한숨을 내쉬었다. 이런 장비가?

"이건 악취미잖아."

""""""엣?""""""

"어?"

설마 그녀들에게 이런 이상한 미적 감각이……. 아니, 그건 아니겠지.

"저기, 어떤 식으로 보여?"

"어어…… 하얀 팔찌고 천사와 여성이 기도를 올리는…… 그런 팔찌 아냐?"

"……하아~, 진짜 치사하다."

미감정이면 겉모습에서부터 속는 거로군. 이건 신성한 디자인인 척 홀리지만 사실은 —— 같은 패턴을 상정한 거겠지.

하지만 이걸 쓰는 바보들도 다소 머리가 돌아갔는지 새끼 동물로 실험했다. 뭐, 이 새끼의 잠재능력이 높았든가, 장비와의 상성이 좋았던 바람에 그런 참사가 났지만.

"이 액세서리는 감정해보면 사실은 아주 기분 나쁜 디자인입니다. 여러분, 회수한 미감정 아이템 같은 건 반드시 감정하는 편이 좋습니다."

"어어…… 충고 감사합니다."

살짝 화내듯이 말해보았더니, 일행이 다소 곤혹스러운 눈치를 보였다. 뭐, 다들 지친 상황이고 하니까 관대하게 넘어갑시다.

그 뒤로 우리는 마기 씨 일행이 기다리는 베이스캠프로 갔는데, 도중에 약초나 먹을 수 있는 풀 등을 가르쳐주고 수확하기 위해 필요 이상으로 시간이 걸렸다.

그리고 리레이가 예상 이상으로 조용하다 싶더니 내 뒷모습을 향해 뜨거운 시선을 보냈다.

하악하악, 하얗고 예쁜 등, 아름다운 목덜미, 찢어진 바지에서 엿보이는 하얀 다리, 등등의 위험한 발언이 들려올 때마다 코하쿠가 걸고 넘어졌다. 나는 반응하면 패배라는 생각에 극력 무시하였다.

우리의 베이스캠프에 도착한 것은 주위가 어두워지기 시

작할 무렵. 도착했을 때에는 겨우 다 왔구나 싶어서 힘이 쭉 빠졌다. 그리고 새끼 여우는 내 품에서 아직 쿨쿨 자고 있었다.

"왔어요, 마기 씨."

"어서 와, 윤 군. 어제에 이어서 트러블에 휘말려들다니, 사람 걱정 시키지 마."

"마, 마기 씨?!"

조금 지친 듯이 맞아주는 마기 씨가 나를 가만히 껴안았지만 바로 떼어놓을 수는 없었다. 뮤우나 다른 사람들이 왠지 히죽거리며 그 모습을 지켜보는 게 느껴졌다.

"마기도 그 정도로 해라. 그렇기는 해도 이렇게 짧은 시간만에 방어구를 이렇게 망가뜨리다니. 어떤 식으로 쓰면 이렇게 되지? 두 번 다시 이런 일이 없도록 업그레이드하여 수선해주지. 자, 예비 옷이다."

나를 껴안은 마기 씨를 떼어놓는 클로드. 그리고 거래 화면으로 내게 새로운 장비를 건네주길래 받았다.

나도 마기 씨도 다소 진정할 시간이 필요하다 싶어서 나는 조용히 로그하우스로 들어갔다.

이 자리에 리리가 없는 건 왜일까? 라고 생각하면서 장비를 교환하고…….

"……좋아, 다 입었다. 아니, 이건!"

하얀 원피스에 등이 절반 정도밖에 가려지지 않는 조끼. 마지막으로 스커트를 싫어하는 나를 배려한 건지 반바지가

있기는 한데, 원피스 자락이 길기 때문에 반바지를 완전히 가려버렸다.

"어이, 클로드! 이건 대체 뭐야!"

"우와앗! 윤 군, 싹 변했네."

걱정하던 마기 씨의 표정에 활력이 돌아오고 뮤우 일행의 눈동자가 반짝거리기 시작했다.

"음, 잘 어울리는군, 윤."

그게 아니잖아! 거래 창으로 받았으니까 옷을 제대로 볼 수 없었고, 갈아입는 순간은 히어로의 변신처럼 금방이고. 하지만 말이지!

"나는 이렇게 나풀거리는 옷이 싫다고!"

"무슨 소리! 너의 그 날씬한 체형. 아름다운 흑발, 검은 눈. 갈면 빛날 원석을 방치하다니, 나는 그런 짓을 할 수 없다!"

클로드가 왠지 역설하고 있어! 거듭 이어지는 말에 귀를 막고 주저앉았다.

"하얀 원피스는 여름의 평원을 내달리는 순박한 소녀를 방불케 하는 아름다움이 있다. 너의 머리칼은 검정. 검정과 하얀은 대비되기 쉽지만, 어느 쪽도 순결을 떠올리게 하는 것. 이만큼 상성 좋은 것은 존재하지 않는다.

네가 스커트 같은 장비를 싫어하는 경향에 대해서는 안다. 고로 반바지를 택했다. 이걸로 팬티를 내비치는 천박하기 짝이 없는 짓을 피할 수 있다. 상상해봐라, 바람에 휘말려서 올라간 원피스는 순결을 지키면서도 그 매력을 내비치고, 그러면서도 과도한 에로스를 느끼게 하지 않는다! 아름다움의 추구는 에로스만이 아니다!"

이 인간, 여자들 앞에서 무슨 소리를 이렇게 떠드는 거야?! 내 여동생도 있다고.

게다가 커다란 임무를 하나 끝마친 인간의 얼굴을 하고 있어. 이 썰늘해진 분위기를 어떻게 한다.

내 마음속의 비명은 작은 소리가 하나 이어지는 결과를 낳았다.

그것은 박수. 리레이가 혼자 클로드를 향해 영문 모를 존경의 시선을 보내고 있었다.

"그렇습니다. 아름다운 여성은 그래야 합니다. 눈앞의 순결을 지키고 싶다. 그와 동시에 더럽히고 싶기도 하다. 훌륭한 생각, 그리고 그 마음이야말로 제 동지라고 부를 만합니다."

"이해해주는 이가 있어서 나도 기쁘게 생각한다. 그럼 서로 마음이 풀릴 때까지 이야기를 나눠보지 않겠나?"

"후후후. 예, 부탁드리죠. 다음에는 고딕 로리타를 테마로 하면 어떨까요?"

"흥미 깊군."

아니, 이 두 사람, 왜 이리 신이 났대? 코하쿠 씨, 거기서 딴죽을 걸어야 하지 않습니까? 제대로 좀 해주세요.

"아차, 까먹고 있었군."

"뭔데?"

나는 탄식하면서 날카로운 눈으로 클로드를 노려보았다.

"방어구를 내놔라. 수리가 끝나는 대로 업그레이드를 하지. 그리고 이것."

거래창으로 방어구를 건네고, 그와 동시에 건네받은 아이템을 꺼내보았다.

"요리할 때, 꼭 장비해다오."

그건 심플한 에이프런. 가장자리에는 펠트로 만든 귀여운 병아리.

"작작 좀 해!"

내 외침과 함께 클로드의 배에 주먹이 꽂혔다.

회전을 담은 보디블로를 맞고 그 자리에 쓰러지는 클로드. 그의 머리에 파트너인 쿠츠시타가 살짝 고양이 펀치를 연발하는 모습을 보면 기분 탓인지 마음이 푸근해졌다. 물론 그 모습은 스크린샷으로 남겨두었다.

나는 다시금 뮤우 일행에게 우리 파티 멤버를 소개했다.

"어어, 이 여성은 마기 씨. 대장간을 하고 있고 항상 내가 포션을 납품하고 있지. 아니, 블루포션은 마기 씨네 가게에서 샀던가?"

"대장장이 마기야. 잘 부탁해. 그리고 파트너인 강아지 리쿠르. 그렇기는 해도 아는 얼굴도 분명히 있네."

얼굴 앞으로 들어 올린 리쿠르의 사랑스러움에 눈을 빼앗긴 여성진들에게 쓴웃음을 짓는 마기 씨.

"다음은…… 뭐, 설명하긴 싫지만…… 클로드. 천과 가죽 방어구가 전문인 재봉사. 그리고 파트너인 쿠츠시타."

"내 소개가 대충 아닌가?"

아무 일도 없었다는 듯이 조용히 일어서는 클로드. 꽤 힘을 담아서 쳤는데 벌써 일어나다니. 다음에는 더 힘을 넣어야 하나.

"당연하지. 내 동생이 있는 앞에서 그렇게 폭주하는 녀석한테 잘 해줄 리가 있냐."

어깨를 으쓱이는 클로드의 망토에 재주 좋게 발톱을 걸고 어깨까지 타고 올라가는 쿠츠시타. 다들 작고 귀여운 새끼와 그들의 소개에 눈을 껌뻑거렸다.

"다음은 목공사 리리인데. 마기 씨, 리리는 어디에?"

"윤 군한테서 연락을 받고 돌아온 뒤로 식재료 조달이 아직이라서 리리한테 부탁했는데…… 지금 돌아오네."

빨간 색 털실덩어리 같은 병아리를 재주 좋게 어깨에 올린 리리가 우리와 반대편 숲에서 돌아왔다.

루카토가 혼잣말을 흘렸다.

"마기, 클로드, 리리…… 톱 생산직. 셋이 나란히 있는 모습을 처음 봤어요."

"그야 우리라고 항상 같이 있는 건 아니고, 가게도 각자거든. 루카토."

"……어?! 어떻게 제 이름을?"

놀라는 루카토에게 장난질을 성공한 어린애처럼 미소를 짓는 마기 씨.

"그야 우리 가게의 단골은 다소 기억하니까. 그리고 뮤우한테 이야기는 들었어."

자못 당연하다는 듯한 마기 씨의 말에 루카토가 뮤우를 가볍게 째려보았고, 뮤우는 살짝 허둥거리는 듯했다.

"아, 아니, 여자들끼리의 이야기란 게 있잖아? 루카라면 알겠지?"

"최고의 오더 메이드가 필요하지만, 돈이 부족하다고? 알아."

그런 창피한 내용까지 들키는 바람에 평소에는 어른스러운 루카토도 얼굴을 붉히며 뮤우에게 거세게 항의하였다. 그걸 보고 황급히 화제를 바꾸는 마기 씨.

"그리고…… 트러블에 휘말리든 윤 군은 데려온 새끼를 언제 소개해줄까?"

마기 씨의 표정은 웃고 있었지만, 왠지 화난 것 같은 기색을 띠고 있었다. 내 표정이 굳는 동시에 옆에 있던 새끼 유니콘이 한 걸음 앞으로 나왔다.

"어어, 새끼 유니콘에 이름은 뤼이에요. 사실 어제부터 따라왔는데…… 이름도 아직 안 붙여줬고 남들 앞에서는 모습을 감춰서 말을 못 했네요.

그리고 이쪽은 트러블 끝에 보호하게 된 흑여우 새끼예요. 여러모로 죄송합니다."

껴안은 여우를 보여주었다. 아직 깊은 잠에 빠져서 깨어날 기색이 없었다.

"그럼, 휴식하면서 서로의 이야기를 좀 할까."

우리는 간이 테이블 앞에 앉아서 간신히 한숨 돌렸다.

이야기에 참가하지 않는 뮤우네 파티는 오늘 밤에 잘 공간을 확보하기 위해 텐트를 치느라 악전고투했다. 오늘 화재로 여태까지 묵었던 텐트가 불타버렸지만, 어떤 유니크 몹이 예비 텐트를 드랍했기 때문에 그걸 쓰겠다고 루카토가 말했다.

나는 무슨 이야기를 하면 좋을지 몰라서 더듬더듬 말하기 시작했다.

어제 있었던 일부터 시작해서 오늘 지금 이 순간에 이르기까지. 어제 이야기했던 것부터 이야기하지 않았던 것까지 전부. 내 주관을 섞은 이야기였다. 아직 내 안에서 정리되지 않은 내용도 이야기했다.

이야기를 듣는 클로드와 리리는 계속 잠든 새끼 여우를 위해 간단하게나마 잠자리를 준비해주었다. 이야기가 끝나고 잠시 침묵이 찾아온 가운데, 마기 씨는 험악한 표정으로 길게 숨을 내뱉고 입을 열기 시작했다.

"윤 군, 짧은 시간 동안 꽤나 농도 짙은 체험을 했네. 저 주의 액세서리는 아주 흥미가 당기는데 일단 한 마디 —— 무리는 하지 마."

"예, 죄송합니다."

"그래. 게시판에서 [화재 발생]이라는 장난 같은 말이 올라왔던데, 설마 그 사건에 고개를 들이밀었다니. 윤찌, 견실하게 보이면서 무리를 하네. 하지만…… 정말 다행이야."

마기 씨와 리리는 힘을 쭉 빼며 내가 무사한 것을 기뻐하며 또 울 것 같은 얼굴을 하였다. 이렇게 걱정해주는 파티가 있는데 무모한 짓을 한 것이 미안해졌다.

"윤. 그 새끼 여우가 눈을 뜬 모양이다."

우리의 이야기소리에 반응했는지, 새끼 여우가 살짝 반응을 보였다고 클로드가 가르쳐주었다. 여태까지 잠들어있던 검은 새끼 여우가 눈을 떴다.

쓰러지기 직전과 갭이 커서 그런지, 모르는 장소에 대한 공포인지, 눈을 뜬 새끼 여우는 작은 몸에 긴장을 띠며 경계심을 드러내었다.

떨리는 네 다리로 서서 어두운 색의 꼬리를 높이 치켜세우고 위협하는 새끼 여우.

아무리 봐도 허세로밖에 보이지 않는 모습에 가엾구나 싶었다.

"어라? 그 애 일어났어? 어라, 언니, 왠지 경계심 맥스인데?"

"알고 있어. 다들 너무 자극하지 마. 겁먹잖아."

텐트 준비를 마친 뮤우가 내게 말을 걸자 반사적으로 거리를 벌리는 새끼 여우.

이 아이를 납치한 녀석들이 너무 가독하게 다루는 바람에 인간불신에 빠졌을지도……. 근데 요즘 AI 너무 대단하지 않아? 자기학습 기능으로 인간을 경계하다니. 이 게임, 너무 리얼함을 추구하는 거 아냐?

다가갈 때마다 새끼 여우가 더욱 공포의 빛을 띠는 게 보였다. 다소 쇼크로 생각하는 동시에 내 허리에 몸을 비비는 뤼이의 머리를 쓰다듬으며 스스로에게 말했다.

"지금은 지켜보자. 보기만 해도 되니까."

다른 새끼 동물들과는 다른 경로로 만났으니까 조금 고생하겠지만, 조금씩 지켜보기로 했다. 뤼이를 껴안겠다고 달려들었던 뮤우라도 위협과 두려움을 동시에 띤 새끼 여우를 억지로 만지려고는 하지 않았다. 오히려 제일 그 모습에 곤혹스러워하는 것처럼도 보였다.

"자, 계속 여우만 보고도 있어도 안 되겠지. 슬슬 윤을 구해준 파티에 대한 보수부터 정할까?"

클로드가 그렇게 말한 것을 계기로 모두의 시선이 새끼 여우에게서 떨어졌다. 시선이 사라지는 동시에 긴장의 실이 끊어졌는지 또 무너지듯이 잠자리에 쓰러지는 새끼 여우. 그걸 확인하고 대화로 의식을 되돌렸다.

"그럼 아마도 필요한 건 무기나 방어구의 내구도 회복, 루카토의 망가진 무기의 대용품, 그리고 포션들, 마지막으로 식사인데, 그러면 될까?"

내가 텐트를 다 치고 쉬는 루카토에게 말했다.

"예, 그거면 됩니다. 그보다도 너무 많이 받는 것 같은데요……."

"그건 마음 안 둬도 돼. 우리가 주고 싶어서 주는 거고."

"하지만……."

계속 고집을 부리는 루카토. 나로서는 적절하다고 생각한다. 그대로 불길에 휩싸여서 리타이어할 가능성도 있었다. 오히려 너무 싼 거 아닌가 싶을 정도. 하지만 분위기로 보자면 루카토 파티는 도저히 납득하지 않는 눈치였다.

"으음, 그럼 이렇게 하자. 루카의 무기를 대용품이 아니라 오더 메이드로 만들어 줄게. 앞으로 정비도 확실히 해주고. 지금 만들 수 있는 건 강철 검뿐인데 괜찮을까?"

"예?! 그러니까 그러면 너무 많이 받는 건데요!"

"그 대신…… 뭔가 아이템과 교환하는 거라면 어때? 기브 앤드 테이크."

"……그렇군요. 다들 그러면 될까요?"

루카토가 뮤우를 포함한 다른 멤버에게 묻자, 다들 쾌히 대답해주었다.

"그럼, 그렇게 부탁드립니다."

"좋아, 얼른 만들어볼까?"

"마기. 아직 이야기는 안 끝났다. 윤이 찾아온 레어 무기의 감정이 남아있다."

"그랬지. 잊어버리면 안 되지."

나는 인벤토리에서 전투도끼, 한 쌍의 대거, 마법지팡이, 그리고 장궁을 꺼냈다. 그 무기에는 뮤우 파티도 흥미가 있는지 가까이 다가와서 들여다보았지만, 대응하는 센스가 없는 건지 감정은 할 수 없었다.

"호오. 제법 흉흉한 외견이네. 붉은색으로 껌뻑이는 도끼라니, 내 취향."

"이 대거는 내 건가? 마기찌, 감정 부탁해. 지팡이와 장궁은 내가 감정할 테니까."

그렇게 말하며 얼른 감정하는 두 사람의 얼굴은 마음 편한 표정에서 일변하여 굳어졌다. 그건 긴장이라기보다도 강한 환희의 빛이 짙었다.

"저기……. 마기찌, 그쪽은 어떤 느낌?"

"으음. 전부 성능은 똑같아. 운영진도 취향이 괜찮네."

그렇게 말하며 각자에게 대응하는 무기를 건네주었다.

볼프 사령관의 장궁 [무기]
활의 명수이자 수인의 사령관인 볼프가 사용했던 장궁.
ATK +25

달랑 이것뿐? 싶었다. 왜냐면 마기 씨의 식칼과 거의 같은 성능, 리리가 만든 무기에게 완전히 뒤지는 무기였다.

하지만 다음 순간 흘러나오는 메시지에 놀랐다.

[이 무기의 추가 효과는 최대 15개까지 부여할 수 있습니다. 또한 유니크 장비이기 때문에 빼앗기거나 파괴되지 않습니다. 추가 효과는 자유롭게 소거 가능하지만, 부여할 경우 다시금 같은 공정을 거쳐야만 합니다.]

"크크크……. 생산직에게 커스터마이즈 무기의 소체를 주다니. 운영진도 센스가 괜찮군."

클로드는 즐거운 듯이, 그러면서도 기분 나쁘게 웃었다. 아니, 무슨 말을 하고 싶은지는 알겠는데, 분위기가 무서워.

이어서 마기 씨도 기쁜 눈치로 '역시 OSO야. 나만의 무기를 만들 기회를 주다니' 라고 말했다.

리리를 보자면 '여기서 치트 무기 같은 게 나왔으면 생산직의 존재가 부정당하는데' 라는 말까지 하는 판국.

분명히 스스로 무기를 만드는 사람들이 그 이상의 성능을 가진 무기나 어중간하게 고성능인 무기를 받으면 흥이 깨질 뿐이겠지. 그런 의미에서 최선이라고 할 수 있다.

하지만…….

"……지금으로선 명확한 커스터마이즈의 비전이 없는데, 이걸 어쩐다?"

나는 활을 들고 다시금 살펴보았다.

힐끗 주위로 시선을 돌리자, 뮤우가 눈을 엄청 반짝거리고 있었다. 뭐, 왠지 모르게 대단한 거라고 알았겠지만, 뮤우가 탐욕스러운 눈으로 바라보면 다른 의미로 불안해진다.

"좋겠다~. 레어잖아, 그거! 꿈의 마개조 무기가 생기잖아. 가능하면 억지로 뺏고 싶을 정도야."

"그런 소리 마. PK 당하기 싫다고."

"아, PK의 가능성이 있나. 뭐, 뺏기지 않더라도 질투 정도는 사겠어."

"마기 씨, 무슨 한가한 소릴 하는 건가요?"

새된 눈으로 노려보자 농담이라면서 손을 흔드는 마기 씨. 하지만 농담으로 들리지 않았거든요.

"윤찌, 최고의 무기 고마워."

"그래, 내 취향의 장비를 갖추는 걸 게임의 목적으로 생각하는 나로서는 기쁘기 한량없다."

리리와 클로드에게 그런 말을 들으니 기뻐지기도 하고 쑥스러웠다.

"마음 두지 마. 그보다도 이야기는 이걸로 끝이지. 나중에 클로드한테 메일로 호수 밑 유적의 스크린샷 보내줄게. 그리고 루카토 파티는 포션이었지. 필요한 종류랑 숫자를 말해줘. 내일까지 준비할 테니까."

"나는 루카의 검인가. 오늘 탐색에서 광석 소재를 찾았으니까 충분해. 윤 군은 보석 쓸 거지?"

우리는 각자 자기가 해야 할 일을 시작하였다.

마기 씨는 오늘 채취한 보석을 내게 조금 나눠준 뒤에 루카토용 검의 제작에 착수했다.

클로드는 나의 파손된 방어구 수리나 다른 사람들의 방어구 상황 등을 이야기하면서도 시선은 다른 쪽으로 움직였다. 게시판이라도 보면서 작업하는 거겠지. 재주도 좋다.

리리도 비슷해서 지팡이의 내구도를 회복시키고 있지만, 지팡이는 코하쿠와 리레이, 두 사람 것인 두 개뿐이라서 미감정품의 감정 등을 함께 떠맡았다.

그리고 나는——.

"윤 씨, 오늘 보수로 드리는 아이템이에요."

"이건⋯⋯ 스위트 팩토리?"

"예. 스위트 트리가 드랍한 템이에요. 그리고 심심풀이 시 저스의 드랍템인 책이에요. 우리는 못 읽으니까요."

"아니, 나도 못 읽는데⋯⋯. 뭐, 읽고 싶긴 하지만. 그래 서 그 책은 어디에?"

"어어, 클로드 씨가 지금 가지고 있어요. 나중에 읽는다 나 봐요."

그 말을 들었는지 이쪽으로 가볍게 손을 흔드는 클로드.

아무렇지 않게 책을 읽는 클로드가 부러웠다. 컬렉션으로 책을 전권 모아놓으면 압권일지도 모르겠다. 책은 못 읽지 만 그것도 괜찮을지도.

그런 망상에 빠진 나를 루카토가 깨워주었다.

"⋯⋯윤 씨?"

"어?"

"기대할게요. 과ㆍ자."

"⋯⋯예."

기쁜 듯이, 즐거운 듯이, 귀여운 소녀들은 내게 미소 지었 다. 그래, 과자를 위해서, 간식을 위해서.

밤에는 활동할 수 없기 때문에 요리나 과자 만들기, 모은 소재로 포션 만들기에 매진했다. 완성된 프루츠 젤리는 내일 아침으로 내놓게 되겠지.

내가 할 작업을 끝나고 시선을 잠든 여우에게 돌렸다.

"응? 왜 그래, 언니?"

"아니, 별로. 나는 오늘 지쳤으니까 이만 잘래."

"어, 그래, 잘 자."

"잘 자라."

나는 그 자리에 있는 모두에게 말하고 새끼 여우가 잠든 잠자리를 껴안고서 로그하우스로 향했다. 어제는 리리가 먼저 잤지만, 지금의 나는 자겠다고 결심한 순간부터 단숨에 졸음이 밀려들었다.

익숙지 않은 원피스 자락이 걷히지 않도록 조심하면서 침대에 몸을 눕혔다.

이미 잠든 리쿠르, 쿠츠시타, 네시아스 옆에 새끼 여우를 깨우지 않도록 조심스럽게 내려놓았다.

지쳐서 눈을 감자 의식이 단숨에 어둠 속으로 떨어졌다.

마지막으로 생각한 것은 '아, 내가 꽤 지쳤구나' 라는 감상. 무사히 사흘째를 마칠 수 있었다.

6장 　복수와 마법사

눈을 뜬 것은 어제와 같은 시간대였을 것이다. 부옇게 흐린 시야가 로그하우스의 문 틈새로 스며드는 빛을 보았다.

"……아침인가. 일어나야지."

식사를 만들어야 한다. 유일한 [요리] 센스 보유자이기 때문에 오늘도 가볍게 기지개를 켜며 일찍 일어났다. 일어나서 주위를 둘러보니 클로드가 없었다. 또 철야라도 했나 싶은 마음에 다른 이들이나 새끼들을 깨우지 않도록 문을 조심스럽게 열었다.

"……안녕, 클로드."

"음, 좋은 아침. 그럼 난 이만 자겠다."

그 말만 남기고 클로드는 둔한 소리를 내며 푹 쓰러져서 곧바로 잠들었다. 엎드린 채로 자는 건 힘들지 않나 싶었다.

"불침번 서기 힘들면 누구랑 교대하면 될 텐데. 뭐, 안심하고 잘 수 있으니까 고맙지만."

그렇게 말하면서 내가 밖으로 나가자, 토우토비가 이미 일어나 있었다. 단검을 한손에 들고 가공의 적과 싸우고 있었다.

오른쪽으로, 왼쪽으로, 앞으로, 뒤로, 잔상을 남기면서 허공의 한 점을 단검으로 찔렀다.

"아침부터 열심이네."

"……안녕하세요, 윤 씨."

"다른 사람은?"

"……다들 자고 있어요. 제가 일어나서 클로드 씨랑 교대했어요."

"그래. 그럼 아침식사 준비를 할까."

방어구는 어제 받은 하얀 원피스 위에 에이프런을 걸쳤다.

"이 시간대부터 말인가요?"

"그래, 가공식품을 준비하는 것도 시간이 걸리니까."

그렇게 말하면서 설레설레 손을 흔들고 여러 도구를 준비했다.

어제 마기 씨네가 사냥한 유니크 몹 중 스토브 불이 드랍한 오픈 스토브를 꺼내어 준비를 시작했다.

[요리]의 스킬을 이용한 공정 단축으로 빵을 만드는 동시에 반찬을 준비했다.

요리에 집중했기 때문에 몰랐는데, 마기 씨와 루카토도 일어났다. 새로운 검으로 아침 연습을 하는 루카토를 지켜보던 마기 씨와 그 품에 안겨있는 리쿠르.

루카토의 검은 한 손 검치고 크고 폭이 넓었다. 또 양손으로 들기에는 다소 중량감이 부족해 보이는 한 손 검 —— 분류상 바스타드 소드라고 불리는 종류겠지.

장식은 가급적 삼가면서도 어딘가 품위 있는 분위기인 것은 루카토의 평소 모습과 어울려서 위화감이 없었다. 새로운 무기를 손에 들고 가볍게 휘둘러보고 때때로 양손으로 들고 휘두르자, 그 풍압만으로 주위 풀을 베어낼 정도였다.

"좋은 아침이에요. 루카토의 검이 다 되었나 보네요."

"윤 군, 안녕. 응, 어젯밤에 만들었는데, 피곤해서 지금에야 체크하고 있어. 루카, 그래서 어때?"

"예, 이미지대로네요. 저는 속도보다도 일격을 중시하는 타입이라서 여태까지의 검이 다소 가벼웠거든요."

그렇게 말하는 루카토는 스윽 힘을 빼고 검을 집어넣었다.

"그럼, 그 검을 납품하는 걸로 될까? 윤 군~, 아침 메뉴는 뭐야?"

"으음, 갓 구운 둥근 빵과 스크램블드 에그, 샐러드, 고기 야채 볶음, 자른 과일 정도일까요. 스위트 팩토리가 있으니까 핫케이크 같은 것도 할 수 있어요. 반죽만 만들면 그 다음에는 굽기만 하면 되고요. 어젯밤에 만든 젤리도 있어요."

"오오?! 선택지라면 핫케이크를 먹고 싶어."

"그럼 셀프식으로 할 테니까 먹을 때 마음대로 고르세요."

그렇게 말하면서 풍로에 불을 켜고 프라이팬을 달구었다.

반죽을 만들어서 구워낸 핫케이크를 큰 접시에 척척 쌓았다. 또 리리가 만든 바구니에 오븐에서 구운 빵을 담아서 테이블에 놓았다.

다 된 식사는 마음대로 먹을 수 있도록 셀프식이지만, 조금 부족하다 싶어졌을 때 아침 사냥을 나갔던 히노와 리리가 벌 모양 몹의 드랍템인 벌꿀 병을 가지고 와주었다. 어디서 병이 생겨나는지는 생각하지 말아야겠지.

얼마 뒤에 모든 준비가 끝나서 나는 간신히 한숨 돌릴 수 있었다.

"아침부터 힘들다. 역시 열 명과 다섯 마리는 많아. 오늘은 요리를 다 미리 만들어놓을까?"

그렇게 말하면서 나무 의자에 털썩 앉았다.

마기 씨가 그런 내게 물컵을 내밀어주었다.

"수고했어. 괜찮아?"

"힘드네요. 인벤토리로 보존할 수 있으니까 오늘내일 몫을 미리 만들어두고, 남은 기간 동안에는 탐색 중심으로 하는 게 좋을지도 모르겠어요."

지금의 솔직한 감상에 고개를 끄덕이며 맞장구를 치는 마기 씨. 둘이서 나란히 아침을 먹었다. 아침으로 먹은 핫케이크에서는 반죽 자체의 희미한 단맛과 벌꿀의 확고한 단맛이 나서 다소 기운이 나는 것 같았다.

그리고 아침식사 냄새에 낚인 것처럼 일어난 새끼들은 각자에게 주어진 접시의 요리를 게걸스럽게 먹었다. 그 중에서 검은 새끼 여우만은 아직 경계심을 띠고 있었다. 하지만 공복을 이길 순 없는지 벌꿀을 끼얹은 작은 핫케이크를 먹었다. 아무래도 우리 플레이어들보다도 같은 새끼들 쪽에 가까이 붙은 경향이 강했다. 특히나 덩치가 큰 뤼이에게 찰

싹 달라붙었는데, 딱히 뤼이가 싫어하는 기색은 없었다.

"식사를 하면서라도 좋으니까 가볍게 회의를 할까."

그렇게 말한 것은 클로드였다. 쓰러질 것처럼 잠들었으면서도 짧은 수면을 마치고 제일 늦게 아침식사 자리에 나타났다. 이 남자, 그렇게 잠깐 자고도 건강에 지장 없나? 게임이라서 그런가? 그렇게 생각하지만, 현실에서 그런다면 걱정이 끊이질 않겠다.

"그럼, 오늘 예정을 이야기하지. 나와 마기는 잠시 개별로 다른 베이스캠프를 돌까 한다."

"그건 또 왜?"

"인프라의 정비라고 하면 될까. 어젯밤, 게시판에서 대략적인 흐름을 보았는데, 생산직의 지원을 받지 못하는 사람이 많은 모양이라서. 오늘은 아는 생산직들하고 어떤 역할로 전투직을 지원할지 정할 거야."

"생산직은 생산 센스 레벨이 오르니까 좋고, 전투직은 안심하고 서포트를 받을 수 있어. 누이 좋고 매부 좋은 일이야."

이미 일부에서는 그런 식의 도급업 같은 걸 하는 사람이 있겠지. 그런 생각이 얼굴에 드러났는지 클로드가 말을 이었다.

"뭐, 처음에는 움직일 생각 없었는데, 비정상적인 거래가 화제가 되었더군. 아무래도 간과할 수 없으니까. 다소 이름이 있는 우리가 잠깐 다녀오지."

"흐응~. 네 경우가 다소야? 뭐, 고생이네. 내가 뭐 할 수 있는 거 없어?"

"으음, 딱히 없을까. 윤 군, 게시판에서 포션 제작 의뢰를 받는다고 올려볼 생각 없어? 마음 편히 기다리면 돼."

마음 편히라고 해도 말이지. 나는 턱에 손을 대며 생각했다. 시간을 들일만한 메리트가 있을까? 제작 의뢰를 받으면 내 이름이 알려져서 [아트리엘]의 선전이 되겠지. 게다가 나 개인의 시간을 이용하지 않고 원하는 것을 손에 넣을 수 있다.

하지만…… 그건 양쪽의 의견을 맞춰볼 수 있는 경우다.

타인과의 교섭이 서툴다면 타쿠나 뮤우네 파티에라도 들어가서 이 부유대륙을 보고 다니는 것도 좋겠지. 주로 회복사 같은 역할로 말이다.

하늘을 올려다보며 생각했다. 움직이지 않고 안전과 이익을 얻을까, 리스크를 각오하고 모험을 할까. 고민하면서 시선을 돌려보았다. 옆에는 뤼이와 그 등에 올라탄 새끼 여우.

그렇지. 리스크를 각오하고 이 애들과 떨어지기보다는 안전을 취하는 게 훨씬 나을까.

"그럼, 나도 해볼까. 그러다가 이익이 없다 싶으면 금방 그만두면 되겠고."

그 말을 듣고 마기 씨는 왠지 모르게 안도하는 표정을 지었다.

"으음~, 다행이야. 조합 센스를 가진 사람은 있지만, 윤 군만큼 열심인 플레이어는 별로 없으니까."

"그건 빙 둘러서 내가 평범하지 않다고 말하는 거 아닌가요?"

그렇게 말하자 메마른 웃음과 함께 시선을 돌리는 마기 씨. 아니, 별로 기분 상한 건 아닌데.

"그리고 미안하지만 윤의 방어구 수리는 아직 안 끝났다. 오늘 중에 끝낼 예정이다. 이걸로 내 이야기는 끝이군."

그 말로 우리의 회의는 끝났다.

그 뒤에 루카토 일행에게 포션을 돌리자 그들은 장비나 마음을 새롭게 하여 동쪽의 유적 공략을 위해 출발했고, 마기 씨에게 보석 원석을 나누어 받은 뒤로 간단한 도시락을 만들어 클로드와 마기 씨에게 주어서 보냈다. 그리고 나와 리리는 캠프를 지키면서 각자의 생산 활동에 힘썼다. 분명 마기 씨의 본심은 어제 트러블에 휘말린 나를 쉬게 하려는 거고 리리는 감시역 비슷한 걸지도 모른다.

나는 어제 소비한 매직 젬을 보충하기 위해 마기 씨에게 받은 원석을 연마하고 마법을 걸었다.

리리도 오늘은 평소보다 훨씬 더 성대한 작업에 착수했다.

통나무에서 목재를 잘라서, 지붕은 있는데 벽이 없는 오두막 같은 걸 만들어갔다.

"저기, 리리. 뭐 만드는 거야?"

"뤼이찌의 잠자리야. 시아찌나 새끼 여우처럼 몸이 작은 것도 아니니까 거기에 대응하는 잠자리가 필요하겠지. 이제 곧 완성."

그렇게 말하고 자기 키보다도 큰 목재를 가볍게 들어서 로그하우스 옆에 나란히 세웠다.

"이제 짚을 깔면 완성이야. 자, 뤼이찌."

조금 떨어진 곳에서 눈을 감고 있던 뤼이가 시선을 그쪽으로 돌리고 마구간을 확인했다.

찬찬히 관찰한 뒤에 다가오더니 바닥에 깔린 짚단 위에 앉아서 느낌을 확인하였다. 마구간은 그늘져서 시원해보였다. 뤼이의 곁을 떠나고 싶지 않은 새끼 여우도 종종 뤼이의 옆으로 따라왔다. 우리와 함께 캠프에 남았던 리쿠르나 쿠츠시타, 네시아스도 새로운 장소에 흥미가 있는지, 새끼 다섯 마리가 마구간 한 곳에 모여서 기분 좋은 눈치로 눈을 감고 잠들기 시작했다.

"우리도 조금 휴식할까?"

"그래. 아, 간식 남았어?"

"남은 핫케이크면 돼?"

그렇게 말하고 새끼들을 바라보면서 오전의 티타임을 즐겼다.

"어제처럼 트러블에 휘말리기 싫으니까 오늘은 얌전히 생산 활동으로 보낼까?"

"윤찌는 센스가 다양하니까 한가할 틈이 없겠어. [조약], [요리], [세공]이라."

"그리고 [합성] 이랑 [연금]이지. 뭐, 나도 너무 문어발이다 싶지만 재미있어."

"윤찌, 의외로 절조 없나?"

"무슨 소리. 도전 정신이 왕성하다고 해줘. 분명히 너무 많이 따긴 했지만……."

킥킥 웃는 리리. 그 뒤에는 적당히 잡담으로 꽃을 피웠다.

얼마 뒤에 차와 핫케이크의 냄새에 낚였는지 뤼이의 잠자리에 웅크리고 있던 새끼들이 일어났다.

새끼 여우는 한 걸음 물러난 위치에서, 다른 새끼들은 내 발치에서 애원하듯이 울어댔다.

"뭐야. 설마 이거 달라고?"

핫케이크 접시를 보이는 위치로 들자 새끼들의 시선이 거기로 모였다. 그걸 오른쪽, 왼쪽, 오른쪽으로 움직이자 거기에 따라서 모두의 몸이 흔들흔들 움직였다. 아, 또 쿠츠시타가 넘어졌다.

인벤토리에서 새 핫케이크를 꺼내어 눈앞에 두었지만, 핫케이크만으로는 덤벼들지 않았다. 내가 손에 든 벌꿀 병에 시선이 모이기에 한숨을 내뱉으면서 내가 핫케이크에 벌꿀을 부었다.

벌꿀을 끼얹은 원형 핫케이크를 여러 각도로 찢으며 먹는 새끼들. 원형 핫케이크는 순식간에 작아지고 일그러지다가, 최종적으로는 모두의 위장으로 들어갔다.

하지만 그걸로 끝나지 않았다. 발치에 매달려서 더 달라고 울어대는 새끼들과 내 손에 있는 병을 바라보는 새끼 여우. 그리고 뤼이는 내 뒤로 와서 머리로 꾹꾹 밀어댔다.

"너, 너희들. 진정해, 진정해!"

뤼이에게 떠밀려서 그 자리에서 넘어지는 나. 여전히 내 무력함과 약함이 원망스럽지만, 그 전에 손에 든 병에서 벌꿀이 흘러서 하얀 원피스나 내 뺨에 묻었다.

"우와……. 역시 묻는구나. 하얀색이니까 얼룩이 눈에 띄네……. 아니, 게임이니까 젖은 거나 얼룩은 시간이 지나면 없어지는데, 이것도 없어질까?"

그렇게 생각하면서 내 뺨에 묻은 벌꿀을 손가락으로 훑었다. 그 손가락에 찌릿찌릿하고 강한 시선을 느꼈다.

내 왼손에 들린, 아직 3분의 1 정도 남은 벌꿀 병, 벌꿀이 묻은 원피스, 뺨부터 목덜미, 쇄골로 흐르는 벌꿀, 그리고 내 뺨이나 손가락에 새끼들의 시선이 모였다.

주르륵…… 누군가 침을 삼키는 소리와 함께 내게 덤벼들었다.

"어이, 어디에 들어가려는 거야! 아니, 벌꿀은 안 돼!"

새끼들이 덤벼드는 바람에 난 제대로 움직일 수 없었다. 아니, 할 수는 있는데 잘못 움직이다가 조그마한 쿠츠시타나 네시아스를 밟지나 않을지 걱정되어서 꼼짝할 수 없었다. 게다가 새끼들이 덤벼드는 바람에 꿀병을 떨어뜨렸다.

왼손에서 떨어진 병 입구에는 새끼 여우가 머리를 집어넣고 병에 남은 벌꿀을 필사적으로 핥았다. 때때로 이쪽을 힐끔 보고선 다시금 핥았다.

오른손에 묻은 벌꿀은 네시아스가 작은 부리로 손가락을

쪼면서 슬쩍슬쩍 혀로 핥는 바람에 나는 그 감촉에 등골이 흠칫흠칫했다.

원피스 배 부분에 묻은 벌꿀은 쿠츠시타가 달려들어서 필사적으로 핥아먹으려고 했다.

두 손, 복부를 그렇게 제압당했고, 쇄골부터 목덜미까지 벌꿀이 슬쩍 묻은 부분은 리쿠르가 옷 안에 들어갈 기세로 핥았고, 뺨의 벌꿀은 어깨 너머로 고개를 내민 뤼이가 핥기 시작했다. 뤼이는 다른 새끼보다도 압도적으로 체격이 크기 때문에 제일 압박감이 있다. 게다가 뤼이가 내 어깨에 고개를 얹었기 때문에 움직일 수가 없었다.

"너, 너희들, 핥지 마! 천에 묻은 벌꿀을 빨지 마! 안 돼. 왜 옷 사이로 고개를 들이미는데! 그렇게 관계없는 곳까지 핥지 마! 웃?! 리리, 헬프!"

"으음, 윤찌, 힘내봐!"

"배신자아아아아!"

내 단말마의 비명이 울리는 가운데, 리리는 즐거운 듯이 히죽거렸다. 아, 이 녀석 분명히 방관하려는 거구나. 머릿속으로 확신하면서 나는 몇 분 동안 그 고문을 버텼다. 그동안은 남에게 보일 만한 꼴도 아니었고 절대로 떠올리고 싶지도 않은 내용이다.

●

"윤찌, 수고했어."

"……허억, 허억. 보지 말고 도와줘."

"으음, 무리야, 무리. 포기해."

그렇게 말하며 가볍게 어깨를 으쓱이는 리리. 지금은 시간 경과에 따라 옷에 붙은 벌꿀은 깨끗하게 사라지고, 아쉬운 듯이 내 손을 핥는 새끼들.

"하아~. 나는 왠지 물러터진 것 같아."

"그래. 윤찌는 손해만 보지?"

"정답."

그러며 어깨를 으쓱이고 뤼이의 목덜미를 쓰다듬었다.

한동안 기분 좋은 침묵이 계속되었지만 나는 그걸 일부러 깼다.

"리리, 센스를 전투용으로 바꿔줘."

"응? 좋아."

의문도 품지 않고 곧바로 대답해준 것은 아주 고맙다. 내가 새끼들과 장난치는 사이에 알아차렸을까? 나도 내 센스 장비를 바꾸었다.

소지 SP 18
[활 Lv24] [매의 눈 Lv34] [속도 상승 Lv20] [발견 Lv18]
[마법재능 Lv36] [마력 Lv35] [부가술 Lv11] [연금 Lv27]

[조약 Lv11] [요리 Lv12]

예비

[조교 Lv1] [합성 Lv24] [지 속성 재능 Lv7] [세공 Lv26]

[수영 LV13] [생산의 소양 Lv25]

임기응변의 센스 구성. 활을 꺼내고 슬쩍 시선을 돌렸다.

반응은 세 개. 세이프티 에어리어 밖에서 숨어서 지켜보는 모양이지만, 나한테는 훤히 다 보인다. 하다못해 뤼이 정도의 은폐능력이 있으면 좋겠다 싶어서 한숨이 새어나왔다.

"그래서 윤찌, 몇 명? 장비는?"

"셋이야. 검사랑 마법사가 둘."

"꽤나 밸런스가 안 좋네. 손님인가?"

"손님이면 검을 뽑은 채로 이쪽을 엿보지 않겠지. 어떻게 할까?"

리리의 웃기지 않는 농담을 가볍게 흘려 넘기고 상황을 고찰했다.

세이프티 에어리어에서는 기본적으로 전투 행동으로 플레이어에게 대미지가 발생하지 않는다. 다만, 절대로 안전하다고는 할 수 없다. 어제 검은 새끼 여우 사건도 있었다. 게다가 상대의 생각을 모르겠다.

"마기찌랑 크로찌에게 연락했는데, 둘 다 제일 먼 베이스 캠프에 있는 모양이야."

"그럼 금방은 못 오겠군. 돌발적인 습격이라면 포기해주면 좋겠는데. 계획적인 습격이라면⋯⋯."

우리에게는 짚이는 데가 많다.

집 없고 텐트 없는 플레이어가 주거지를 빼앗기 위한 습격 —— 이 경우 운영진 측이 준비한 시설이라고 생각한 습격일지도 모른다.

필요한 회복 아이템이나 이벤트의 레어 아이템 등을 얻기 위한 습격 —— 이건 말로 어떻게든 될 것 같다.

효율 좋게 새끼를 빼앗기 위한 습격 —— 이건 최악이다. 말로 어떻게 할 여지가 없다.

"리리는 전투 좀 해?"

"으음? 그냥그냥? 그리 복잡한 작전이 아니라면 실행할 수 있고, 일반적인 사냥이라면 그럭저럭. 애초에 생산직은 전투가 별로잖아."

"그럼, 생산직 둘이 언밸런스한 전투 메인 셋을 상대할 수 있을까?"

"무리야. 애초에 하나든 셋이든 도망쳐야지."

"그렇겠지~."

애초에 우리 생산직은 스킬도 전투에 안 맞고, 생산과 관련된 스테이터스가 높은 만큼 전투에 관련된 스테이터스가 낮다. 평균 레벨이 같다면 일단 스펙 차이가 생긴다.

"지금부터 도망칠까?"

"그래. 어제 화재 이야기를 들은 바로는 설치형 오브젝트는 빼앗을 수 없지만 파손은 가능한 모양이고."

"아, 텐트 말이지. 파손이라기보다는 완전히 파괴되었어. 그럼 도망칠까…… 칫."

무심코 혀를 찼다. 내 강한 경계와 동조하여 새끼들은 리리의 뒤에 숨었다.

이제부터 도망치려고 하는 찰나에 저쪽에서 접근해왔다.

리리도 볼 수 있는 거리에 들어온 3인조. 무기를 든 채로, 하지만 바로 공격해올 기색은 없는 듯했다.

"당신이 검은 사역자?"

금색 생머리에 파란 눈동자의 검사 소년이 그렇게 물어왔다. 왠지 눈매가 험악하다. 내가 이미지했던 습격자와는 다소 다르다. 악의가 어린 끈적끈적한 시선이 아니라 그저 순수한 적의가 담겨서 한층 경계를 올렸다.

"뭐야, 너희들. 우리 애들이 무서워하잖아. 무기 집어넣어."

미간에 힘을 주고 마주 노려보는 내게 좌우의 마법사 남자들이 마찬가지로 조용히 노려보지만 아무래도 좋다. 검사 소년의 대답이 중요하다.

그 검사는 내 말을 듣지도 않고 리리의 뒤에 숨은 새끼들을 노려보았다.

"그래, 역시 검은 사역자로군. 겨우 찾았어."

"아니, 무슨 소린지 모르겠는데."

"어제 사건을 잊었다는 소리냐?! 우리나 그렇게 많은 플레이어에게 민폐를 끼쳐놓고서. 검은 새끼와 그걸 부추긴 플레이어는 적이다!"

좌우의 남자들이 그 목소리에 호응하듯이 지팡이를 들었다.

"윤찌, 도망치자!"

너무 예상 밖의 말이 나와서 멍해졌지만, 리리의 말에 제정신을 차리고 우리는 재빨리 뛰기 시작했다.

자기가 정의라고 말하면서 악을 처단한다. 그 자체는 상관없지만 하는 말이 지리멸렬하다. 내 말 따윈 듣지도 않는다.

리리는 어깨에 네시아스, 두 손으로 다른 세 마리를 꺼안고, 뤼이와 그 등에 탄 새끼 여우도 우리와 나란히 달려서 동쪽으로 도망쳤다. 그 뒤를 쫓아오는 놈들도 의외로 발이 빨랐다.

"단숨에 따돌리자. 〈인챈트〉 —— 스피드!"

우리는 노란 잔광을 남기면서 속도를 올렸다.

"여기는 나한테 맡겨라. —— 〈윈드 아머〉."

마법사 하나가 외운 주문이 만들어낸 엷은 녹색의 베일이 추적자들을 감쌌다.

그것으로 눈에 띄게 뜀박질 속도가 빨라졌다.

"뭐지, 저 마법!"

"저건 [풍 속성]의 상위 센스, [폭풍 속성]의 마법이야. 저 레벨을 쓸 수 있다면 저 녀석의 마법을 두세 방만 맞아도 즉

사겠어."

"느긋한 소리 할 때가 아냐! 방어를 제대로 안 하면 죽는
단 말이지. 〈인챈트〉── 마인드!"

거듭 인챈트를 걸어서 방어.

뒤에서 쫓아오는 추적자들의 위압감에 나는 공포를 느꼈
다. 리리는 실실거리지만, 그 표정 끝으로는 초조함도 엿보
였다.

나는 어떻게든 머리를 굴려 해결책을 강구했지만, 초조와
공포 때문에 머리가 잘 돌지 않았다. 그리고 여기서 한 가
지 수를 썼다. 그래── 지인 전원에게 SOS 메일을 날렸
다.

── [헬프. 지금 리리와 함께 도주 중. 오래 못 버팀.]

내용은 간결하지만, 나중에 다시 읽어보면 내가 얼마나
다급했는지 알 만한 지리멸렬한 내용을 송신했다.

그 직후, 뒤에서 날아드는 폭풍과 폭염이 우리의 옆을 스
쳤고, 귀를 찌르는 굉음과 섬광이 숲속에 퍼지는 가운데 나
와 리리는 고함을 내질렀다.

"끄아아아아! 마법의 딜레이 타임이 짧잖아! 저렇게 연발
이 되는 거야?!"

"이렇게 짧은 건 분명 [영창 단축] 레벨이 높아서 그럴
거야!"

"나는 그런 이야기를 하는 게 아냐! 제길, 얼른 MP나 바
닥나 버려라!"

나는 큰소리로 투덜대면서 필사적으로 다리를 놀려 동쪽으로 도망쳤다.

날아온 마법이 나무를 태우고 지면을 후볐다. 때때로 직격 코스로 날아오는 마법은 내 클레이 실드 매직 젬과 모습을 감춘 뤼이의 물방패로 막았다. 하지만 마법의 강도면에서는 상대 쪽이 월등해서, 마법의 여파로 머리칼이나 피부가 그을고 바람이 등을 사정없이 후려쳤다. 그래도 간신히 넘기기는 했지만 보충한 매직 젬도 바닥을 드러내었고 뤼이의 방패도 만능은 아니었다.

하지만 이쪽도 결코 반격하지 않는 건 아니었다.

나는 이따금 떠오른 것처럼 돌아보며 활로 마법사를 노렸지만, 검사가 죄다 막아버렸다. 짜증 섞어서 혀를 차고 또 달음박질을 거듭했다. 그 이상의 공격은 연속되는 마법 공격 때문에 불가능했다.

리리를 보자면 새끼를 껴안아 지키면서 뛰고 있으니까 당연히 공격에 집중할 수 없었다.

즉, 어떻게 할 수 없는 상태.

상대가 MP 고갈로 쫓아올 수 없게 되든가, 이쪽이 일격을 먹어서 녹아웃되든가. 그런 아슬아슬한 도주극을 계속했다.

"윤찌, 타개책은?"

"내 지인들 전원에게 SOS 메일을 날렸어!"

"아, 기대하기 어렵겠네."

"어이, 그게 무슨 소리야!"

리리가 흘린 한마디를 놓치지 않았다. 뭐냐고, 내 지인이 적다는 소리야?! 어어…… 타쿠, 뮤우, 세이 누나…… 어라? 그 외에는 이들의 친구들과 마기 씨나 클로드, 리리 정도?

"왜 그래, 윤찌?"

"아니, 난 교우관계가 좁을지도……."

"괜찮아!"

"전혀 괜찮지…… 않아!"

말하면서 빙글 몸을 돌려서 화살을 날렸다. 이런 느낌으로 기습적으로 공격하면서 뒤쪽을 확인했다.

여태까지는 바람과 불의 상위 마법이 날아왔는데, 지금은 서서히 더 쓰기 편한 저급 마법으로 바꾸어서 연사를 중시한 공격을 하는 모양이었다.

또 공격하는 짬짬이 MP 포션을 사용하는 모습을 보면 상대도 기를 쓰는 느낌이었다.

저쪽이 마구잡이로 쏴댄 마법의 여파로 때때로 진로가 막히거나 발걸음이 둔해질 뻔했다. 멈췄다간 절호의 표적이 된다.

그래도 계속 버틴 보람이 있었다. 육체적 피로를 무시하고 가동할 수 있는 가상현실의 몸은 충분히 전력질주에 버텼고, 드디어 상대의 마법이 멎었다.

"드디어 MP가 바닥났나?"

"휴우. 그렇다면 좋겠는데. 혹시 그렇다면 이 이상 추격하진 않겠지."

"그럼, 도망칠까?"

우리가 다시금 뛰려고 중심을 낮춘 순간 [발견]이 새로운 반응을 포착했다. 새로운 적도, 강대한 마법도 아니었다. 리리를 향해 뭔가 눈에 보이지 않는 일격.

"리리!"

내 외침과 동시에 리리의 몸이 천천히 쓰러졌다. 앞쪽으로 쓰러졌다간 품에 껴안은 새끼들을 짓누르게 될 테니까 몸을 비틀어서 오른쪽 어깨부터 쓰러졌다.

다급히 달려가 보았지만 HP에 대미지가 있는 건 아니고 그저 쓰러졌을 뿐이었다. 의식도 있는 모양인지 눈이 움직였다. 하지만 말이 제대로 안 나오는지 메마른 목소리를 흘렸다.

"윤……찌, 이거, 마……비."

"……알았어, 해제 포션 말이지!"

내가 내 인벤토리에서 마비 해제 포션을 꺼낸 순간 다시금 눈에 보이지 않는 일격이 날아왔다. 손에 든 포션을 떨어뜨리며 나 자신도 무릎을 꿇었다.

몸이 녹슨 것처럼 무겁고, 마음대로 움직일 수 있는 건 눈뿐이었다. 우리 주위에서 새끼들이 걱정스럽게 바라보는 것을 보고, 도망치라고 말하고 싶었지만 입이 움직이질 않았다.

우리는 [마비3]의 상태 이상에 걸려서 움직일 수 없었다. 그리고 그 원인이 눈앞의 마법사 중 하나라는 것도 알았다.

옆으로 길게 찢어진 동공은 파충류의 그것처럼 차가웠다. 파충류 같은 눈동자의 변화, 마비라는 상태 이상에서 유출된 대답은——.

"……[뱀의 눈]……이, 군."

움직이지 않는 입을 필사적으로 움직여서 신음처럼 중얼거렸다.

"그래. 시간이 꽤나 걸렸지만 간신히 성공했군."

아무런 기쁨도 없는 담담한 기색으로 다가온 3인조 중 마법사 한 명이 리리를 붙잡고, 또 한 명이 내 팔을 뒤로 돌려서 전사 앞에 무릎 꿇렸다.

"꽤나 저항하는군. 덕분에 이쪽은 MP 포션을 다 썼지만 악당을 숙청할 수 있으니 좋은 일이라고 치지."

아무렇지도 않게 말하는 검사를 노려보았다. 구속된 상태고 내 활은 지면에 떨어졌다. 인벤토리에서 아이템을 꺼낼 수도 없고 입도 안 움직인다. 우리 상황에 새끼들은 완전히 겁먹은 눈치였다.

"……우리, 애들한테 손, 대지 마."

노려보면서 그렇게 위협했다. 혹시 새끼들에게 손가락 하나라도 대봐라. 이 자식, 평생 후회하게 해 주마, 그런 의사를 담았다. 그 말을 듣고 내 뒤의 마법사가 팔을 더욱 비틀었기에 나는 이를 악물고 고통에 버텼다.

"[뱀의 눈] 효과가 끝나기 전에 끝내자. 우리 목적은 사역한 플레이어와 검은 새끼뿐이다"

"이유, 정도는 말, 해봐."

"우리 파티 멤버가 검은 새끼의 불길에 당했다."

"……그러니까, 우린 관계, 없어."

그 한마디를 했더니 내 팔을 더욱 비틀었다. 이미 말로 할 여지가 없다고 일방적으로 선언하듯이 검사도 검을 쳐들기 시작했다.

그 검이 내려쳐지는 순간 무심결에 눈을 감았다. 순식간에 베이리라고 각오했지만, 아무리 기다려도 충격은 찾아오지 않았다. 이런 데자뷰를 전에도 맛본 적이 있었는데, 라고 생각하는 가운데 조심조심 눈을 뜨자 검사와 나 사이에 낯익은 뒷모습이 있었다.

"윤이 도와달라고 하길래 무슨 일인가 싶었더니 꽤나 일이 꼬였구나."

"……시즈, 카 누나."

●

"윤, 게임에서는 세이 언니라고 해야지? 게임에서 본명은 안 돼!"

분위기에 어울리지 않게 느릿한 어조와 분위기를 띤 세이 누나. 하지만 나를 향해 날아오는 검을 향해 지팡이를 비스듬히 내밀어 맞서고 있었다.

"왜 방해하는 거지! 그 녀석은 검은 새끼를 사역하였다!"

"윤이 못된 짓을 할 리가 없잖아. 그리고 윤이 도와달라고 했어. 그러면 감싸기에 충분해."

"그럼 힘으로 배제하겠다!"

"……세이 누나?!"

그렇게 말하며 다시금 휘두른 검은 세이 누나를 향하였다. 마법직인 세이 누나에게 근접전투는…… 이라는 예상은 빗나갔다.

지팡이를 되돌리더니 검에 가볍게 가져다대고 살짝 돌리듯이 흘려 넘겼다. 상단에서 하단으로 흘리기에 이은 쳐내기, 그렇게 높게 튕겨난 검은 다시금 세이 누나를 덮쳤지만, 이것도 지팡이에 막히고 위로 튕겨나는 바람에 검은 그 기세 그대로 뒤로 날아가서 지면에 꽂혔다.

"검을 쥐는 힘이 부족하네. 몹 상대로만 싸웠기 때문일까……."

순간적인 일이라서 상대는 순간 넋을 놓았지만 곧 파티들이 연대를 시작했다.

마법사 두 사람이 나를 놓고 세이 누나에게 대처하기 시작했고, 검사 쪽은 예비 검을 인벤토리에서 직접 뽑았다.

"—— 〈퀵 블래스트〉!"

"—— 〈파이어 샷〉!"

동시에 날아가는 바람과 불 마법. 양방향에서 날아오는 마법에 세이 누나는 냉정하게 대처했다.

"—— 〈워터 라운드〉."

작은 중얼거림에 생겨난 것은 뤼이의 그것과 같은 둥근 물방패. 새끼인 뤼이가 만든 물방패보다 한층 거대한 방패는 미덥지 않게 느껴지지만, 실제로는 멋지게 공격을 막아내었다.

"각각의 이점을 살리질 못하네. 연대는 더 세심하게."

한손을 들자 거기에 맞춰서 움직이는 물방패로 정확하게 바람과 불 마법을 막아내었다. 움직임 자체는 내 눈도 쫓아갈 정도로 느릿했지만, 최소한의 움직임으로 공격을 막아내었다.

"바람은 빠르게 낼 수 있고 연사성이 뛰어나. 불은 순간화력이 강한 게 특징. 이상적인 연대는 화력으로 내 방어를 돌파하고, 그 틈에 바람 탄환으로 격추. 나를 쓰러뜨리려면 높은 위력이 필요해."

그렇게 말하면서 춤추듯이 차례로 공격을 막아내는 세이 누나. 공격한 상대에게 강의하는 듯한 그런 말에 기막히는 한편 흔들리는 가슴에 압도되었다.

"나를 잊으면 안 되지!"

날아드는 불과 바람 탄막의 뒤에 숨듯이 검사 소년이 세이 누나에게 달려들었다.

"—— 〈윈드 아머〉!"

바람 마법사가 우리를 쫓을 때와 마찬가지로 바람의 속도 상승 마법을 검사에게 걸어서 단숨에 거리를 좁혀들었다. 세이 누나가 물방패를 유지한 채로 요격 태세에 들어갔다.

하지만 상대는 세이 누나가 마법을 쓰기 전에 검을 상단 세로 쳐들고 내려쳤다.

"── 〈그람 소드〉."

내려친 검에 맞추듯이 세이 누나가 지팡이를 내찌르는 동시에 지팡이 끝이 물로 구성된 검에 뒤덮여서 상대의 검을 한순간 막아냈다.

지팡이 같은 무기에 검이 달린, 소드라고 하기보다는 랜스처럼 보이는 그것을 세이 누나는 가볍게 휘둘러서 처음처럼 상대의 검을 흘렸다. 원운동으로 흘려낸 검을 상대가 수습하기 전에 몸을 옆으로 돌려서 지팡이 자루로 강하게 후려쳤다.

"너?! 마법사 아니었나!"

"나는 마법사야. 하지만 마법뿐이면 불편한 일이 있으니까 봉술도 조금 배웠을 뿐이야."

그렇게 말하며 상대가 반격하기 전에 다시금 지팡이 끝으로 찔렀다.

공격을 받아도 다시금 치고 들려는 검사를 세이 누나는 공중에 유지하고 있던 둥근 물방패로 막아내고 지팡이로 흘렸다. 느린 움직임이면서도 버드나무 잎처럼 가볍게 부드럽게 공격을 피하고 침을 찔러댔다. 초보의 눈으로 봐도 알

수 있을 만큼 기술에 차이가 컸다.

"어째서! 왜 공격이 맞질 않지!"

거기에 대한 세이 누나의 대답은 상대의 명치를 향한 강한 찌르기. 그 충격을 죽이기 위해 크게 뒤로 뛰는 검사. 그리고 그 뒤에는——.

"세이 누나! 큰 게!"

"괜찮아. 언니는 강하거든."

어느 틈에 마비가 풀렸는지도 모른 채 소리치자 세이 누나는 여유 넘치는 미소를 띠었다. 3인조는 검사가 시간을 버는 동안 뒤의 두 마법사가 강력한 마법을 준비하고 있었다.

세이 누나를 확실히 제거하기 위해 큰 기술을 준비한 것이다.

"——〈프레임 번〉!"

"——〈미라지 미스트〉."

세이 누나! 라고 외쳤지만, 쏟아지는 불길의 굉음에 지워졌고, 세이 누나를 삼킨 불길만을 바라보았다. 흐려진 윤곽에 아연해졌다.

역시 무리였다. 3대1이라도 세이 누나라면 괜찮을 거라 생각했는데…….

"역시 화염 마법의 공격력은 제일 강해. 정면에서 맞았으면 나도 위험했겠어."

목소리가 들린 방향을 올려다보니 나무 위에 세이 누나가 서있었다.

자기 가슴 밑에 팔짱을 끼고 불타는 장소를 내려다보았다.

그걸 올려다본 3인조는 경악에 눈을 치뜨는 동시에 바람 마법사 쪽이 지팡이를 쳐들고 조준하였다.

"—— 〈아쿠아 배럿〉."

그 순간 세이 누나의 뒤에는 십여 개의 물구슬이 생겨났다. 물 속성의 초급 마법이다. 하지만 초급 마법이라도 저 정도로 숫자가 많으면 위협적이다. 그 광경에 압도되어 아무도 움직이지 않았다. 아니, 공격을 했다간 수십 개의 탄환이 쏟아져 내릴 것이 눈에 선했다.

"분명히 몹 상대라면 영창 후에 곧바로 쏘는 게 제일이지만, 플레이어가 상대라면 고위력의 마법은 필요 없어."

"그 숫자는 대체 뭐지?! 대체 뭐야! 왜 마법사가 근접전을 할 수 있지! 우리를 봐주면서 싸우기나 하고!"

히스테릭하게 소리치는 검사에게 세이 누나는 담담히 설명하기 시작했다.

"나는 봐주면서 싸우지 않았고, 장난칠 생각도 없어. 이게 내 전투법."

거기서 말을 끊자 뒤에서 더욱 늘어나는 탄환들.

"기본은 마법사의 센스 구성이지만, 거기에 [지연]으로 만들어낸 마법을 이렇게 일시적으로 저장했을 뿐. 접근전도 아까 말했던 것처럼 봉술을 배웠을 뿐이야. 슬슬 시간도 다 됐나 보네. 그러면 —— 어디 한 번 버텨봐."

속삭이는 듯한 마지막 말은 동시에 발사된 수십 개의 물

탄환이 격돌하는 소리에 지워졌다.

3인조는 날아드는 구체를 필사적으로 피하면서 절망하지 않고 반격의 기회를 엿보았지만, 그 탄막을 돌파할 수 없었다.

불필요할 정도로 넓은 범위로 탄막을 쳤기 때문에 지면을 헤집고 나무를 꿰뚫는 등 낭비된 부분이 있었지만, 그래도 움직이면 어딘가에서 탄환을 맞는다.

마법사 둘은 일찌감치 리타이어하는 가운데 검사 소년만큼은 대미지를 각오하고 전진하였지만 세이 누나는 이미 탄환을 보충해놓았다.

세이 누나에게 다가가면 갈수록 공격의 간격과 밀도가 더욱 올라가기에, 연속되는 마법을 견디다 못해 결국 날아갔다.

"이제 좀 이야기를 들으려나?"

"왜…… 왜 그 녀석을 감싸지! 우리 파티를 무너뜨리고! 검은 새끼를 부리는 사역자를!"

"그러니까 내가 아니라고! 어디의 바보가 새끼를 붙잡아다가 저주 장비를 억지로 장비시킨 거야. 분명히 이 검은 새끼가 원인이지만, 불행이 여럿 겹친 사고야."

"그럼, 그 녀석은 어디에 갔지!"

"제일 먼저 불타버린 모양이야."

조용하게 진실을 말하는 세이 누나.

"그 베이스캠프는 화재 전날에도 비슷하게 새끼가 돌발적으로 날뛰는 사건이 있었던 모양이야. 원인이라고 여겨지는 파티는 전원 한 발 늦었나 봐."

"그럼 누구한테! 동료의 복수를 누구한테 하면 좋지! 셋 다 이벤트를 기대하고 있었는데! 그런 말도 안 되는 일로 도중에 끝내라고?!"

셋 다 HP가 크게 줄었고 각자의 무기를 내던지며 흙을 움켜쥐었다.

그런 세 사람을 향해 아무 주저도 없이 걸어가는 세이 누나를 제지하려 했지만, 검지를 입가에 대는 모습에 그만두었다. 뭔가 생각이 있는 걸까. 여기선 맡겨둘 수밖에 없겠지.

"납득할 수 없겠지만, 윤에게 그 울분을 돌리면 안 된다는 건 알겠지?"

"……그래."

힘없이 고개 숙이며 내뱉은 메마른 대답. 그래도 세이 누나는 만족스럽게 미소를 짓고 세 사람에게 회복 마법을 걸어주었다.

세이 누나가 입힌 대미지는 회복되었어도 정신적인 대미지는 쉽게 회복되지 않을 듯했다. 그런 세 사람에게 세이 누나는 다정하게, 그러면서도 힘 있게 말하였다.

"아직 며칠 남아있으니까 자기가 뭘 할 수 있을까 생각해보지 않겠어? 남에게 폐를 끼치지 않는 형태로."

"뭘 할 수 있냐고? 그런 건……."

세 사람은 서로의 얼굴을 바라보면서 뭘 해야 할지 모르
겠다고 말하는 가운데 세이 누나가 말을 이었다.

　"이벤트가 끝나고, 리타이어한 동료와 만났을 때 가슴을
펴고 즐거웠다고 할 수 있는 이벤트로 해야지. 잠깐 동안 레
벨을 올릴까? 아니면 레어 아이템을 선물할까? 아니면 자
랑해서 부러워하는 얼굴을 볼까?"

　세이 누나, 마지막의 그건 꽤나 심술궂은 말이잖아. 마음
속으로 그렇게 한마디 했지만 그 말이 세 사람의 긴장을 풀
어주었는지 다소 표정이 누그러졌다.

　"그리고 리타이어한 사람들은 분하게 여기겠지만, 당신
들이 PK했다는 사실을 알면 어떻게 생각할까? 당신들의 동
료는 적어도 PK를 좋게 여길 것 같지 않은데."

　"……그래. 그럴 거야."

　차분한 표정으로 세이 누나에게 고개를 끄덕이는 3인조.
리리도 마비가 풀렸는지 새끼들과 함께 내 옆에 섰다.

　"나는……."

　무슨 말을 하려던 검사 소년을 세이 누나는 내게 그랬듯
이 손으로 제지했다.

　"나는 PK 이야기를 하지 않을 거야. 동료에게 가슴을 펴
고 재회할 수 있는가는 너희에게 달렸어."

　습격 자체는 불행한 오해나 정보 부족 때문이다. 하지만
그렇다고 모두 물에 흘려버릴 수 있느냐고 하면 그럴 수도
없고…… 이번 피해자는 나 이외에도 있다.

힐끗 리리에게 시선을 보내자, 살짝 고개를 끄덕이며 맡기겠다는 대답이 돌아왔다.

그러니까 나는 내 마음에 따라 앞으로 나가서——.

"—— 착각이라고 해도 나와 파티였던 리리를 공격한 사실 자체는 변함없어."

"……어떻게 하면 용서해줄 거지?"

내 말에 더욱 움츠러드는 3인조. 나는 대답하였다.

"잘못을 했으면 죄송합니다, 라고 해야지."

"알았다. 미안하다."

그러면서 고개를 숙였다.

"내가 아냐. 리리랑 우리 애들한테."

내가 가리키는 곳에 있는 리리와 새끼 동물들을 보고 3인조는 눈을 동그랗게 뜨더니 또 깊게 고개를 숙였다. 그리고 3인조가 조용히 물러나는 걸 지켜본 리리가 내 소매를 당기며 물었다.

"윤찌는 그걸로 괜찮아?"

"내가 화내는 건 우리 애들이 무서워했으니까 그래. 그 이외는 아무래도 좋아."

"윤은 자기 일에 정말 관심이 없으니까."

세이 누나는 난처한 듯이 눈썹을 늘어뜨렸지만, 그건 아무래도 관계없다.

"윤찌는 용서할 줄 알았지만, 애초에 아무 생각도 없을 줄은 몰랐어. 윤찌는 화낼 때도 그런 식으로 착하구나."

마지막 말은 파트너인 네시아스를 향한 것이었다.

그리고 세이 누나는 빙긋거리면서 잠시 우리를 바라보았지만, 갑자기 앗 하고 작은 소리를 내고 불안을 부채질하는 말을 하였다.

"그러고 보면…… 윤의 SOS메일을 받고 타쿠 군이랑 뮤우네가 대규모 탐색이라도 시작할 모양이었어."

"……왠지 또 큰일이 날 것 같은데."

"윤찌, 뒤처리 힘내!"

"괜찮아. 아직 안 늦었어. 뭐, 하룻밤 정도는 군소리 듣겠지만."

"제길?! 그 3인조! 절대 용서 못 해!"

나는 이 뒤에 찾아올 난관에 대해 원망을 내뱉었고, 그걸 보며 리리와 세이 누나는 쓴웃음을 지었다.

7장   산책과 긴급 퀘스트

……으음. 목이 아프다. 잠을 잘못 잤나.

그렇게 생각하면서 일어나보니 나는 반짝반짝 빛나는 태양 밑에서 자고 있었다.

"아, 그대로 잠들었나."

나는 하품과 함께 기지개를 켜면서 머리를 기대고 있던 테이블에서 시선을 돌려 주위를 둘러보았다. 서른 명 가까운 대규모가 된 우리의 베이스캠프.

어젯밤 잔치의 흔적을 남기고 그대로 잠들어버린 사람이 대부분이었다.

"그렇기는 해도 고생 좀 했지."

우리는 3인조의 습격을 넘기긴 했지만, 그 뒤에 기다리던 것은 더욱 큰 곤경이었다.

무사히 우리 베이스캠프까지 돌아온 우리는——.

"제1파티부터 제5파티는 북쪽 수색, 제6파티부터 제10파티는 남쪽 수색! 여기를 수색본부로 한다."

"윤 군과 리리가 없어! 역시 두고 가는 게 아니었어!"

"진정해라. 나도 산을 뒤져보지! 메뉴의 파티 항목을 보면 두 사람은 무사하다!"

"윤 녀석, 그렇게 짧은 구조 메일만 보내고 사라지다니!"

"타타타타, 타쿠 오빠, 진정해."

"양쪽 다 진정해."

베이스캠프는 완전히 혼돈이었다. 한 여자가 수십 명 규모의 사람들을 지휘하여 당장이라도 숲에 들어가려는 분위기를 하고 있었다.

또 마기 씨가 안절부절 못하고, 클로드가 진정시키려고 말을 걸고 있었다.

타쿠는 무릎을 떨면서 당장이라도 튀어나가기 직전에서 간신히 참는 눈치였다. 그리고 뮤우는 떨리는 목소리로 동요하고 있었다.

얘들이 이러기도 하는구나, 라는 한가한 감상을 품었지만, 분명 내 표정은 굳어있었겠지. 그 자리는 완전히 혼란스러워서 등산 조난자의 수색본부 같은 모습이었다.

"어~이, 윤을 데려왔어!"

"아니! 세이 누나! 잠깐!"

"얼른 안심시켜줘야지. 포기해, 윤찌."

연하인 리리는 이미 달관한 듯한 표정으로 다음 변화를 기다렸다.

나는 세이 누나의 목소리에 모여드는 시선을 버티다 못해 고개를 돌리고──.

"어어── 나 왔어…….."

"어디 갔던 거야!"

우리 둘의 목에 팔을 감고 껴안는 마기 씨. 오른팔을 리리의 목에, 왼팔을 나의 목에 감은 채로 세게 마구 졸라댔다. 가슴도 닿아서 기쁘고 부끄럽고 미안하고. 우리가 껴안고 있던 리쿠르나 검은 새끼 여우가 그 사이에 끼여서 괴로운 듯이 소리를 지르며 다소 저항하자, 마기 씨가 그제야 간신히 떨어졌지만 리쿠르를 다시금 세게 껴안고 놔주지 않았다.

"두 사람 다 어디 갔던 거야. 걱정했잖아."

"아니, 그게……."

이런. 변명을 생각해두지 않았네. 왜 그런 구원요청을 보냈는가. 납득할 만한 이유를 제시해야만 한다. 속으로 식은 땀을 흘리는 한편 리리가 술술 이유를 떠들기 시작했다. 그것도 거짓 이유를.

"아니, 윤찌를 따라서 근처에 식재료 아이템을 찾으러 갔는데, 습격을 좀 받아서 말이지~. 도망치려고 해도 계속 뱅뱅 돌면서 쫓기기만 하고, 윤찌가 조급한 마음에 메일을 잘못 보내고."

"어, 어이! 리리?!"

내가 다급히 리리에게 말했지만, 그건 리리의 예상 밖의 행동에 소리친 것일 뿐이었다. 주위는 그걸 창피해서 그러는 거라고 받아들였는지, 살짝 긴장이 누그러지는 게 느껴졌다.

"그래서! 괜찮았어?!"

"숲에서 우연히 만난 유니크 몹이었으니까 내가 그대로 해치웠어. 나중에 드랍템을 확인해봐야지."

세이 누나에게 시선을 돌리자 쌍방향 친구 통신이 들어 왔다.

'대충 이런 느낌의 변명이면 될까?'

세이 누나는 빙긋빙긋 미소를 보이면서 리리와 함께 모순 없는 설명을 하는 한편 나와 친구 통신으로 이야기했다.

'거짓말해도 괜찮아?'

'괜찮아. 사실을 말하면 모처럼 놓아준 3인조가 사냥의 대상이 될 테니.'

마지막으로는 '윤 탐색대가 그대로 플레이어 사냥으로 변하면 귀찮으니까'라고 덧붙이는 세이 누나. 그리고 거짓말속에 등장한 몹에 대해서도 막힘없이 줄줄이 대답했다. 그 내용은 정말로 싸운 것 같아서——.

'정말로 싸웠어. 내 말에 거짓은 없어. 유니크 몹을 쓰러 뜨렸지만, 그러면서 윤을 동시에 구한 거잖아. 리리 군도 무언가에게 습격 받았다고는 말 안 했으니까.'

리리의 내용과 세이 누나의 내용에 차이를 두어서 이야기를 얼버무린 건가.

리리가 습격 받았다고 말한 직후에 세이 누나가 유니크 몹을 쓰러뜨렸다고 하면, 습격한 게 유니크 몹이라고 생각하게 된다.

뭐, 그걸로 납득하는 분위기이기도 하니까 괜히 언급되기 전에 화제를 돌리기 위해 세이 누나는 플레이어 한 명에게 말을 붙였다.

"그보다 왜 미카즈치들이 여기에 있어?"

미카즈치라고 불린 여성은 불타는 듯한 와인레드색 머리칼을 한 줄기로 묶었고 모델처럼 날씬한 체형으로, 남자 고등학생인 나보다도 키가 컸다. 분위기는 어딘가 소탈한 성인 여성이란 느낌이고 또 어딘가 위압감이나 카리스마 같은 게 느껴지는 사람이었다.

"그렇기는 해도 부길마의 가족은 재미있는 사람들뿐이야."

"부길마?"

그 여성의 말에 의아하니 되묻는 나를 향해 가벼운 자기소개가 돌아왔다.

"나는 [팔백만]의 길드 마스터인 미카즈치야. 이번에는 클로드한테 부탁받아서 길드원들을 데려왔지. 뭐, 부길마인 세이가 찾았지만. ──어때, 우리 길드에 안 올래?"

그 말에 다방면에서 기다렸다는 듯이 말들이 쏟아졌다.

"윤 군은 트러블 체질이니까 우리가 보호할래! 그리고 생산 길드 성립에 협력해." 이건 마기 씨.

"이번처럼 안 보이는 곳에 있으면 걱정이니까 우리 파티에 들어와." 이건 타쿠.

"아니, 우리랑!" 뮤우도 편승했고.

"미카즈치, 조금만 더!" 세이 누나가 이 자리를 더욱 부채질했다.

이런 고마운 말을 받았지만──.

"미안하지만 거절할게. 나는 솔로로 느긋하게 하고 싶어서."

"그래, 아쉽군."

미카즈치는 그렇게 말하고 어깨를 으쓱였지만 그 모습은 애초부터 안 될 걸 알고 있었다는 눈치였다.

그와 동시에 주위에서 안도의 한숨이 새어나오는 게 들렸다.

"농담은 이 정도로 하고 클로드. 이제부터 어떻게 할 거야? 결국 헛수고였지만, 우리의 귀중한 시간을 들였지. 어떻게 납득시킬 거지?"

"상응하는 대가는 치르지, 윤이——."

"내가?"

"소모품 제작자는 귀중하니까. 그럼 아가씨를 빌려가볼까."

"아가씨라고 하지 마! 나는 남자야. 그보다 사람을 멋대로 렌탈하지 마!"

그렇게 말하면서 강한 힘에 붙들려서 질질 연행되었다. 그런 나를 지켜보는 마기 씨 일행.

—— 그 후의 일은 생략하겠지만.

"참나, 실컷 아이템을 만들게 하지, 배고프다면서 식사를 요구하지."

어젯밤의 일을 떠올리면서 푸념했다.

나는 소모품 보충을 위해 대여되었을 텐데, 밤에 배가 고프다는 말에 즉석에서 요리를 만들기도 하고 포션 제작 같은 생산 활동에 종사하였다.

  그러는 한편으로 연회에 휘말려들 뻔하기도 했지만, 생산 작업이 밤중까지 계속된 끝에 그대로 잠들었다.

  "이렇게 급할 때에는 [레시피]로 제작이 가능해서 정말 다행이야."

  이상한 곳에서 잠들었기 때문에 뻣뻣해진 몸을 이리저리 움직여서 풀었다.

  어제 그런 트러블에 휘말려든 뒤로 뤼이와 새끼 여우는 내게서 떨어지지 않고 계속 함께 있었기 때문에 자면서도 하나도 춥지 않았다. 탕파 대용이다.

  "안녕, 아가씨. 아이템은 다 됐어?"

  "안녕, 미카즈치. 그리고…… 나를 아가씨라고 부르지 마. 나는 남자야. 아이템은 주문한 대로 필요 숫자는 맞춰 놨어. 이거면 돼?"

  "그럼, 오케이야. 오늘은 푹 쉬어도 돼."

  "어이. 남자라는 말은 무시야? ……그리고 정말로 보수 받아도 돼?"

  "괜찮아. 그저 아가씨가 만든 아이템을 우선적으로 우리가 받았을 뿐이야. 공짜로 만들게 할 만큼 우리도 뻔뻔하진 않아. 오히려 그런 아이템으로 괜찮아?"

  "괜찮아. 내가 만족하니까."

그런 말을 듣고 일단 납득한 것처럼 알았다고 말한 미카즈치는 이 뒤로 내가 만든 아이템을 길드 멤버에게 배분하고 사냥이나 던전 탐색에 열을 쏟겠지.

"그럼, 밤에 또 보자고. 어제는 즐거웠어 —— [새끼들의 보모]."

"어? 그 별명은 뭐야?"

수상쩍은 눈치로 눈썹을 찌푸리자, 재미있는 거라도 찾은 것처럼 웃으면서 등을 돌렸다. 미카즈치가 손을 흔들며 그렇게 떠나가자 반대편에서 마기 씨가 종종걸음으로 달려왔다.

"윤 군. 안녕, 좀 어때?"

"그냥 그래요. 그보다 [새끼들의 보모]란 건 뭔가요?"

"아, 그거 말이지……."

마기 씨는 어깨에 매달린 리쿠르를 정면으로 껴안으면서 뭐라고 말할지 고민하는 눈치였다.

"어젯밤의 일은 기억해?"

"미카즈치한테 연행되어서 포션을 만들고 저녁식사를 만들고 연회에서 도망다니고……."

"도망치는 이유로 새끼들을 돌본다고 그랬잖아. [팔백만]에도 있는 새끼들을 모두 거두어서 다 돌봐줬잖아."

돌봐준다고 해도 그냥 뤼이나 다른 아이들과 같이 놀았을 뿐이지, 오히려 힘든 작업 사이사이의 휴식이 되었다.

"허물없이 새끼 동물들과 어울리는 마음 착한 여성상. 여러 가지 별명 중에서 제일 그럴싸한 게 [새끼들의 보모] 혹은 [보모]라는 거였어."

뭐, 라고…… 어느 틈에 그런 별명이 생겼지.

그 이전에 여성상이라니. 여자가 아니라 남자인데. 아니, 그거 말고도 [보모]라는 건 또 뭐야. 그게 뭐냐고. 활잡이나 포션 제작자 같은 약 관련 별명도 아니잖아.

"뭐, 다른 쪽으로 활약하면 자연스럽게 별명도 바뀔걸."

"하다못해 평범하게 불리고 싶은데요……"

창피한 별명보다는 그냥 이름으로 불리든가, 내 포지션을 알기 쉽게 드러내는 활잡이나 약사 같은 호칭이 낫다.

"뭐, 익숙해져야지. 그런데 [팔백만]한테 어떤 보수를 받았니?"

"아, 그건……"

소재를 채집할 때 여분의 아이템이나 독식물, 저주의 액세서리, 그리고 유니크 몹이 드랍한 책 등등…….

"윤 군은 욕심이 없어. 아니 —— 요구하는 보수가 이상해."

"그렇게 이상한 보수인가요? 개인적으로는 마음에 드는데."

"엄청 이상해. 애초에 저주 걸린 장비보다는 유용한 액세서리를 모으는 편이 낫잖아."

하지만 딱히 유용한 액세서리든 저주 걸린 장비든 디자인성은 높으니까. 실제 사용하기 위한 게 아니라 [세공] 센스로 액세서리를 만들 때 참고 자료로 삼기 위해 남는 액세서리를 받았더니 멋지게 저주 걸린 것만 모여들었다.

그 결과 무슨 장난 같은 물건부터 위험한 물건까지 30개 이상이 모였다.

"반대로 위험한 매력이 있으니까 가지고 다니고 싶은 것도 있는 것 같아요."

"아, 죽은 병사의 팔찌나 상태 이상 계열들 말이구나."

죽은 병사의 팔찌는 검은 새끼 여우가 폭주했던 원인인 그것이다. 벗을 수 없고 제어할 수 없는, 이런 지극히 위험한 물건. 또 하나의 상태 이상 계열 액세서리는 나를 습격했던 낫 족제비가 드랍한 액세서리다. 독으로 시작해서 마비, 수면, 저주, 매료, 혼란, 기절, 분노 같은 상태 이상을 유발하는 액세서리.

성능 자체는 지극히 높아서 우수하지만, 1분에 한 번씩 있는 체크에 실패하면 상태 이상에 걸린다. 상태 이상은 아이템이나 시간으로 해소할 수 있지만, 전투 중에 발이 묶이거나 갑자기 동료를 공격하는 상황은 실로 위험하다.

상태 이상 체크는 일정 간격으로 발생하니까, 이전의 상태 이상이 끝나는 타이밍에 다음 체크가 들어가거나 해서 귀찮고 짜증난다.

그나마 다행인 건 장비가 임의 해제 가능하다는 점일까.

"하지만 유용한 아이템은 있어요. 이거 봐요——."

그렇게 말하며 내 손가락에 끼고 있던 보석 없는 민테 반지를 보여주었다. 겉보기로는 좀 섭섭하지만, 보수로 얻은 액세서리 중에서 몇 없는 유용한 아이템이었다.

"그건…… 사람에 따라선 목숨 걸고 얻으려 하는 아이템이야. 게다가 윤 군의 플레이 스타일과도 잘 맞고."

마기 씨가 그렇게 평가한 반지는 심플하면서도 대단히 강력하다.

대신하는 보석의 반지 [액세서리]
추가 효과 : [대신하는 보석]

스테이터스에 변화가 오는 액세서리는 아니지만, 추가 효과인 [대신하는 보석]의 효과가 유용하다. 효과는 거기에 끼운 보석의 랭크에 따라 무조건적으로 공격을 대신 흡수해주는 것. 무조건이니까 자잘한 공격이든 일격필살이든 똑같이 대미지가 무효화되지만, 그래도 대미지를 막는 성능이 있다는 것만이라도 충분하다.

또한 보석이 깨져도 일정조건을 만족시키면 새로운 보석을 끼울 수 있다.

룰은 세 가지. 보석 랭크에 따라 무효화할 수 있는 공격 숫자가 결정된다. 그 숫자를 넘으면 보석은 소멸한다. 마지막으로 끼운 보석은 뺄 수도 없고, 무효화한 공격 회수×일정시간 동안은 새로운 보석으로 교체할 수 없다.

이상의 특수한 룰이 있는 액세서리는 [세공] 센스와 상성이 좋아서 내 플레이 스타일과 잘 맞는다.

"하지만 지금은 보석이 없으니까 효과가 없잖아."

"그렇죠. 회복약이나 식량을 주로 들고 왔으니까 여분의 보석이 없거든요."

이벤트의 소지품 제한 때문에 [세공] 센스의 생산 도구까지는 가져왔지만 [연마] 스킬을 사용할 기회도 없고 매직 젬 이외의 보석도 가져오지 않았다.

자, 어떻게 할까. 누구랑 트레이드라도 할 수 있으면 좋겠는데. 그렇게 중얼거리는 내게 마기 씨는 빙그레 미소를 띠며 물었다.

"저기, 윤 군. 기분 전환으로 누나랑 같이 외출 안 할래?"

"뭔가요? 왠지 에로틱한 말인데. 손이 필요하다면 도와줄게요."

"어머, 거절당했나. 그래, 어딜 갈 거냐 하면——."

●

뤼이나 리쿠르, 검은 새끼 여우. 클로드와 리리가 베이스캠프에 남았으니까 쿠츠시타와 네시아스도 데리고 간 장소는 이전에 소재 수집을 위해 클로드 등과는 따로 행동할 때에 발견했다는 북부의 바위산 지대에 있는 채취 포인트였다.

그리고 동행인은 나와 마기 씨 외에 또 한 명.

"……왜 세이 누나까지 따라왔어?"

"윤이 걱정되니까……는 아니지만."

그건 아닌가. 속으로 한마디 했지만, 내 날카로운 시선에 가볍게 사과하면서 본심을 말했다.

"최근 못 만났으니까. 시간을 내서 와 봤는데…… 데이트를 방해한 걸까?"

세이 누나가 눈을 가늘게 뜨며 마기 씨에게 그렇게 묻자, 마기 씨의 강한 부정이 돌아왔다.

"아뇨, 전혀! 세이 씨랑 이렇게 이야기할 수 있어서 기뻐요."

기분으로는 데이트라기보다는 여자들끼리의 외출일까……. 남자로 보이지 않는다는 사실에 다소 상처 입었다. 그리고 화기애애하게 이야기 나누면서 북쪽의 바위산 지대를 향해 숲을 지났는데, 대화와는 달리 얼굴이 굳어지는 광경이 펼쳐졌다.

걷노라면 달라붙는 몹들에게 일체 접근을 허용하지 않고 일방적으로 수많은 물탄환을 만들어서 섬멸하는 세이 누나.

소풍 기분으로 발을 옮기면서, 나무 사이로 비쳐드는 햇살 사이로 들리는 새들의 지저귐과 몹의 단말마의 비명이 BGM으로 들렸다.

그런 가운데——.

"으음, 이미지했던 마법사랑 다르네."

마기 씨의 혼잣말에 나는 고개를 갸웃거렸고, 세이 누나는 그 의미를 깨닫고 쓴웃음을 지었다.

"마법사는 파티의 공격의 꽃. 최대 화력으로 적을 섬멸한다. 그런 이미지지만, 세이 씨는 핀포인트로 쓰러뜨리는 느낌."

"그래, 세이 누나?"

"그 감상은 대충 맞아. 지금 센스는 연사성과 범용성을 높인 구성과 전투법이니까 그렇게 느끼는 것뿐. 잠깐 기다려."

허공을 향해 손가락을 움직이는 세이 누나. 자기 메뉴를 조작하여 센스 구성을 바꾸는 모양이었다. 살짝 고개를 끄덕인 뒤 자기 눈앞에 지팡이를 쳐들더니 여태까지보다 오랫동안 집중하였다.

거기에 맞추어서 발치에서 물색의 빛이 피어오르고 햇살이 비쳐드는 숲속에 환상적인 광경을 만들어냈다.

그리고——.

"그리고 보면 어디다 쏠지를 안 정했네. 윤, 눈이 좋으니까 괜찮아 보이는 적 좀 찾아봐줘."

"아니, 미리 좀 정해둬."

"얼른, 지금도 MP를 쓰니까."

발동 직전 상태로 유지하는 세이 누나한테 한숨을 내쉬어주면서 [매의 눈]으로 보이는 범위에서 적을 찾았다. 그리고 발견한 것은 상공을 선회하는 새였다.

다만, 새치고는 거리상 크게 보이는 그것에 놀라서 자세히 바라보고 있자, 세이 누나와 마기 씨도 그걸 보았는지 마찬가지로 상공을 올려다보았다.

"저건 —— 에어 콘돌?! 북쪽 바위산 지대를 근거지로 삼는 유니크 몹!"

"도중에 습격해오면 귀찮으니까 쓰러뜨리자."

정면으로 쳐든 지팡이를 상공으로 찌르고, 선회하는 괴조에게 조준으로 맞추듯이 들어서——.

"—— 〈메일스트롬〉!"

변화는 한순간이었다. 선회하는 괴조의 바로 밑에 작은 물구슬이 생기고, 그것은 폭발적인 기세로 불을 뿜어내어 소용돌이를 틀며 괴조를 삼켰다. 공중에 생겨난 거대한 소용돌이 안에서 자기 의사와는 달리 격렬하게 선회하는 괴조.

내부에 괴조를 빨아들인 소용돌이는 격심한 회전을 유지한 채로 우리 수십 미터 앞으로 떨어졌다.

몇 그루의 나무를 부채꼴로 쓰러뜨리고 바닥에 물을 퍼뜨리는 그 중심에서는 날개와 목이 이상한 방향으로 구부러진 인간 크기의 괴조가 경련하다가 빛의 입자로 분해되었다.

다리가 젖는 걸 꺼리는 리쿠르와 검은 새끼 여우가 나와 마기 씨의 어깨로 올라와서 비난하듯이 우는 것도 신경 쓰지 않고, 나는 오늘 두 번째 놀라움에 표정이 굳었다.

유니크 몹인 에어 콘돌을 쓰러뜨린 지점을 조사하던 세이 누나는 혼자 느긋하게 말하였다.

"으음, 역시 위력이 너무 세서 아군까지 휩쓸리려나. 극한까지 위력을 높이는 구성이면 쓰기 어렵지만, 마기는 보고 만족했어?"

쓰러뜨린 플레이어에게밖에 보이지 않는 보물 상자를 회수한 모양인 세이 누나는 고개를 돌려 마기 씨에게 물었다.

"크윽……."

크윽? 뭐지? 나보다 조금 앞에 있는 마기 씨는 신음소리 같은 소리를 흘렸다. 놀라서 그런 말밖에 안 나오는 걸까. 그 마음은 잘——.

"크으! 역시 마법사는 범위와 화력이 대단해!"

눈을 반짝반짝 빛내면서 불끈 주먹을 움켜쥐는 마기 씨. 세이 누나의 고위력 마법을 구경하고 만족스럽게 행복한 한숨을 내뱉었다.

"만족해줘서 기뻐. 이걸로 바위산 지대의 훼방꾼은 줄었을까?"

"예! 윤 군, 가자! 목적지는 조금 더 가야되니까."

"그렇게 잡아당기지 마세요. 아니, 왜 목적지가 깎아지른 바위절벽인가요?"

"괜찮아. 근처에는 돌계단이 있으니까."

그럼, 문제없다. 자꾸 보채는 마기 씨를 진정시키면서 발을 옮기고, 세이 누나가 한 발 물러난 곳에서 흐뭇하니 바라보았다.

커다란 바위 계단에 도착하여 긴 계단을 올라갔다. 마기 씨는 리쿠르를 어깨에 올리고 있지만, 나는 쿠츠시타와 네시아스를 두 어깨에 올리고 검은 새끼 여우를 두 팔로 안고 있었다. 아니, 너희들, 자기 다리로 올라가라고…….

"마기 씨, 채취 포인트는 아직인가요?"

"거의 다 왔어. 이 계단 끝에 있으니까."

그렇게 말하며 앞서가는 마기 씨는 단숨에 계단을 올라갔고, 나도 그 뒤를 따라서──.

"우와…… 이건."

"첫날부터 정신없었으니까 이런 장소에서 좀 느긋하게 보내는 것도 좋아."

그 위에는 작은 꽃들이 핀 초원이 있고 녹색 공간이 생겨나 있었다. 울퉁불퉁한 바위가 여기저기에 굴러다니고 그 너머는 절벽이었다. 돌아보니 광대한 숲과 그 사이로 베이스캠프가 있는 광장, 그리고 호수와 이 부유대륙의 심볼을 담은 광경이 아래쪽에 펼쳐졌다.

"보석이나 광석 채취 포인트는 이 광장의 여기저기에 있으니까. 나는 저쪽 바위벽 쪽에 가서 피켈로 캐볼게. 나중에 합류하자. 세이 씨는 어쩔래요?"

"나는 윤이랑 있을게."

가볍게 손을 흔들고 '그럼 이따가'라는 말을 남기고 떠나가는 마기 씨. 그래도 눈에 들어오는 범위에서 암벽에 피켈을 휘두르기 시작했다.

"이렇게 윤이랑 나오는 건 오래간만이야. 소풍 같아."

"그래."

자그마한 고원 같은 장소에서 나는 발치에 구르는 돌 사이를 걸으면서 보석 원석을 찾았다. 우리에게서 조금 떨어진 장소에서는 리쿠르와 새끼들이 풀에 매달리듯이 데굴데굴 굴러다녔고, 내 이동에 맞춰서 따라와서 또 장난치는 모습에 미소가 절로 나왔다.

"어때? [OSO]는 재미있어?"

갑자기 세이 누나가 그런 질문을 하였다. 그 말에 나는
———.

"그래, 재미있어. 처음에는 이런 센스들로 어떻게 될까 싶었는데, 아는 사람도 늘어나고 해서 재미있어."

"다행이야. 타쿠 군의 억지로 시작한 꼴이니까 미안했거든. 게다가 윤을 방치했고."

"나는 그렇게 애도 아냐."

나는 혼자서도 괜찮고, 나랑 안 맞으면 그만두면 될 뿐이다. 뭐, 여기서 만난 사람들이 다들 너무 좋은 이들이라서 친구랑 만나러 가는 느낌으로 로그인하기도 했다.

"다만, 가게에는 가끔씩 얼굴 내밀어줘. [아트리엘]은 소모품을 다루는 가게야."

"알았어. 하지만 윤이 가게를 가졌구나. 어떤 느낌일까?"

"과도한 기대는 삼가줘. 없는 돈으로 낸 가게니까……."

"후후후, 윤이랑 같이 성장하는 가게라. 재미있겠어."

다정해 보이는 처진 눈으로 그렇게 미소 지으면서 중얼거렸다. 뮤우도 그렇고 미인이니까 나는 다른 의미로 걱정

된다.

"윤 군, 이쪽 끝났는데! 그쪽은 어때?"

멀리서 피켈을 쳐들고 휘두르는 마기 씨에게 나는 쓴웃음을 짓고 마찬가지로 커다란 목소리로 대답했다.

"금방 갈게요!"

"그럼 그 다음에 잠깐 쉬고서 베이스캠프로 돌아가자!"

우리의 대화를 즐겁게 바라보는 세이 누나에게 가볍게 고개를 까딱거리면서 새끼들을 모아서 마기 씨와 합류한 뒤 함께 쉬었다.

●

"윤 군? 그쪽은 어떤 느낌이야?"

"평범하게 광석이 많네요. 보석은 조금 적은 느낌이고."

"채굴 쪽은 대충 반반이니까 광석이랑 보석, 트레이드할래?"

"고맙습니다. 부탁할게요."

녹색 카펫에 앉아서 모은 소재를 분배하였다. 세이 누나는 그런 별 것 아닌 모습도 즐거운 눈치로 바라보길래, 그 시선이 다소 신경 쓰였다.

"그래서 보석은 뭐가 나왔나요?"

"여기에서는 작은 사이즈의 석류석이 나와."

"석류석?"

"그래, 가넷의 별명."

"그런가요."

그 말에 보석 원석 중 하나를 손에 들어보았다. 아직 돌에 파묻힌 그것은 식별할 수 없었지만, 〈연마〉 스킬로 순식간에 다듬어서 하늘에 비춰보았다. 스킬로 가공된 작은 사이즈의 보석은 검정색과 적색의 대비가 제법 아름다웠다.

멍하니 보석을 바라보는데 내 무릎을 앞다리로 툭툭 두들기는 새끼 여우.

왠지 내 관심을 끌려는 것 같았다.

처음에는 다소 경계했지만 나를 잘 따르게 되었다. 물론 나도 놀아주면 마음이 푸근해지지만.

"왜 그래. 이거 보고 싶어?"

새끼 여우한테 보여주듯이 석류석을 코앞으로 가져가자, 한 번 핥더니 못 먹는 거라고 이해한 모양이었다.

"어이, 그건 먹는 게 아닌데……. 자, 배고프면 이거 먹어."

그러며 꺼낸 과일을 앞다리로 재주 좋게 껴안고 먹는 새끼 여우의 모습에 미소가 나왔고, 새끼 여우의 털과 석류석을 비교했다. 윤기 있는 검정에 살짝 붉은 빛이 도는 털은 손에 든 석류석과 이상하게도 비슷했다. 이건 아마 우연이겠지만, 인간은 그 우연에 왠지 운명적인 것을 느끼는 걸지도 모르겠다.

나는 과일을 다 먹은 새끼 여우를 안아들고 말했다.

"여태까지 바빠서 이름 지어주는 것도 잊어버렸네. 안이하지만 지금 붙여줄게."

무슨 소린지 이해하지 못하는 새끼 여우는 고개를 까딱거렸다. 그 사랑스러운 모습에 쓴웃음을 흘리고 또렷한 어조로 이름을 말하였다.

"네 이름은 —— 자쿠로야." (자쿠로 : 석류를 뜻하는 일본어.)

"유, 윤 군?!"

이 순간 새끼의 붉은 털이 불을 뿌렸다. 껴안고 있는 내 손에 직접 불이 닿았기에 마기 씨와 세이 누나가 놀랐지만, 전혀 뜨겁지 않았다. 이 불은 상대를 상처 입히는 불이 아니다. 곧바로 불을 끈 새끼 여우 자쿠로는 마기 씨의 놀란 표정에 '왜?' 라고 말하는 듯한 시선을 보냈다. 나는 그런 마기 씨의 허둥대는 모습과 자쿠로의 의아해하는 분위기의 차이에 살짝 웃음을 터뜨리고 중얼거렸다.

"앞으로 잘 부탁해, 자쿠로."

그렇게 말하자 앉아있던 내 등에 무거운 것이 얹혔다. 고개를 움직여서 돌아보자 뤼이가 머리를 내 등에 비비고 있었다.

"너도 잊은 건 아냐. 잘 부탁해, 뤼이."

그 한 마디에 만족했는지 두 걸음 물러나서 초원에 드러누웠다.

이벤트가 이렇게 조용하게 끝나면 좋겠다고 생각했다. 하지만——.

"윤, 저건 뭘까?"

"……새끼가, 달리고 있나?"

지금 있는 바위밭은 높은 위치이기 때문에 위에서 숲을 내려다볼 수 있는데, 세이 누나가 가리킨 방향에서는 같은 방향으로 달리는 소형 몹들의 모습이 보였다. 다종다양한 새끼들은 같은 방향으로 필사적으로 달리고 있었다. 그 모습은 마치——.

"뭔가에게서 도망치는 모양이야."

마기 씨의 말에 형용할 수 없는 불안이 생겨나는 동시에 엄청난 경고음이 모두의 머리에 직접 울렸다.

——긴급 퀘스트 [환수포식자와 환수사냥꾼 요격]이 모든 플레이어에게 발생했습니다.

지금부터 부유대륙 전역에서 퀘스트 종료까지 공투 페널티가 해제되겠습니다.

그 안내방송이 울린 순간 부유대륙은 일변했다.

8장 환수포식자와 서포트

긴급 퀘스트 발생으로 황급히 베이스캠프로 돌아온 우리를 맞아준 것은 벌집을 쑤신 듯이 바삐 뛰어다니는 플레이어들이었다.

베이스캠프를 뛰어다니는 플레이어들은 나와 마찬가지로 내심 동요한 걸까 싶었는데——.

"어이! 당장 사냥하러 가자. [환수사냥꾼]이란 놈을 찾아내서 사냥해야지."

"잠깐 기다려! 이쪽으로 끌어들여서 다 같이 관전하지 않겠어?"

"괜찮은데?! 그럼 파티전, 개인전의 타임어택으로 도전할까."

"그건 나도 참가하지!"

"아니, 저게 뭐야? 기분 나쁜 게 다가오지 않아?"

"우와아?! 벌써 왔다! 가자, 애들아!"

"""""우오오오!!"""""

"……."

불안을 느끼는 나와 의욕 넘치는 플레이어들의 이 온도차는 대체…….

나는 북쪽 바위산지대에서 베이스캠프로 돌아올 때 딱 한 번 [환수사냥꾼]이라는 몹을 보았다. 비틀린 나무의 실루엣에 찢어진 입과 삐뚤삐뚤한 예리한 이빨이 있었다. 다만 그것을 구성하는 요소가 기분 나쁘다는 한 마디로 끝났다. 검정 바탕에 갈색이 섞여서 뭉글거리는 질감의 살로 구성된 몸, 무수하게 뻗은 촉수에서는 곳곳에 인간의 손가락 같은 부위가 보였고, 또 시커먼 살 속에 근섬유나 핑크색 살이나 하얗고 붉은 부위가 간간이 보여서 그런 색을 눈에 띄게 했다.

머리로 보이는 장소는 푹 꺼졌고, 눈이 있는 장소는 공허한 구멍, 어둠보다도 어두웠다. 더군다나 귀에 거슬리는 새된 울부짖음이 내 정신을 갉아먹고 불쾌함에 얼굴을 찌푸리게 했다.

나는 이 모습을 또렷하게 보게 해준 [매의 눈]을 이때만큼은 원망했다. 하지만 최근에 비슷한 모습을 어디에서 본 기억이 있다.

"……유……구, 윤 군!"

"── 예?! 뭐, 뭔가요?!"

"윤 군이 무슨 말을 하고 싶은지는 알아. 뭐, 이게 게임의 현실이야."

생각에 잠겨있던 나를 향해 마기 씨가 말을 걸었던 모양이다. 순간 날아갈 뻔한 기억을 되살려서 방금 느낀 온도차에 대해 마기 씨와 세이 누나에게 물었다.

"세이 누나……. 보통 괴물이 등장하면 패닉에 빠지지 않아?"

"이건 게임이니까. 윤리적으로 생각해서 플레이어가 즉사할 레벨의 적이 나올 일이 없다는 안도감이 있으려나."

"하지만 위압감이나 생리적인 혐오감을 고려한 디자인인 외견은 재미있다고 생각해."

마기 씨와 세이 누나가 그렇게 말했기에 납득했다. 오히려 이런 상황에서 기쁘게 정보 수집에 임하는 플레이어들. 어느 부위가 약점이고, 대미지가 들어가는 장소와 들어가지 않는 장소는…… 그런 의견 교환과 검증에 여념이 없었다.

너무 급격한 상황 변화에 눈썹을 찌푸리고 신음하자, 나를 발견한 클로드가 다가왔다.

"윤, 마침 잘 됐군. 거들어라."

"어? 뭘……."

"보스와의 결전을 대비하여 소모품 준비가 필요하다."

"우웨엑, 어제도 했는데 또인가."

나는 클로드가 지시한 장소를 향해 걸어갔다. 거기에 소재가 모여 있다고 했다. 그리고 그렇게 떠나갈 때 내 뒷모습을 향해 한 마디 했다.

"그렇지. 윤이 촬영한 호수 밑의 스크린샷은 적의 힌트가 되었다고 말해두지. 그 외에도 많은 힌트가 들어있었다. 조기에 적의 약점을 발견할 수 있었다."

"응, 그래? 알았어."

그 말에 그게 도움이 되었구나 싶어서 살짝 미소를 지으며 포션 제작에 기합을 넣었다.

그리고 플레이어들이 정신없이 오가고 생산 체제가 풀로 가동되어 어느 정도 안전이 확보된 세이프티 에어리어에 어떤 해프닝이 찾아왔다.

"어이! 베이스캠프에 복수의 환수사냥꾼이 접근중! 곧바로 요격태세를!"

감시를 자청하여 나갔던 사람의 외침에 반응하여 휴식하던 플레이어들이 곧바로 행동을 개시했다. 그리고──.

"환수사냥꾼, 과 쫓기는 새끼들?"

사태의 추이를 지켜보기 위해 작업하던 손을 멈춘 나는 세이프티 에어리어로 도망쳐오는 새끼들을 보았다.

대기하던 플레이어들에게 순식간에 쓰러지는 환수사냥꾼을 바라보고 겁먹은 듯이 서로에게 모여드는 새끼들을 보았다.

"저기…… 이 애들은 어떻게 하죠?"

모여든 새끼들을 몇 마리 안아든 한 여성이 내게 물었다.

"어쩐다. 그보다 왜 나한테?"

"아니…… 새끼의 보모니까."

"그 별명은 그만둬. 진짜 아니야."

남자인데 보모인 건 진짜로 뜻밖이다. 이건 타쿠에게 좋은 놀림거리가 되겠구나 싶어서 벌써부터 우울해지겠다. 하지만 방치할 수도 없지.

"돌봐주고 싶은 사람이 돌봐주면 되지 않을까? 어쩌면 누가 계약할지도 모르고."

새끼들은 숲속을 찾아도 좀처럼 만날 수 없다는 모양이다. 이건 좋은 기회니까 돌봐주고 싶은 사람이 대응하게 한다.

"괜찮을까요?"

"괜찮고 자시고 나한테는 이미 두 마리가 있고……. 딱히 누가 뭘 하든 간섭할 권리도 없어. 그냥 새끼를 원하는 플레이어 중에 돌봐주겠다는 사람이 있다면 잘 협력하는 편이 좋지 않을까?"

그렇게 말하자 얼떨떨한 표정을 하던 사람은 곧 제정신을 되찾고 고개를 숙였다.

"고, 고맙습니다!"

"그러지 마. 내가 미안해지잖아."

왠지 굽실거리는 사람에게 나는 다소 쑥스러움을 느꼈다. 그 직후 여성의 진지한 표정이 헤벌쭉 풀어지는 걸 보고, 이미 새끼한테 푹 빠졌다는 걸 깨달았다.

그 뒤로는 도망쳐온 새끼들에게 막힘없이 대응할 수 있었다. 남성이 많은 파티는 장래성을 보아 강해보이는, 멋져 보이는 새끼를. 여성이 많은 파티는 외견을 중시하여 귀여운 소형 새끼를 맡아갔다.

다들 음식으로는 뭐가 좋을지 신나게 떠들며 이야기를 나누고, 흠칫거리면서 스킨십의 거리감을 재었다.

이렇게 객관적으로 상황을 보면, 무슨 동물 체험 광장을 방불케 해서 마음이 풀어졌다.

다만…….

"그런데 왜 새끼들 식사 준비까지 내가 해야 되냐고."

"우리 중 대부분이 [요리]를 못 해서. 부탁합니다."

"아니, 나는 포션 같은 걸 생산해야 하는데……."

"괜찮아요. 스킬 생산으로 MP가 고갈 될 때까지 대량 생산하고 MP의 자연 회복 시간을 [요리]로 보내면 돼요."

처음에 나한테 말을 붙였을 때는 왠지 굽실대던 여성이 나한테 그런 말을 하였다. 하지만 몇 명이 [요리] 센스를 취득해서 내 설명에 따라 함께하였기에 그렇게 부담이 되진 않았다.

그렇기는 해도 해가 저문 뒤에도 바쁘게 뛰어다닌 끝에 간신히 지정된 숫자의 소모품을 확보했을 무렵에야 나는 휴식을 취할 수 있었다.

가상현실이니까 육체적으로는 그렇게 피로감이 없지만, 정신적인 피로는 컸다. 그래도 어깨를 돌리거나 눈을 누르거나 하는 동작은 피로를 느낄 때의 동작으로 몸에 밴 듯이 자연스럽게 나왔다.

"꽤나 지친 모양이군, 윤."

"뭐야, 클로드야? 네가 거들라고 한 건 해냈어. 조금 더 칭찬해줘도 좋지 않아?"

"칭찬하는 김에 부탁이 조금 더……."

"어이, 그거 칭찬 아냐, 절대로 아냐."

"윤. 너도 보스몹 토벌에 참가하지 않겠나?"

"하아, 왜 또 그런 귀찮은 일을 나한테 말하는데?"

깊이 한숨을 내쉬었지만 클로드의 말은 강제가 아니다. 판단을 내리기 위해 이야기에 귀를 기울였다.

"환수사냥꾼의 보스몹으로 [환수포식자]라는 것이 총 여섯 마리 확인되었다. 약점은 환수사냥꾼과 마찬가지로 눈인데, 그 수가 많고 크다. 무엇보다 시간이 지나면 추종자 환수사냥꾼을 생성하는 능력이 있다."

"그래서…… 왜 나를 데려가려고? 난 별로 세지도 않잖아."

클로드라면 잘 알겠지. 나는 딱히 도움이 될 만큼 강하지 않다.

"지금 모으는 사람들에게는 딱히 전투력을 요구하지 않는다. 윤처럼 인챈트를 통한 지원, 힐러의 회복이 후방에 충실하면 그만큼 앞에 나서는 사람은 쓸데없는 데에 시간과 힘을 낭비하지 않고 싸울 수 있지. 이른바 예비 병력이다."

"그래, 내 역할은 구급상자군."

자기 입으로 말했지만 묘하게 납득되었다.

"권유대상도 후위직이나 마법직처럼 안전하게 이익을 보는 사람뿐이다. 불안하거든 지인들과 같은 장소에서 연대를 취하도록 조정하겠는데…… 어쩔 거지?"

잠시 고민했지만 —— 지 속성 마법을 가졌고 원거리 공격을 할 줄 알며 포션으로 일단 힐링이 가능, 부가술로 버프도 가능, 이런 여러 역할이 가능하겠고 후위에 있으니까 안전한 축이다. 가장 안전한 거야 베이스캠프에서 생산하는 거지만…….

"알았어. 보조 정도라면 할게. 타쿠나 뮤우네랑 함께라면 어느 정도 안심이고, 안 되겠다 싶으면 도망칠게."

"흥, 그거면 된다."

팔짱을 끼고 희미한 미소 정도의 웃음을 띠는 클로드였지만, 반대로 그 상쾌함이 수상쩍게 느껴졌다. 게다가 걱정도 있었다.

"그런데 뤼이나 자쿠로를 보스전에 데려가고 싶진 않아."

"그렇다면 리리와 마기에게 맡기면 되겠지. 전위 경향인 두 사람에게는 이 부탁을 하지 않았다. 나도 일단 사람들에게 이야기를 마친 뒤에는 작전에 종사할 생각이다."

마기 씨에게 새끼들을 맡긴다면 안심이다.

"그럼 지인들하고 함께 있도록 조정하지. 상대는 네 누나가 좋겠지."

"……왜 세이 누나 이야기가 나와?"

"최대한의 조정으로 실력 있는 마법사를 곁에 두어 윤의 안전을 확보한다. 이런 명목으로 마법사의 생명줄인 MP관리를 윤의 MP 포션으로 충당한다는 계획이다."

"내가 무슨 MP보급소냐!"

내 목소리에 기분 나쁘게 하하핫 웃는 클로드는 농담으로 한 말이 아니라 진심으로 한 말이라고 당부하였다.

"그럼 나도 내 준비를 하러 갈게."

"윤, 그대로 보스랑 싸울 건가? 이걸 잊었다."

그렇게 말하며 클로드가 건네준 것은 수리를 맡겼던 방어구, 오커 크리에이터였다. 그러고 보면 지금 입은 하얀 원피스에 완전히 익숙해져서 잊었다는 걸 떠올리고 지금 내가 입은 원피스 자락을 가볍게 움켜쥐었다.

"업그레이드에 시간이 걸렸지만, 이걸로 다소 방어면으로 안심이겠지."

"고마워. 그럼 나중에 또 봐."

나는 클로드와 헤어져서 숙소로 들어가서 소재를 꺼냈다. 시간과 MP가 허락하는 한 보석을 가공하고 마법을 〈스킬 인챈트〉하였다.

완성된 두 종류의 매직 젬이나 장비, 소모품, 센스 구성을 확인하였다.

그리고 준비를 마친 나는 파트너인 뤼이와 자쿠로를 리리에게 맡기고 집합장소로 향했다.

거기에는──.

"마기 씨?! 왜 있어요?!"

"윤 군, 너무하잖아. 나를 빼놓고 재미있는 보스 토벌에 참가하다니."

"아니, 클로드에게 부탁받은 거지, 딱히 재미는……. 아니, 그보다 후위직한테만 부탁했다고……."

"그거야── 클로드를 들볶아서 억지로 끼었지."

와아, 파워 플레이다. 그렇게 놀라면서도 클로드에게는 전혀 동정심이 들지 않았다.

먼저 기다리던 세이 누나는 마기 씨가 늘었지만 문제없다는 듯이 간단히 받아들여주어서 합류했다.

긴급 퀘스트 공략을 위해 여섯 마리의 보스 동시 공략. 우리가 대응하는 건 남부의 호수 근처에 출현한 보스였다.

소지 SP 19
[활 Lv24] [매의 눈 Lv36] [속도 상승 Lv20] [발견 Lv21]
[마법재능 Lv39] [마력 Lv41] [부가술 Lv12] [연금 Lv27]
[조약 Lv17] [요리 Lv16]
예비
[조교 Lv1] [합성 Lv24] [지 속성 재능 Lv9] [세공 Lv27]
[수영 LV13] [생산의 소양 Lv27]

●

호수로 행군하는 도중에 파티전이나 집단전을 의식한 배치, 위치의 전환, 신호하는 방법 등을 마기 씨와 세이 누나에게 배웠다. 기본적으로 솔로인 나는 이런 면을 잘 이해할 수 없어서 아무래도 불안이 남았지만, 요는 명료한 목적과 적응이라는 모양이다.

그러니까 목적만 확실하게 정하고 거기에 따른 행동을 하기로 결심했다.

목적이라고 해도 상황을 보고 판단할 수밖에 없으니 간단하게 말하자면 임기응변이지만, 대응하는 타이밍을 그르치면 아무것도 안 하고 발목만 잡는 거나 마찬가지다.

그리고 동 트기 전에 도착한 장소를 보며 나는 혐오감에 목 안에서 솟구치는 목소리를 삼켰다.

시커먼 고깃덩이에는 환수사냥꾼과 상통하는 면이 몇 가지 보였다. 하지만 그 규모가 달랐다.

산처럼 거대한 고깃덩이의 표면을 가득 채운 것은 고통스러운 표정을 띤 인간의 구슬픈 말로. 네 다리로 걷는 동물처럼 자기가 낸 구멍에서 네 다리로 기어나와서 불협화음의 포효를 질렀다.

게다가 환수사냥꾼의 약점인 눈동자가 곳곳에 있었다. 네 다리부터 등, 몸, 머리에 이르기까지. 그 눈동자 전부에서 피눈물을 흘리면서 원망스럽게, 공허하고 검은 눈으로 주위를 바라보았다.

흔들리는 촉수와 시커먼 빛의 외견은 보기만 해도 불안해졌다. 그 모습에 나는 기가 눌려서 한 걸음 물러났지만, 그 어깨를 가볍게 두드리는 손이 있었다.

"괜찮아, 윤. 걱정 안 해도 돼."

"그래, 나랑 세이 씨가 있으니까."

세이 누나가 나와 동행한다는 말에 든든하다며 기뻐했던 마기 씨는 나를 향해 든든한 미소를 지었다.

"연출이라는 건 알지만…….."

연령 제한을 걸어야 할 연출에 나는 기분이 언짢아졌다. 불쾌한 울렁거림은 토할 수도 없는 게임상에선 계속 남아서 내 정신을 슬금슬금 갉아먹었다.

눈앞에 펼쳐진 광경. 무수한 눈동자를 가진 거구와 그 추종자인 환수사냥꾼이 호수를 등지고 진을 친 모습을 보는데 —— 환수포식자의 몸에 난 눈동자가 모두 떠오르고 본체의 살을 주르륵 벗겨내어 지면에 떨어뜨렸다. 몸의 살이 벗겨지자 지면에 떨어진 눈동자를 핵으로 살이 팔다리를 갖춘 모양을 띠며 증식하였다. 호수에 조용히 떨어진 눈동자. 물을 뚝뚝 흘리며 기어오르듯이 다가오는 모습은 검붉은 체색도 있어서 스플래터 호러처럼 보였다.

"설마…… 환수사냥꾼이 생성되었나."

남은 눈동자 모두가 벗겨진 살로 육체를 구축하고 포식자가 일제히 탄생한다. 여태까지 있던 환수사냥꾼은 그대로 숲에 흩어지기 시작하고, 낌새를 엿보던 플레이어들과 접촉하여 전투가 시작되었다. 또 새롭게 생겨난 환수사냥꾼들은 그대로 보스를 지키듯이 남았다.

새로운 몹의 생성과 원래 있던 몹의 방출. 이 사이클이 겹치면 여러 장소에서 환수사냥꾼이 출현한다. 장기전이 되면 분명 이쪽이 불리하다.

그리고 검은 살덩어리가 떨어진 밑에서는 새로운 눈동자가 바쁘게 움직였다.

"실제로 가까이서 보니 꽤나 박력 있네."

"응, 크네. 표면의 빛이나 질감 같은 게 조금. 하지만 그런 말이나 하고 있을 수도 없겠어."

역시 여성이 봐도 환수사냥꾼의 생성 연출은 혐오감이 드는 모양이다. 마기 씨는 자기 팔을 문지르고, 세이 누나는 자기도 싫다는 듯이 쓴웃음을 지었다.

환수포식자는 완만한 동작으로 호수변에 몸 절반을 걸치고 기어 올라왔다.

불쾌함에 미묘한 표정을 짓는 한편 게이머인 우리의 폐인과 여동생께서는——.

"뒤쪽은 호수니까 실질적으로 싸울 수 있는 곳은 정면의 육지뿐인가…… 한 곳으로 모이는군."

"상륙과 동시에 추종자를 만들다니 최악의 타이밍이잖아! 쳇!"

그렇게 중얼거리는 타쿠와 분개하는 뮤우에게 '너희들……'이라고 중얼거리며 새된 시선을 날려주었다.

하지만 사실 육지가 좁기 때문에 에워싸고 쓰러뜨리기가 어렵다. 추종자와 보스를 정면에서 격파해야만 한다. 그런 상황에서도 플레이어들은 무기를 손에 들고 한 발짝도 물러나지 않았다.

나도 활을 손에 들었지만, 내 역할은 그리 중요하지 않다.

파티전이나 집단전의 경험이 없고, 적의 행동 패턴을 읽어서 곧바로 공격범위 밖으로 도망칠 만큼 재주가 많은 것도 아니다.

"그럼, 우리는 앞쪽으로 나갈 테니까 너희도 힘내봐."

"언니들도 무리하지 마."

그렇게 말하고 각자가 자기 역할을 다하기 위해 행동을 개시했다.

내가 할 수 있는 일이라고는 내 손이 닿는 범위에서 회복과 보조, 그리고 원거리 사격. 그게 스스로가 정한 역할이다.

"그럼 나는 손이 안 닿는 장소를 노려볼까. 세이 누나랑 마기 씨는 어떻게 할래요?"

나는 활을 들고 화살을 메겨 조준한 상태로 옆에 있는 두 사람에게 물었다.

보스인 환수포식자와의 거리는 70미터 정도일까. 인간이나 몬스터의 벽이 층을 이루어서 보스의 발치에 있는 눈동자는 노릴 수 없지만 문제없다.

내가 겨누는 건 손이 잘 안 닿는 장소에 있는 눈동자였다.

각도를 60도 정도로 설정한 대각선 사격은 커다란 호를 그리면서 목표의 뒤 —— 호수 안에 떨어졌다.

이래선 안 된다. 주위의 목소리, 상황을 살피면서 다음 화살을 쏘았다.

"—— 좋아!"

힘 조절과 미세한 조정에 따라 손을 떠난 화살은 겨냥한

대로 녀석의 등에 꽂혔다. 하지만 눈동자와 눈동자 사이. 검은 살에 꽂혔다. 역시 이런 경우 점 공격인 화살은 쓰기 어렵구나 싶어서 한숨을 내쉬면서 생각을 전환했다.

"이거면 돼. 안 맞거든 많이 쏘면 돼……. 다음!"

세 발, 네 발, 모두의 머리 위를 선행하여 화살이 나는 가운데 —— 지상에서는 첫 충돌이 시작되었다.

화살 하나로는 눈동자를 깨뜨릴 수 없지만, 십여 발의 대미지가 축적되면서 눈동자 하나가 망가졌다. 활 공격으로는 정확하게 겨눌 수도 없어서 넓고 높은 위치의 눈동자에 화살을 분산시켰기 때문에 성과가 별로였다.

"윤 군, 나이스 사격. 나한테 물리공격 인챈트 좀 걸어줄 수 있을까?"

"알았어요. 〈인챈트〉 —— 어택."

"응, 고마워."

그렇게 말하며 손을 휘두른 마기 씨의 주위에는 여러 무기가 생겨나서 둔한 소리를 내며 지면에 떨어졌다. 도끼, 투창, 투척용 나이프, 작은 철구, 파성추 등등 여러 금속무기. 그 중 투창을 가벼운 동작으로 하나 뽑은 마기 씨는 어깨를 짊어지듯이 들더니——.

"제1투! 간다아아!"

짧은 도움닫기를 거쳐 날아간 투창은 공기를 가르며 포탄 같은 기세로 공중을 날아서 환수포식자의 몸을 스쳤다.

"—— 캬아아아아아!!"

새된 비명을 지르는 환수포식자. 전위 플레이어들의 머리 위를 날아간 공격 중에서 제일 성대하게 피해를 입혔고 그 부근의 촉수를 몇 개나 찢어낸 투척에 내 얼굴이 굳어졌다.

"으음. 조준이 좀 빗나갔나? 이번에는 한가운데를 노려야 지."

"아니, 아니, 충분하니까요!"

"하지만 봐. 눈동자에 안 맞았으니까 촉수나 파인 부분이 재생하잖아."

가리킨 곳에서는 검붉은 연기를 내뿜으면서 세포분열로 상처를 메우는 단면의 모습. 나는 눈앞이 아득해지는 걸 느꼈다. 또 주위의 사람들은 재생을 늦추기 위해서 한층 가열한 공격을 가했다.

상공에서의 재생과 대미지의 공방과는 별개로 지상으로 눈을 돌리면 양자가 부딪친 최전선에서는 당초의 예상대로 네 명에서 여섯 명의 파티 단위로 환수사냥꾼 한 마리를 에워싸고 확실히 격파하였다.

한 마리당 한 파티가 맡는다. 여기 모인 20개 안팎의 파티는 효율 좋게 시간차로 덤벼드는 적을 없애면서 전선을 최소한으로 좁혔다.

"루카, 막아! 내가 해치울 테니까!"

"알겠습니다! 히노 씨, 토비 씨, 그쪽을 막아주세요! 나는 정면, 뮤우 씨는 배후에서. 코하쿠 씨, 리레이 씨는 서포트!"

"예이예이…… 에잇!"

……뭐, 파티 하나가 두 마리 동시에 상대하는 곳도 있지만, 역시나 다른 이들에게 저 정도 활약을 기대하는 건 무리겠지.

하지만 단순히 말해서 숫자가 부족하다.

약간의 시간차로 제각각 밀려드는 추종자들의 움직임과 연대가 잡힌 파티 동작을 보면 플레이어 측이 숫자 이상의 전과를 올렸다.

각 파티는 무너지지 않는 것을 최중요사항으로 삼고 움직이기 때문에 지금으로선 눈에 띄는 구멍이 없다.

그래도 죄다 막는 건 불가능해서, 전위의 방위전을 빠져나온 추종자들이 후방에 흘러들었다. 그걸 배제하는 것이 후위에 위치하는 마법사들의 역할이다.

"세이 누나. 차례가 왔는데 괜찮아?"

"괜찮아. 이미 준비는 됐어."

그렇게 말하며 세이 누나가 지팡이를 드높게 들자, 그 뒤에 대기하던 다섯 개의 얼음창이 날아올랐다.

"가라. ── 〈아이스 랜스〉."

본디 하나씩 사용하는 얼음창 마법. 세이 누나는 [지연] 센스로 발동 타이밍을 늦춰서 얼음창을 동시에 다섯 개 날렸다.

발사속도보다도 일격의 위력을 중시한 센스 구성의 결과, 덤벼드는 환수사냥꾼의 다리를 꿰뚫고 머리와 가슴에 얼음이 깊이 꽂혀서 등에 있던 약점인 눈동자까지 분쇄했다.

또한 달려온 두 마리의 추종자도 마찬가지로 해치우고, 세 마리째는 가슴에 꽂히긴 했어도 운 좋게 등의 눈동자는 무사했다. 그 개체도 처음에 기동력을 잃었기 때문에 다른 플레이어가 사정없이 등의 눈을 파괴하러 덤볐다.

그런 파괴의 광경도 끝이 찾아왔다.

"남은 MP가 1할. 회복에 들어갈게."

"오케이! MP 포션 준비할까?"

"만에 하나의 경우를 생각해서 아껴놔. 나는 센스 구성을 바꿔서 회복속도를 올릴 테니까."

완곡하게 MP 포션을 거절하는 세이 누나는 다소 물러나서 상황을 주욱 살펴보았다.

나도 활을 들고 화살을 메기면서 주위를 살피고 날렸다. 그런 가운데——.

"하하하하! 멀었어, 설탕과 벌꿀과 메이플시럽을 섞어서 꼬박 두 시간 끓여낸 것보다도 물러터졌어! 후하하하하! 좋은 환수사냥꾼은 죽은 환수사냥꾼 뿐이다!"

"어이어이, 분위기 죽는다. 주위 사람들이 다 싸한 얼굴이잖아. 아, 미닛츠. 회복 부탁해~."

"예이~."

타쿠네 파티는 타쿠 혼자서 환수사냥꾼 한 마리를 상대로 신나게 날뛰고, 다른 파티 멤버는 전원이 모여서 한 마리를 붙들었다.

신이 나서 뛰어다니는 타쿠는 눈길을 끌지만, 단순히 회피 중시로 이동하여 시간을 벌면서 쓰러뜨릴 기회를 엿보는 것뿐이었다.

"저기도 대단하네."

"응. 타쿠가 뿅뿅 뛰어다니고 있어."

"그게 아니라 타쿠 군네 파티 멤버의 연대가 아주 뛰어나."

세이 누나가 칭찬하는 건 또 한 마리의 환수사냥꾼을 상대하는 다른 멤버들이었다. 적의 정면에서 방패를 들고 버티는 케이와 뒤에서 재빠르게 약점에 지르기를 날리는 간츠. 그리고 적절하게 공격이나 회복으로 전투를 보조하는 마법사 미닛츠와 마미 씨의 연대.

타쿠는 혼자서 뛰어다니고, 거기에 촉발되었는지 간츠가 점프하고 달리고 하늘을 나는 아크로바틱한 움직임으로 기성을 지르면서 약점인 눈에 연속공격을 가했다. 다른 플레이어 이상의 섬멸 페이스를 올렸지만 나는 다른 의미로 걱정되었다.

"정말이지…… 저 녀석들, 쌩쌩하네."

나는 잡념을 치우고 다시금 전장을 둘러보고 활을 들었다. 환수포식자에게 대미지가 들어간 건지, 어디가 약점인지 쉽사리 판단하기 어려운 가운데, 보조 스킬 하나를 발동시켜서 화살을 기계적으로 쐈다.

몇 발, 몇 십 발, 환수포식자의 등에 고슴도치의 바늘처럼 꽂히는 화살. 내 시야에는 등에서 사라진 붉은 빛과 또 반짝이는 붉은 빛이 있었다.

── 스킬 〈식재료의 소양〉.

요리 센스의 전투 보조 스킬로 적의 약점을 알 수 있는 스킬이지만, 이렇게 써보니 아주 편리하다. 몸에는 빛이 여럿 남았고 등 일부분에서는 빛이 사라졌다.

처음에는 광범위하게 공격했지만, 서서히 목표를 좁혀서 하나, 또 하나 눈동자를 없앴다. 등의 제일 어려운 부분 중에서 열 개 정도 없앴으니 남은 건 절반 정도일까.

그리고 전선에서 추종자들의 벽이 엷어져서, 억지로 밀고 가면 환수포식자까지 밀고갈 수도 있었다. 그때 새로운 움직임이 보였다.

"대피! 광선 온다!"

후위에서 총지휘를 맡은 플레이어가 외쳤다.

그 직후 환수포식자의 몸에서 생겨난 무수한 촉수 끝에 빛이 들어왔다.

내 위치에서는 잘 알기 어려웠지만, 사전에 무슨 전조가 있었겠지. 하늘이나 숲, 지면, 사방팔방으로 발사된 광선은 마법사의 방어마법에 가로막혔다. 모두가 외운 여러 방어마법. 색색의 벽이 환수포식자를 에워싸듯이 생겨나고 모두가 그 뒤에 숨어서 덮쳐드는 하얀 광선에 대비했다.

"── [클레이 실드]."

나도 예외는 아니라서 준비한 매직 젬을 지면에 던지고 키워드를 외워서 발동시켰다.

"이쪽으로 도망쳐!"

"고마워!"

만들어낸 흙벽에서 내다보니 온몸의 눈동자를 데굴데굴 마구 움직이면서 표적을 찾는 보스. 또 전선이 슬금슬금 밀리고 물밀 듯이 밀려드는 환수사냥꾼들.

특수공격을 막아내도 그 뒤 다시 전선을 유지하는 건 귀찮겠군. 호수를 등진 환수포식자를 중심으로 반원형으로 만들어진 여러 종류의 방어마법.

벽을 피해서 방어가 약한 곳에 환수사냥꾼들이 밀려들고, 곳곳에서 위험한 전황이 생겨났다.

"아, [팔백만]의 모두에게 환수사냥꾼들이 모였네."

"진짜네. 미카즈치가 있어. 저기는 괜찮을까?"

"괜찮겠지만…… 저기 벽이 부족하지 않을까? 벽을 추가할 테니까 윤도 따라와."

"어?! 멋대로 움직여도 돼?!"

"괜찮아. 우리는 자유롭게 움직이는 유격대니까. 그보다 늦을 것 같으니까 인챈트 부탁해."

"알았어. 〈인챈트〉── 스피드."

그렇게 말하며 나는 세이 누나와 내게 속도 인챈트를 걸었다. 마기 씨에게는 내가 만든 흙벽 주위의 방어를 맡기고 나는 세이 누나와 함께 흙벽에서 튀어나와 방어가 약한 장소로 달려갔다.

한손에는 매직 젬을 준비하고 세이 누나가 지시한 장소로 재빨리 달려갔다.

딱히 적의 섬멸을 노리는 게 아니다. 방어마법의 장벽이 약한 곳에 클레이 실드를 설치, 기동시키러 가는 것뿐이다.

내가 달려갔을 때 마침 방어가 약한 곳을 노린 것처럼 광선이 쏟아지고, 그걸 피하려고 다급히 근처의 흙벽 뒤로 미끄러져 들어갔다.

그리고 구멍이 난 장소로 우르르 밀려드는 환수사냥꾼들을 보니, 광선 때문에 방어마법 장벽의 구멍을 미처 메우지 못한 것에 이가 갈렸다.

어떻게 할까 싶어 돌아보니, 나를 아는 사람들이 모두들 경악한 표정을 하고 있었다. 그 중에서 말이 통하는 사람을 발견해서 말을 걸었다.

"여, 미카즈치. 벽을 보강하는 것 좀 도와주겠어?"

"너…… 왜 이런 곳에 있어? 후위였잖아?"

"세이 누나랑 같이 방어벽을 보강하러 왔어. 세이 누나는 안쪽."

내가 가리키는 곳에는 속도 인챈트의 노란 빛을 뿌리면서 이동하는 곳에 같은 간격으로 물벽을 만들어내는 세이 누나가 보였다.

"세이 쪽은 괜찮겠네. 알았어. 아가씨를 도와주지! 무너지면 피해가 커질 테니까 벽 저편으로 밀어내자."

"그러니까 아가씨라고 하지 마!"

미카즈치에게 항의하였지만, 숨어있던 [팔백만] 멤버들

은 광선이 수그러드는 타이밍을 재어서 흙벽 뒤에서 뛰쳐나와서 구멍으로 밀려든 환수사냥꾼들을 상대하였다.

나는 그 사이를 누비듯이 달려서 방어가 뚫린 장소에 보석을 하나 설치. 또 방어가 약한 장소에도 보석을 설치하였다.

공격이 오가는 장소에서 [발견] 센스가 시야에 들어온 적의 예비동작을 파악해주었다. 시야 가득 들어온 공격 중에서 직접 이쪽을 노리는 것과 그 이외를 구분할 수 있는 있으면 그리 대처하기 어렵지 않다.

뭐, 그래도 인챈트로 올라간 속도에 의지해 도망을 다녔으니 꼴사납고, 여유가 있다고 해도 아슬아슬하게 피한 일격도 있었다.

"아가씨! 이제 됐어!"

"오케이. —— [클레이 실드]!"

내 목소리에 반응한 매직 젬이 보석을 기점으로 각각 하나씩, 총 다섯 개의 흙벽을 만들어냈다.

그 광경에 순간 [팔백만] 멤버들이 눈을 치떴다. 세이 누나라면 [지연] 센스를 이용한 복수의 마법을 동시 발동하지만, 그것과는 또 다른 방식이니까.

잠시 뒤 적의 유입이 멎어서 진정을 되찾았다.

"일단 성공이라고 보면 되나?"

"잘 했어. 남은 건 우리 전위의 몫이지. 하지만 그전에 김빠진 놈들한테 기합 좀 넣어줘야겠어."

돌아온 내게 씨익 웃어주며 치하의 말을 하는 미카즈치.

나는 환수포식자의 광선이 멎은 것을 확인하고, 다음에는 여태까지 만든 마법의 벽을 이용한 전투법을 보고 내가 나설 자리가 없다는 걸 이해했다. 그 즈음에는 세이 누나가 데리러 와주었다.

"윤, 데리러 왔어. 원래 자리로 돌아가자. 그리고 미카즈치는 뒷일 부탁해."

"맡겨줘. 지금이 반격의 때다! 분산해서 대처해!"

자기 무기인 붉은색의 봉 같은 무기를 쳐들며 목청을 높였다.

그 뒷모습을 보면서 주위의 분위기를 살피며 후퇴, 마기 씨의 위치까지 돌아왔다.

우익은 우세, 중앙은 팽팽. 좌익은 벽을 이용하여 다시금 전선 구축. 방어에서 교묘하게 공격으로 전환한다. 이대로 전선을 밀어올리면서 다음 특수공격 전에 환수사냥꾼들을 섬멸할 수 있으면 본체로 가는 길이 트인다.

여기까지가 개시 30분 정도.

이 시점에서 내 역할은 끝났다고 말해도 좋겠지.

방금 전의 흙벽을 만드느라 수중의 클레이 실드 매직 젬은 바닥을 쳤고, 남은 건 어느 정도 접근하지 않으면 쓸 수 없는 봄 매직 젬. 지금은 쓸 길이 없다.

하이포션이나 MP 포션에 여유를 남긴 채로 전투를 끝낼 수 있겠지.

마기 씨와 함께 후방에서 화살이나 무기로 보스의 상부에 있는 눈동자를 노렸는데——.

"……화살이 바닥났네."

나는 계속 화살을 날려대서 드디어 등에 있는 눈동자를 모두 없애버렸다.

아무리 회수기능이 있고 화살을 많이 가지고 왔다고 해도 활 자체의 공격력은 접근공격보다 낮다. 수십 발이나 쏴야 눈동자 하나를 없앨 수 있다. 그 중에는 명중하지 않아서 대미지 판정이 없는 장소에 꽂히거나 해서 낭비한 화살도 많았다. 많은 원거리 공격이 오가는 가운데 몇 개나 없앴는지는 모르겠다.

"이걸로 내 역할은 끝이겠네."

전투가 시작된 지 50분. 환수사냥꾼들도 거의 토벌하였고 모두가 보스를 둘러싸고 공격에 들어갔다. 여기까지 오면 필승 패턴이라고 해도 좋겠지.

"속보 —— 북쪽의 보스. 그리고 북동쪽, 서쪽의 보스는 거의 토벌! 미지의 공격 패턴 발견! 101번째 눈동자를 발견!"

다른 그룹과의 연락을 맡은 이의 목소리에 우리도 얼른 쓰러뜨리자고 한층 사기가 오르는 가운데, 대부분의 눈동자가 사라지고 만신창이가 된 환수포식자는 마지막 공격에 나섰다.

●

굵은 뒷다리가 지면을 내딛어서 절반 정도 묻히고, 앞다리의 살이 풀어지면서 촉수가 식물처럼 지면에 뿌리를 내렸다.

야수의 모습을 본떴지만, 한 번도 벌어지는 일 없었던 턱이 떨어질 기세로 벌어지고 포효를 질렀다.

"크르르르르 —— 카아아아악!!"

공기를 뒤흔드는 폭음과 충격파에 모두가 움직임을 멈추었다.

그런 가운데 벌어진 입 안에서 한층 큰 눈동자가 추욱 늘어졌다.

생물이라면 혀가 위치할 장소에 생겨난 그것은 시점을 맞추고 푸르스름하게 빛나기 시작했다.

이것은 하얀 광선과도 비슷한 빛. 몸에 약간씩 남은 눈동자도 비슷한 빛을 내뿜으면서 광선을 내쏘았다. 짧은 레이저. 그렇게 말하는 게 잘 와 닿는 광선이었다.

대미지와 사정거리 자체는 특수공격에게 크게 뒤지지만, 연사성과 높은 명중률, 그리고 근처의 플레이어, 마법을 가리지 않는 요격 중시의 공격은 플레이어의 접근을 어렵게 했다.

강한 거절처럼 끊임없이 발사되는 정확하기 짝이 없는 레이저의 폭풍. 순식간에 날아오는 레이저는 정확하게 급소를 노리지만, 일정 속도로 움직이면 맞지 않는다.

"이 보스한테도 있었구나. 발광 모드."

"발광 모드?"

내가 세이 누나의 혼잣말에 고개를 갸웃거리자, 마기 씨가 곧바로 가르쳐주었다.

"보스가 일정 HP 이하로 내려가면 스테이터스의 상승이나 특수공격을 해오는 걸 말해, 윤 군."

"그렇다면 안 좋은 상황?!"

나는 다소 당황하며 전선에 있는 플레이어들을 바라보았다.

"좋았어! 마무리 간다!"

"우오오오! 막타의 명예는 내가 먹는다."

"""오오오오오옷!!"""

"드랍템이 있으면 좋겠는데!"

"""마지막 눈을 누가 없앨지는 선착순!!"""

레이저 탄막이나 오가는 촉수 따윈 두려워하지 않는 폐인들의 열의가 여기에 존재했다.

레이더가 오른쪽에서 왼쪽으로 지나가고 발밑에서 폭발을 일으키는 가운데 성대하게 날아가는 플레이어들을 보고 마기 씨와 세이 누나는 난처한 표정을 하였다.

"뭐, 발광 모드는 일종의 연출이니까. 몹에 따라서 상대적으로 강해지거나 능력이 올라가는 대신 방어력을 버리는 극단적인 변화도 있어."

"그리고 발광 모드가 성가신 적은 HP를 조절하다가 단숨에 큰 기술로 HP를 왕창 깎아낼 수도 있어."

"아, 그런 것도 있죠."

이런 상황에서 게임 담소를 나누는 세이 누나와 마기 씨. 나는 애초에 게임 지식이 일천하기 때문에 끼어들지도 못하고 다시금 날뛰는 환수포식자에게 눈을 돌렸다.

"어떻게 한다."

너무나도 예상 밖의 공격방법이라고 할 만한 방어에 분명히 시간을 벌려는 의도를 느끼며 나는 뒷머리를 긁적거렸다.

남은 약점은 다섯 군데와 새롭게 나타난 입 안의 눈동자.

오른쪽에 셋. 왼쪽에 하나. 손이 잘 안 닿는 높이의 위치에 하나. 그리고 중앙에 하나다.

가만히 관찰하니 알겠는데, 각 눈동자는 목표를 시선으로 포착하여 조준하고 레이저를 쏜다. 체격이 큰 사람의 그림자나 방어마법 뒤에 숨어서 좋은 위치까지 접근할 수 있었던 건 우연이겠지만, 그 습성을 노리면 되겠다고 생각했다.

그렇다고 해도 초보인 내 의견이다. 실제로 타워 실드를 들고 중량급 장비를 입은 사람이 전력으로 달리는 가운데 그 뒤에 숨어서 달린다고 눈동자까지 접근할 순 없었다.

지면에 숨어서 이동한 촉수는 숨어든 범위의 지면을 밟는 동시에 창처럼 튀어나와서 그 몸을 사정없이 꿰뚫는다. 정면에서 오는 레이더를 막아내더라도, 범위 안에 들어가면 발밑에서 공격. 촉수가 하나뿐이라면 몰라도 주위 촉수가 일제히 날아들기 때문에 함부로 밟았다간 벌집이 된다.

원거리 공격의 핵인 마법도 레이저의 탄막에 기세가 죽어서, 육체에 도달하기 전에 사라진다.

마법사들을 전부 투입한 물량전이라면 어떻게든 될 것 같지만, 리스크를 짊어진 돌격은 방어력이 낮은 마법사에게 추천할 수 없다.

"뭐, 나는 끝날 때까지 느긋하게 방관할까."

"벌써 끝이야? 아직 참가할 여유는 있는데?"

"음? 뭐야, 타쿠냐? 아, 공격수단이 부족한 후위직으로서는 화살이 바닥나면 위생병으로 내려갈 수밖에 없지."

어깨를 으쓱이며 과장스럽게 말했더니 거짓말쟁이라는 말과 웃음이 돌아왔다.

"다 봤어. 세이 씨랑 같이 전선으로 뛰어드나 싶더니 단번에 벽을 만들고."

"너도 난리쳤잖아. 환수사냥꾼을 혼자서 상대하고……."

"그럼, 윤이 우리 파티에 들어와. 여섯 명째 멤버로 나를 뒤에서 원호해줘."

"나는 솔로 생산직이야. 뭐, 가끔은 레벨업을 위해 사냥도 하지만……."

"효율적인 사냥과 즐거운 게임을 위한 상호 협조 네트워크도 하니까 그런 이유의 파티 참가는 대환영이야. 그럼 윤은 잠정 멤버로군."

"잠정은 아니지."

나는 한소리 했지만, 즐거운 듯이 생생한 표정을 한 타쿠가 게임을 즐긴다는 걸 알기에 그 이상 뭐라고 할 수 없었다.

"참나, 의욕을 내는 벡터가 다른 방향으로 가면 내 고생도 줄어들 텐데."

한숨을 내쉬면서도 웃을 수 있는 것은 나도 [OSO]라는 게임에 푹 빠졌기 때문이겠지.

"휴우, 그렇기는 해도 공격이 힘들어, 윤."

"그래."

분명히 타이밍을 재어 튀어나간 자들도 제대로 공격 못하고 돌아왔다. 슬슬 결판을 내야만 하겠지만 내 앞에서 그런 말은 아니잖아? 칼집에 넣어둔 검을 뽑아서 감촉을 확인하고——.

"같이 갈까?"

"편의점에라도 가듯이 위험지대에 가자는 말을 하는데, 안 갈 거다."

"아니, 이미 늦었어. 강제 참가다."

아아…… 멀리서 낯익은 이들이 나한테 힘 어린 시선을 보내고 있군. 누나와 동생, 미카즈치, 그리고 뮤우나 타쿠의 파티 멤버들과.

"각오해."

"무리. 난 이대로 돌아가고 싶은데……."

"이미 작전에 네가 포함되었는데."

이 대화는 나를 만류하기 위한 것이다. 분명 자연스럽게 대화하는 한편으로는 친구 통신으로 지시를 받으며 만류하고 있겠지.

내가 고민하는 사이에 타쿠의 입에서는 작전이 흘러나왔다.

"일단 세이 씨가 얼음 마법으로 발판을 만든다."

"그게 필요해?"

"발밑의 척수를 회피하기 위해 상공에서 공격해야지. 그리고 미끼가 발판에서 점프해서 보스의 머리 위까지 가서 모든 눈동자의 주목을 모은다. 가능하면 눈도 좀 가리고."

"그 동안에 지상에서 공격을 해서 끝낸단 말이지."

음, 그러면 내 입장은——.

"그러니까 미끼, 잘 부탁해."

"그렇겠지."

이럴 때는 분명 이런 식으로 손해 보는 역할이 돌아온다.

"여기서 질문인데 —— 그냥 점프해서 적의 머리 위까지 닿을까?"

"뭐, 보통은 무리겠지. 하지만 너라면 할 수 있다! 아니, 너밖에 할 수 없어!"

뭔가 무진장 나를 띄워주는데, 거기에 숨겨진 의미를 해석하면 네가 미끼를 안 하면 예상보다 피해가 커진다! 라고 협박하는 꼴이다.

"그럼 방법을 묻겠는데——."

"마법의 폭풍을 이용한 공중 대 점프."

"뭐?!"

"그러니까 공중 대 점프. 이동 중에 스스로 마법의 여파를 맞아서 그 기세로 가속하는 거야."

아니, 무리잖아. 아무리 생각해도 무리.

"넉백을 이용한 이동방법은 기본적인 잔재주지. 마법의 여파를 이용한 노 대미지 가속 이동, PVP에서 대미지 판정 없는 손발을 이용한 스타일이라든가."

"……그걸, 잔재주를 모르는 나한테 하라고? 그런 건 너나 뮤우의 영역이잖아."

"갑옷을 장비하고 움직이는 건 무리야. 게다가 그 단일마법의 복수 발동은 아이템이지? 우리는 그걸 어떻게 쓰는지 모르니까. 현재로서는 이 모든 조건을 충족하는 건 너밖에 없는 것 같은데?"

"아이템은 있으니까. 사용법 가르쳐줄 테니까 다른 사람한테 시켜. 난 싫어."

"문제는 쓸 수 있냐가 아냐. 미끼 역할도 안전하게 수행하려면 네가 필요해. 너라면 성공시킬 수 있다는 확신이 있어! 부탁해!"

그렇게 말하더니 부탁한다고 거듭 말하며 고개를 숙였다. 주위에서는 우리의 모습을 멀찍이서 지켜보는 사람도 많아서 그 시선이 꽂혔다.

"아, 알았으니까 고개 들어. 주위의 시선이……."

"땡큐. 고맙다."

"참나, 난 왜 이리 부탁에 약한지."

투덜대면서 주위에게 귀를 기울이니 츤데레네, 빼도 박도 못하는 츤데레네, 같은 소리가 들려왔다. 어이, 그 말한 놈 튀어나와. 나랑 같이 미끼 맡아보자고.

내가 주위에게 원망어린 시선을 보내자 다들 눈을 돌렸다.

"시간 낭비 말고 다들 준비해!"

불안해하는 사람들을 그 한 마디만으로 진정시키는 미카즈치. 이미 환수포식자의 정면에는 세이 누나의 얼음길이 환수포식자의 시야 아슬아슬한 곳까지 만들어져 있었다.

"윤, 언제든지 갈 수 있어. 목적은 눈동자의 시선을 모으는 것. 그리고 눈을 가리는 것. 잘 부탁해."

"알았어. 준비 좀 하게해줘."

내 상태를 확인했다. 봄 매직 젬이 열 개 남았다. 직접 눈동자를 노리는 건 아니니까 두 손이 비어있는 상태가 된다. 대응하는 센스가 없기 때문에 실질적으로 무기가 없다.

정신을 통일하고 머릿속으로 시뮬레이션을 하였다. 어느 타이밍에서 봄을 폭발시킬까, 그리고 그걸 역산하여 어느 타이밍에서 키워드를 외울까.

"〈인챈트〉── 디펜스, 마인드, 스피드."

마지막으로 내 능력을 끌어올리는 잔재주 정도가 내 한계다.

마기 씨가 다가왔다. 마기 씨도 많은 무기를 투척해서 남은 거라곤 애용하는 전투도끼뿐이었다.

"윤 군, 괜찮아?"

"예, 괜찮아요."

그렇게 말하면서도 역시 미끼는 싫다. 위험하고…… 그렇게 묘하게 타산적인 생각이 떠올랐지만, 꾹 뿌리치고 각오를 다졌다.

"그럼 내가 선행해서 윤 군의 방패가 될게. 그러니까 안심하고 미끼를 맡아——."

"예, 걱정해줘서, 고, 마……?

어라? 마기 씨가 뭐 이상한 소리 하지 않았나?

그렇게 생각한 순간 마기 씨가 세이 누나가 만든 얼음길로 뛰어올랐다.

"윤! 마기 씨랑 같이 가!"

마기 씨가 달린 뒤를 쫓듯이 나도 달렸다. 두 손에 매직젬을 하나씩 쥐고 전력으로 얼음비탈을 뛰어올라갔다. 미끄러지지 않도록 지면처럼 다져진 얼음길에서 계속 가속하면서 환수포식자보다 조금 높은 위치까지 뛰어올라갔다.

"——〈봄〉!"

나는 발을 내딛기 직전에 키워드를 외우고 수중의 보석을 그 자리에 내려놓았다. 마법의 기동까지 5초. 머릿속으로 실제로 일어날 현상을 상상했다.

도움닫기 끝에 뛰어나간 나는 공중에서 완만한 부유감과 관성에 따른 전진을 느꼈다.

인챈트의 보조를 받아서 선행한 마기 씨를 따라잡았다.

내 옆의 마기 씨는 도끼를 방패처럼 쳐들고 앞으로 나섰다. 환수포식자의 놀란 듯한 눈동자가 일제히 나를 향하고 푸르스름한 빛을 띠는 게 보였다.

눈동자에서 빛이 발사되기 전에 뒤에서 마법의 폭풍이 내 등을 때리고 마기 씨와 함께 단숨에 공중에서 가속했다.

가속 전에 있던 위치를 꿰뚫는 레이저에 식은땀을 흘리면서 효과 이펙트와 대미지 범위의 차이 덕분에 대미지가 없었던 것에 안도했다.

하지만 익숙지 않은 짓은 하는 게 아니다. 착지 예상지점을 보았다. 비거리가 부족하여 환수포식자의 발치에 떨어진다. 이래선 마기 씨와 나란히 지면에 떨어지는 미래가 예상되었다.

"괜찮아. 윤 군을 위해 내가 있으니까 —— 에잇!"

그렇게 말하며 공중에서 내 다리를 잡아서 발판 없는 공중에서 나를 —— 던졌어?!

"—— 마기 씨?!"

나는 공중에서 내던져져서 비거리를 벌었고, 마기 씨는 내던진 반동으로 비거리가 줄었다.

하지만 장해가 계속되었다. 다음 레이저의 준비가 끝나고 내게 조준을 맞추고 있었다. 빛나는 눈동자에서 발사된 빛에 글렀다고 느낀 순간, 뒤에서 바람 가르는 소리가 나를 추월하여 레이저를 상쇄하였다.

부서지는 얼음창과 흩어지는 빛을 보며 세이 누나가 원호

해준 거라고 이해했다.

나는 장해물이 없어진 공중에서 두 손 가득 매직 젬을 꺼냈다.

지금 있는 위치, 환수포식자의 머리 위에서 매직 젬을 뿌렸다. 이 장소에서라면 내가 활로 겨눈 곳이 잘 보이는군, 그런 뜬금없는 생각이 들었다.

아래쪽에서는 공중의 나를 노리듯이 촉수를 최대한으로 뻗었지만 닿지 않아서 어지럽게 뒤엉킬 뿐. 모여든 플레이어들이 그걸 쳐내는 바람에 본체로 통하는 길이 만들어졌다.

"이거라도 처먹고 승천해버려, 자식아. ──〈봄〉."

키워드와 함께 여섯 개의 눈동자 위에 뿌린 검은색 보석이 빛을 띠었다. 나는 공중을 나는 기세 그대로 환수포식자의 등에 뛰어내려서 결과를 직접 보았다.

쏟아진 보석들이 동시에 폭발하고, 복수의 폭발이 연쇄적으로 일어나면서 위력을 더했다.

노란색의 폭발은 시야를 메우는 정도가 아니라 그대로 눈동자로 쇄도했다.

요격하는 레이저가 폭풍으로 구멍을 내려고 해도 압도적인 위력 탓에 그대로 쏟아졌다.

"칫……. 나까지 영향을 받나! 얼른 도망쳐야지."

연쇄공격으로 인한 위력 상승은 폭풍의 위력과 범위까지 키운 듯했다. 대미지는 없더라도 나까지 밀어내는 듯한 바람에 놀랐다.

아직도 폭풍이 남고 노란 색 연막이 깔리는 가운데, 밀려든 자들이 간신히 눈동자를 사정거리에 들어오는 위치까지 왔음을 소리로 판단하고 뒷일은 맡기자는 마음으로 일어났을 때——.

"어……?"

뒤에서 푸르스름한 빛이 가슴을 꿰뚫었다. 그 충격이 몸이 하늘을 날았다.

빠직 하고 쪼개지는 것 같은 소리를 들으면서 몸이 폭풍에 날아가고, 제어할 수 없는 채로 뒤로 휩쓸렸다.

흘러가는 시야 속에서 높은 위치에 있는 눈동자가 날 포착한 게 보였지만, 곧바로 세이 누나의 얼음창에 박살나는 걸 확인하고 나는 그대로 호수에 떨어졌다.

'……죽었다……도 아닌가. 대미지가 안 들어와.'

갑자기 등부터 부딪치듯이 호수에 떨어져서 조금씩 가라앉는 가운데 시야에 비친 내 손가락이 의문을 해결해주었다.

—— 대신하는 보석의 반지에 보석이 없잖아?

즉, 이게 대미지를 한 차례 대신 입어주었다는 소릴까.

의문이 해결되니 호수 속으로 가라앉을 필요는 없었다. 곧바로 [수영] 센스로 교체하여 수면으로 떠올랐다.

"푸핫!"

내가 수면에 얼굴을 내미는 동시에 눈앞의 검은 산 같던 생물이 모래로 돌아가고, 그것과 같은 시기에 모든 플레이어에게 메시지가 도착했다.

—— [환수포식자의 첫 격파를 확인. 남은 건 다섯 마리.]

거대한 환성이 그 자리에 울리고 약간의 시간차를 두고 두 번째 격파가 보고되어서 모두가 들끓었다.

그런 가운데 나는 호숫가에 있는 모두를 향해 천천히 걸어갔다.

"윤! 괜찮아?!"

뛰어오는 세이 누나가 몸을 받아주자 다리부터 온몸의 힘이 쭉 빠졌다.

전투에서 예상 이상으로 흥분했는데 물에 빠지면서 열기가 식은 걸까, 단숨에 정신적 피로가 밀려들었다.

"괜찮아. 힘드네. 계속 포션을 보충하면서 싸우느라 졸려. 지쳤어."

"집에 갈 때까지가 소풍이야. 그때까지 참아!"

뒤늦게 나를 맞아준 타쿠나 뮤우를 시작으로 낯익은 플레이어가 호수에 떨어진 나를 걱정했다.

"그렇긴 한데…… 무리일지도."

세이 누나에게 안긴 몸에서 힘이 쭉 빠지고 완전히 매달린 상태가 되었다. 마법직이라서 ATK가 낮은 세이 누나로서는 힘이 부족해질 것 같아서, 옆에서 마기 씨가 거들어서 받쳐주었다.

"윤 군, 수고했어. 푹 쉬어도 돼."

흠뻑 젖은 내 귀에 살짝 닿은 그 목소리에 고개를 끄덕이면서 잠에 빠졌다.

해가 뜨고 또 새로운 아침에 잠들었다. 다음에 눈뜬 것은 모든 것이 끝난 뒤였다.

종장　보수와 손님

[——성적 집계 개시. 이후의 행동은 포인트로 가산되지 않습니다. 집계 후에 결과 발표. 거듭 말씀드립니다.]

주위가 시끄러워져서 눈을 뜬 나는 가벼운 공복감과 늦잠 잤을 때의 권태감을 느끼면서 상황을 확인했다. 만복도가 떨어졌다. 시각을 확인하니 최종일의 아침 6시. 20시간 가까이 잠들었던 모양이다.

몸을 확인하니 얇은 천을 덮고 있고, 껴안은 자쿠로와 등을 기댄 뤼이는 이미 눈을 뜬 채로 내가 눈뜨기를 기다리고 있었던 듯했다.

"안녕, 뤼이랑 자쿠로."

"일어났나, 윤."

"클로드인가. 오늘이 최종일이지. 긴 듯하면서 짧았어."

"그래. 성적 발표까지 시간도 있고, 다른 사람들도 기다리고 있다."

"그래."

"그리고 자 —— 어제 네가 못 받은 보수라는 모양이다."

그러며 클로드가 맡았던 아이템을 내게 내밀었다. 이 아이템들은 내가 받을 보수다. 내가 미끼를 맡고 쓰러진 것을 계산해서 조금 더 넉넉히 쳐줬다는 모양이었다.

약간의 레어 장비, 유니크 아이템, 저주 걸린 장비품과 다양한 장비. 그리고 남몰래 탐냈던 책.

"이걸로 책은 전부 모았군."

"탐내는 눈치였으니까. 너를 위해서 드랍하는 몹을 학살했다는 모양이다."

그건 조금 미안한 사실이다.

"……내가 자는 동안에 읽었어?"

"남의 재미를 빼앗을 생각은 없다. 게다가 나도 전부 다 모았지."

상상하기론 장비품하고 교환했겠지. 나보다도 요령 좋게 모았겠지 싶었다.

"어~이, 윤 군. 이쪽, 이쪽."

모닥불을 에워싸듯이 기다리던 마기 씨와 다른 사람들. 주위를 둘러보니 다들 졸린 눈치였다.

"좋은 아침이에요."

"좋은 아침. 아, 도로 자러 가진 마. 계속 잤잖아. 아무리 말을 걸어도 일어나질 않으니까 걱정했어, 윤찌."

"미안."

괜히 걱정시켰구나 생각하면서 쓴웃음을 지었다.

"그렇기는 해도 주위는 철야한 분위기인데 무슨 일 있었어?"

"으음. 보스 토벌 축하로 잔치도 하고, 남은 시간이 아까우니까 계속 밤사냥이라도 했나봐."

마기 씨는 그렇게 말하며 내가 만든 허브티를 나무컵에 따라서 건네주었다.

깔끔한 허브티의 향기가 아직 무겁던 머리를 꽤 가볍게 만들어주었다. 한 모금 마시고 그 맛에 한숨 돌렸다.

[──성적 송신]

인포메이션이 뜨고 메일로 송신된 성과에 주위 반응은 흥분, 분함, 체념, 쓴웃음, 낙담을 많이 포함했지만, 다들 마지막에는 후련한 표정으로 동료와 얼굴을 맞대었다.

"자, 나도 결과를──."

내게 도착한 결과에는 제일 위에 이런 말이 있었다.

[성적 (4/2396등) 입상을 축하합니다]

그런 커다란 글자에 입상을 생각도 안 했던 나는 놀라서 움직임을 멈추었다. 그 모습을 보고 유쾌하게 미소를 띠는 클로드를 원망스럽게 노려보았지만, 전혀 개의치 않으며 입을 열었다.

"성적의 자세한 내용도 있다. 공평을 기하기 위한 배려가 느껴지는군."

나도 내용을 슬쩍 훑어보았지만, 분명히 공평하게 하려는 노력이 보였다.

센스 미취득 [4000P], 파티 멤버 공석 [40000P].

계속해서 읽어보니 무기 생산 [24500P], 방어구 생산

[17500P], 회복약 생산 [18200P]라는 식으로 명백히 생산 포인트 가산이 컸다.

그 외에도 격파 포인트라든가 유니크 보스 격파 등도 있었다.

"보너스 보물 상자 [3000P]라……. 아이템을 받고 포인트까지 받나?"

"그만큼 난이도가 높은 내용이었겠지. 윤의 잠수 [500P] 자체는 그렇게 포인트가 안 높아. 잠수하는 건 수단으로서 그리 중요하지 않고 결과가 중요하겠지."

"흐응. 그 외에도…… 요리 생산 [21000P]?! 비율이 이상하지 않아?!"

"아니, 네가 만든 양이 양이니까. 하나당 점수는 무기, 방어구보다 적지만, 그만큼 많이 만들었단 소리겠지."

그렇게 말하면서 나는 계속 항목을 훑어 내려갔다. 팀 간의 교섭, 팀 간의 협력 같은 플레이어간의 교류나 이벤트 보스 토벌 참가, 약점 격파로 포인트가 점점 불어났다.

그리고 결과 마지막 부분에는 파격적인 점수가 있었다.

"우호 새끼 동물 [100000P]라니, 자릿수가 틀린 거 아냐?"

"파트너로 삼은 새끼를 말하겠지. 한 마리당 2만. 뭐, 배율이 높은 항목은 앞으로 그런 쪽 센스를 밀어주려는 분위기다."

그런 운영의 뒷사정까지 깊게 캐고 싶진 않습니다.

"뭐, 다들 일주일 동안 애써서 얻은 결과야. 수고했어."

"응, 응. 이 멤버니까 가능했어! 집을 만들고 사냥을 하고 요리를 만들고…… 즐거웠어!"

마기 씨와 리리의 말에 '즐거웠으니 괜찮을까?' 싶은 마음에 얼굴 근육이 풀어지는 걸 느꼈다.

"하지만 윤 군은 잊어버리면 안 되잖아?"

"뭐 말인가요?"

갑자기 씨익 웃는 마기 씨에게 그대로 되물었다. 뭘 잊어버렸단 말이지?

"입상자한테는 한정 아이템이 주어지잖아. 어떤 걸까?"

"게임 밸런스를 무너뜨리지 않을 정도의 아이템이 아닐까요?"

그렇게 대답할 수밖에 없었다. 실제로 상위 플레이어에게만 게임 밸런스를 무너뜨릴 만큼 파격적인 아이템을 줄 수는 없겠지. 보너스 보물 상자에도 마개조 소재의 무기가 있었다. 직접적인 밸런스 붕괴는 없겠지 싶었다.

"예를 들어서 전용 홈 같은 게 아닐까요? 그건 편리하겠고."

"으음, 가게나 길드 건물도 홈 취급이고…… 별 필요 없어."

"웃……."

리리의 지당한 의견에 말문이 막혔다.

그럼 뭐가 나올까? 그렇게 생각하는 동안에 다시금 메일이 도착했다. 또 운영진이 보낸 메일이었다. 한꺼번에 전달하면 좋을 텐데 이런 점은 사무적이고 귀찮다.

[──입상을 축하드립니다. 입상 아이템으로 이하 아이템들 중에서 하나를 골라주세요. 선택한 아이템은 즉각 인벤토리에 들어갑니다.]

"뭐야……. 입상 아이템은 선택식이네."

"운영진이 멋대로 정하지 않는 게 낫겠지. 우리 같은 생산직에게 무기를 줘봤자 곤란할 뿐이고."

클로드는 그렇게 말했지만 곧 험악한 표정을 지었다.

나도 대충 훑어보았는데, [회수 제한이 있는 전설급 무기], [오래 쓸 수 있는 준전설급 무기], [마개조 소재의 무기] 같은 무기나 같은 계통의 선택지가 있는 방어구.

[특수한 홈의 증설권], [개인 필드의 소유권], [개인 운영 던전 작성권] 같은 필드 계열 상품.

그리고──.

"──생산자용 [메이킹 박스]라."

내 흥미를 돋군 것은 그쪽이었다.

내용은 하루 동안 선택한 계통의 생산소재 중에서 랜덤으로 한 종류 하나가 납품되는 기능. 그리고 설정의 변경 기능, 또한 박스의 전용칸에 넣은 소재를 하루에 한 번 복제하는 기능을 가진 작업대였다.

즉, 약초 계열로 설정하면 약초 계열이 랜덤으로, 금속이 필요한 경우는 금속의 광석이 랜덤으로 들어오는 작업대다.

랭크에 따라서 출현률에 변동이 있고, 복제 기능도 만능은 아니라서 예전 아이템이 사라지는 아니더라도 랭크가 높을수록 복제에 실패한다. 또한 납품 설정을 변경할 수 있지만, 무기, 방어구 같은 물건과 달리 포션은 대량생산. 게다가 포션의 소재는 약초만이 아니다. 몬스터의 부위 등도 필요하기 때문에 결과적으로 즉효성 이익도 없고 그리 써먹기 좋은 것도 아니다.

"그렇게 써먹기 좋지는 않지만…… 흥미가 당기네."

"그거 좋네. 나도 그걸로 할까?"

마기 씨도 메이킹 박스에 눈독을 들인 듯했다. 같은 걸 고른다니 조금 기쁘게 느껴졌다.

"리리는 뭘로 골랐어?"

"나? 나는 [개인 필드의 소유권]이야."

"어라, 아까 홈은 필요 없다고 그랬잖아?"

"아냐. 필드니까 광대한 에어리어가 통째로 내 것이 되는 거야. 목공으로 이것저것 만들려면 넓은 장소가 필요하니까……. 돌아가거든 뭘 만들까? 그 전에 소재를 모아야 할 테니까~. 시아찌도 도와줘."

아주 멋진 미소를 지으며 말하는 리리가 눈부시게 보였다. 대조적으로 클로드는——.

"그래. 그럼 클로드는?"

"흠. [개인 운영 던전 작성권]이군. 기간은 석 달 공개다."

"클로드가 던전 마스터? 왠지 악역이란 느낌밖에 안 드는데……."

마기 씨가 새된 눈으로 바라보자 클로드는 흥 소리 내어 코웃음을 쳤다.

"기간 한정이라고 해도 던전을 자유자재로 만지작거릴 수 있다. 그건 다시 말해 던전의 특산물을 내가 결정할 수 있다는 소리다. 재봉 계열 소재의 채취나 드랍 등을 집중적으로 모으면……."

"아앗?! 클로드, 너무해! 소재는 밸런스 좋게 배치해!"

잘 생긴 얼굴을 사악하게 일그러뜨리는 클로드. 각자 손해득실로 골랐지만, 리리가 그 외모처럼 순진한 미소를 지었기 때문에 마음이 푸근해졌다.

우리는 각자의 의견을 주고받은 뒤, 나는 메이킹 박스를 받겠다고 선택했다.

그리고 결과 발표의 마무리.

[—— 지금부터 새끼와 플레이어의 계약이 있겠습니다.]

조용히 시작되는 마지막 이벤트.

새끼와의 계약. 그 방송이 계기가 되어서 새끼가 차례로 자기가 가장 신뢰하는 사람과 대치했다.

마주본 사람들은 모두 곧바로 말을 꺼낼 수 없었다. 계약에 필요한 수순도, 말도 전혀 듣지 못했으니까. 하지만 애초에 그런 수순도 필요 없어서 상황은 자동으로 움직였다.

새끼들이 차례로 연한 빛을 띠었다. 계약의 시간이 온 듯했다.

"……뤼이? 자쿠로?"

간신히 중얼거린 말은 빛 속에 있는 새끼들을 향한 것. 하얀 빛에 휩싸인 뤼이와 검붉은 빛을 띤 자쿠로. 그 외에도 물색으로 뒤덮인 리쿠르나 검정과 흰색이 연동하는 마블컬러로 휩싸이는 쿠츠시타. 붉은 색에 금색이 뒤섞인 네시아스 등. 곳곳에서 여러 빛이 확인되었다.

그게 30초 정도 지나고, 빛이 수그러든 곳에는 새끼들이 있었다. 그 모습에는 다소 차이가 있었다.

"……뤼이의 뿔이 길어졌고 자쿠로는 꼬리가 두 개로 늘었네."

뤼이의 이마에서 짧은 털로 뒤덮인 정도였던 뿔은 나선형으로 뻗었고, 자쿠로는 새카맣고 복슬복슬한 꼬리가 두 개 흔들리고 있었다.

뤼이는 어려서도 이름 높은 유니콘이라는 걸 알았지만, 자쿠로 쪽은 꼬리가 많은 요호가 아닐까.

그 외에도 주위로 시선을 돌려보면, 품에 안길 정도였던 리쿠르와 쿠츠시타는 그리 겉모습이 변하지 않았다. 반대로 네시아스를 보면 귀여운 털구슬 같은 모습은 어디에도 없고 아름다운 꼬리를 가진 붉은색 새로 변해있었다.

"개체에 따라서 before — after의 차이가 심하네."

왠지 모르게 레어하다는 느낌이 묻어났다.

"아아…… 그 귀여웠던 리쿠르가……."

"왜 그래요, 마기 씨?!"

"송곳니랑 발톱이 길어졌어! 왠지 귀여움과 멋짐이 양립하고 있어!"

품에 안긴 리쿠르는 이쪽을 향해 학학거리며 혀를 내밀었지만, 분명히 그 입 안에는 다른 것보다 살짝 긴 송곳니가 나 있었다.

모두가 지켜보는 가운데 한 차례 짧게 울부짖은 리쿠르의 몸은 엷은 빛의 입자로 사라지더니, 마기 씨의 손 안에 물색 돌이 가만히 쥐어져 있었다.

"어라? 이걸로 계약 완료?"

"그럼, 다음은 나 차례인가. 그대의 이름은 쿠츠시타. 내 권속이 되어 나를 도우라."

뒷다리로 재주좋게 목 뒤를 북북 긁는 쿠츠시타. 클로드의 묘하게 창피한 대사는 헛수고로 끝나고, 나는 한심하다는 눈으로 지켜보았다. 리리는 쓴웃음. 마기 씨는 입을 누르며 웃음을 참았다.

"휴우~. 이리 와라, 쿠츠시타."

자기 몸을 핥으며 털을 고르던 쿠츠시타는 클로드의 부름에 작은 체구에서는 상상도 할 수 없는 도약으로 클로드에게 뛰어들어 흑백의 돌로 모습을 바꾸었다.

"이걸로 계약 완료로군."

"하지만 클로드. 그 대사는 뭐야? 날 웃겨 죽이려고?"

마기 씨의 지적에 씁쓸하게 얼굴을 찌푸렸지만, 반론 따윈 한 마디도 하지 않고 침묵하는 클로드. 자기 자신의 행동이 창피하다는 자각은 있는 모양이다.

그 동안 리리는——.

"우리도 계약할까, 시아찌"

아름다운 새가 된 네시아스는 딱히 리액션을 보이지도 않고 바로 그 모습을 지워서 따스한 오렌지색 돌로 변했다.

"자, 그럼 —— 우리 차롄가. 뭐, 앞으로도 잘 부탁할게."

나는 무릎을 굽히고 눈앞의 두 마리가 이쪽으로 오기 쉽도록 손짓하였다. 뤼이는 내 얼굴을 아무렇게나 핥았다. 자쿠로도 팔에 기어올라서 반대쪽 뺨을 가볍게 내민 혀로 할짝 핥았다.

"우앗?! 가, 갑자기 그러지 마, 간지러워!"

"······윤 군을 핥네. 오오, 그럴 생각이 없는데도 흥분돼. 코피가 나겠어."

"으음?! 새로운 방어구의 영감이!"

"좋겠다~. 시아찌는 부리로 손가락을 쫄 뿐인데, 나도 끼워줘."

아니, 좀 도와줘! 그렇게 생각했지만, 이 상황도 오래 계속되지 않았다. 앗 하는 짧은 소리가 나올 정도의 시간 동안에 두 마리는 입자로 변하였고, 손에는 첫눈처럼 새하얀 돌과 검정 바탕의 새빨간 선이 들어간 돌이 쥐어져 있었다.

"무사히 끝났네, 윤 군."

"예, 그래요."

"모두가 어떤 몹을 동료로 했는지 알고 싶군."

"그럼 내 시아찌는 —— 피닉스. 완전히 전설의 환상생물의 이름이야. 뭐, 지금은 새끼니까 괜찮아."

리리. 지금은 그런 현실도피를 해도 의미 없어. 장래에 맹위를 휘두를 존재니까.

"피닉스라. 소생 아이템을 대신한다면 다들 탐내겠지."

"어어어어, 어쩌지! 시아찌가 혹사당하겠어."

클로드의 말에 동요하는 리리. 내 걱정은 리리가 못된 사람에게 끌려가서 혹사당하지 않을까 하는 것이다.

"안심해라. 그때는 우리가 몸을 던져서 너희를 지켜주지."

"그래. 나도 곤란할 때는 도와줄게."

"뭐, 그런 거니까 지금은 기뻐해."

클로드, 마기 씨에 이어서 나도 리리에게 그렇게 말했다.

"자, 앞으로 일어날 일을 걱정하기보다도 개개인의 파트너의 종족을 발표할까. 그럼 다음은 클로드, 그 다음은 윤 군."

"알았다. 이름은 —— 럭 캣이라는 종족인 모양이군. 운을 좌우하는 마수라고 한다."

"행운과 불운을 부르는 고양이……. 정말 보조형 새끼 같네."

"후후후, 재미있군. 검은 고양이는 장소에 따라서 주인에게 행운을 부르는 존재. 즉, 타인의 운을 빼앗아서 주인에게 가져다주는 존재인가. 까다롭지만 재미있군. 내 취향이다."

사악한 미소를 짓는 클로드에게서 살짝 거리를 두면서도 마기 씨가 다음 순서를 재촉했다.

"다음은 윤 군이지. 어때?"

"어떠냐고 해도, 뤼이는 보다시피 유니콘이지요. 자쿠로는……."

그리고 또 하나의 파트너는――.

"―― 공천호(空天狐)."

유니콘과 요호는 양쪽 모두 판타지나 게임에서 메인을 맡을 만한 캐릭터는 아니고 한 발 물러난 보조, 만능 계열이 많은 것 같았다.

"으음, 둘 다 대기만성형일까? 뭐, 둘 다 아직 새끼니까 앞으로를 기대해야지."

"그렇게 말하는 마기 씨는 어떤가요?"

"어어, 내 경우는――."

그러다가 푸훗 웃음을 터뜨렸다. 왜 그렇게 놀라는 건지 몰라도 턱에 손을 짚고 하늘을 올려다보는 마기 씨.

"으음, 펜릴이라는 환수야. 신화나 게임에서 낯익은 이름이네."

"키우면 제일 셀 것 같은데요."

"조만간 거대화해서 괴수대결전이라도 벌이려나?"

"""…………."""

리리의 혼잣말에 우리 셋은 아무런 반응도 할 수 없었다.

그래. 이건 새끼라고 해도 몬스터다. 조만간 어느 필드에서 발견되겠지. 그때 플레이어의 앞을 가로막는 펜릴은 얼마나 강하게 성장할까.

그런 의미에서 이번 이벤트로 계약한 몬스터들은 상당한 잠재능력을 가진 종류이며, 조건만 만족시키면 비교적 간단하게 계약했다고 볼 수 있다.

그러는 반면 새끼라는 제약이 있는 육체는 운영진이 항상 밸런스를 생각한다는 걸 알 수 있었다.

"……그런 무서운 생각은 하지 말자. 우리는 생산직이니까."

"그래. 머지않은 미래, 소재를 모으러 고생할 사람들의 명복을 빌자."

"아니, 아직 안 죽었고. 애초에 출현할지도 불명이니까."

왜인지 가슴 앞에서 십자를 긋는 클로드에게 자연스럽게 딴죽을 넣었다.

뭐, 출현한다고 하면 뭔가의 재료가 되는 레어템을 드랍하든가 해서 이쪽이 토벌을 의뢰할지도 모른다. 그런 의미에서는 미래에 고생 좀 하겠지.

그렇기는 해도 세이프티 에어리어에는 새끼들이 여러 마리 있지만, 계약된 것은 그 중 절반 정도. 나머지는 아쉬운 눈치로 숲 속으로 돌아갔다.

사라져가는 새끼들의 뒷모습을 향해 외치는 비장감 어린 목소리가 무서웠다. 슬픈 이별이지만, 아무래도 최소한의 구제조치로서 약간의 아이템이 들어오는 모양이다. 멍하니 있으면서도 손에 들린 뿔이나 털을 한 차례 바라보고 인벤토리에 넣는 사람들이 있었다.

뭐, 기념품으로 가지고 다니는 것도 괜찮겠지.

"전원이 다 계약할 수 있는 것도 아니네."

"뭐, 도망치느라 세이프티 에어리어에 온 새끼들이고."

마기 씨의 혼잣말에 왠지 그렇게 대답해주며 나는 애수 어린 뒷모습을 바라보고 '나는 운이 좋았구나' 라고 생각했다.

[—— 모든 이벤트 과정이 종료되었습니다. 지금부터 10분 뒤에 통상 서버로 전송되겠습니다. 이번 이벤트에서 사용되던 여러 기능은 소실되어 평소 상태로 돌아갑니다. —— 반복합니다.]

마지막 안내방송일까. 입상이라고 하면 마지막에 입상자가 모여서 와아 소리치며 끝나는 느낌인데, 게임에서는 그렇게까지 요란스럽게 안 하는가 보다. 개인에 대한 결과 공지와 아이템 수여처럼 꽤나 간단한 끝이었다.

나중에 정보가 몰래 나도는 정도일지도 모르겠다.

"으음. 끝났지만 현실에서는 몇 시간밖에 지나지 않았다니 왠지 의문이야."

"눈을 뜨면 오히려 한 달 정도 지났다든가?"

마기 씨와 리리의 대화. 뭐, 시간을 단축할 수 있다면 늘리는 것도 가능하겠지. 그렇게 생각하면 게임을 하다가 우라시마 타로(일본 전래동화의 캐릭터. 거북을 도와준 은혜로 용궁에 초대받아 다녀와 보니 뭍에서는 기나긴 세월이 지나있었다는 내용.)라니 웃기지도 않는 소리다.

"그럼, 슬슬 시간 됐네. 저쪽에 가서도 잘 부탁해."

"마기. 지금 할 말도 아니겠지. 하지만 재미있었다."

"응, 여름도 끝나지만 종종 모이자."

"그것도 괜찮을지도. 이 뒤에는 각자 해산으로 하고 잘 부탁해."

그렇게 서로 인사를 나누는 동시에 이벤트 개시 때의 전송과 같은 감각을 느꼈다.

●

이벤트 종료 후의 [아트리엘]에는 작은 변화가 생겼다.

"샌드위치 세 개와 각종 포션은 구입 상한치까지."

"나는 윤의 애정 샌드위치 다섯 개와 각종 포션을 마찬가지로."

"너…… 본인이 눈앞에서 기겁하고 있어. 그리고 이하동문."

그 이벤트로 알게 된 [팔백만]의 미카즈치를 시작으로 손님이 된 플레이어가 다소 이 가게에 오게 되었다.

그런 플레이어를 NPC 쿄코에게 맡기고 나는 가게 한구석에서 새끼들과 함께 앉아만 있을 뿐이지만. 이른바 호객용 마스코트 상태다.

"그럼 또 올게, 아가씨."

"구입해주셔서 감사합니다. 그리고 그렇게 부르지 마!"

출구에서 손을 흔들며 나가는 플레이어에게 고렇게 고함을 질렀지만 들은 척도 않아서 한숨을 내쉬었다.

"윤 씨, 지쳤습니까?"

"글쎄. 뭐, 다른 의미로 기분 전환은 하고 싶지만."

"그럼 소재 채취를 부탁드립니다. 구입으로는 부족한 소재가 다소 있어서."

"알았어. 그럼 가게를 위해 애 좀 써볼까. 가자, 뤼이, 자쿠로."

여태까지 함께 앉아있던 두 마리도 재빨리 일어서서 이쪽을 올려다보았다.

그 모습에 만족스럽게 끄덕여주고 나도 활을 어깨에 맸다.

"그럼 가볍게, 느긋하게 사냥이라도 할까."

두 사람의 대답을 들으면서 [아트리엘]을 나서서 적정 레벨의 적을 찾고 소재를 모은다. 우리의 페이스로 이 세계를 살아간다.

●

—— 스테이터스 ——

NAME : 윤

무기 : 검은 소녀의 장궁

부무기 : 마기 씨의 식칼

방어구 : CS No.6 오커 크리에이터 (외투, 속옷, 가슴, 허리)

액세서리 장비 한계 용량 2/10

— 거친 철 반지 (1)

— 대신하는 보석의 반지 (1)

소지 SP 22

[활 Lv28] [매의 눈 Lv38] [속도 상승 Lv22] [발견 Lv24]

[마법 재능 Lv42] [마력 Lv43] [부가술 Lv16] [조약 Lv20]

[조교 Lv2] [요리 Lv20]

예비

[연금 Lv29] [합성 Lv26] [지 속성 재능 Lv13] [세공 Lv29]

[수영 Lv13] [생산의 소양 Lv30]

이벤트 입수 액세서리

— 죽은 병사의 팔찌 × 1

— 각종 상태 이상 유발 액세서리 (독, 마비, 수면, 저주, 매료, 혼란, 기절, 분노) 8개 세트 × 1

— 장난감 액세서리 × 12
— 저주 액세서리 × 10

작가 후기

처음이신 분들, 오래간만인 분들, 안녕하세요. 아로하자
초입니다.

이 책을 손에 들어주신 분, 출판에 힘써주신 담당편집 H
씨, 부담당편집 A씨, 작품에 멋진 일러스트를 준비해주신
유키상 님. 또 출판 이전부터 인터넷에서 제 작품을 봐주신
분들께 다대한 감사를 드립니다.

1권을 많은 분들이 손에 들어주셔서 2권도 낼 수 있었습니
다. 라이트노벨 작가로서 작은 한 걸음이지만, 분명히 내딛
었습니다. 여기서 다시금 감사의 말을. 정말로 감사합니다.
제 심경을 하나 쓰자면, 아직 실감이 들지 않습니다. 소설
을 쓰고 담당편집자와 원고를 몇 차례 교정하여 완성시킨
다. 그 준비 단계부터 정신없으면서 충실한 나날. 그리고 출
판 준비가 끝나고 작품이 완전히 손을 떠나면 머릿속이 새
하얗게 되는 감각. 마치 중간고사가 끝난 학생처럼 들떠서,
서점에서 제 작품을 봐도 어딘가 남일 같은 기분이었습니
다. 언젠가 이게 제 작품이라는 실감이 들 날이 오게 되도
록 앞으로도 힘내겠습니다.

조금 딱딱한 이야기가 되었으니 아로하자초의 가벼운 에

피소드라고 이야기할까 합니다. 작중의 주인공 윤은 [요리]
센스를 가졌고, 2권에서는 요리 장면을 많이 할애하였습니
다만 인터넷판에서는 그 실력이 발휘됩니다. 요리에 대한
묘사에 힘을 기울이는 저는 먹보인 모양입니다.

그 에피소드에 이름을 붙인다면 [참치 많이 먹기 사건]이
라고 할까요.

아버지의 친구 한 분이 취미로 낚시를 하셔서 저희 집에
갓 낚은 참치(라고 말해도 시장에 나오는 수백 킬로그램 사이즈는 아니
고 수십 센티미터 정도 되는 멋진 참치)를 선물해주셨습니다. 본가
는 바다가 없는 장소라서 냉동 박스에 담긴 신선한 바닷물
고기는 귀중한 것이었습니다. 어머니가 식칼로 해체해서
내주신 생선회. 그걸 우걱우걱 먹는 어린 형과 저. 지금 생
각하면 아주 사치스러운 짓이구나 싶습니다.
참치는 맛있죠. 분명 그때 맛을 배웠겠죠. 그 뒤로 참치를
맛있게 먹은 저희를 위해 인근 생선 전문 슈퍼에서 참치회
를 사주셨는데, 그걸 먹은 저는 엄청난 소리를 하고 말았습
니다.
── 이건 참치가 아냐!
아니, 참치 맞습니다. 다만 신선한 참치와 슈퍼의 냉동 참
치의 차이에 대해 어린애가 할 말이 아니지! 그렇게 미각을
기르며 자란 저는 맛있는 것을 먹여주신 부모님께 감사하는

동시에 추억담처럼 가족들을 웃기는 이야기로 써먹습니다. 작중에서 윤과 거듭 싸운 참치도 분명 맛있겠지요. 그런 참치에게 범상치 않은 열의를 어렸을 적부터 가진 저는 요리만화나 요리 라노벨 같은 게 아니라 왜인지 VRMMO 이야기를 쓰고 있습니다. 왜일까요? 저도 모르겠습니다.

　앞으로도 저, 아로하자초를 잘 부탁드립니다.

　마지막으로 이 책을 손에 들어주신 독자 여러분께 거듭 감사드립니다.

　또 여러분과 만날 날을 기대하겠습니다.

2014년 5월 아로하자초

» 마기

무 기	화염 마법 도끼 [레뷰스]
머 리	—
겉 옷	CS No.3 레이디 스미스
속 옷	CS No.3 레이디 스미스
팔	대장장이의 핸드가드
가 슴	CS No.3 레이디 스미스
허 리	—
액세서리	트리온링, 세공 요정의 피어스

장비 한계 용량 2/10

취득 센스

[단철 Lv14] [조금 Lv13] [도끼 Lv16]

[망치 Lv15] [HP 상승 Lv20]

[물리공격 상승 Lv29] [투척 Lv20]

[마력 Lv40] [장비 중량 경감 Lv11]

[생산의 소양 Lv46]

예비

[마법재능 Lv14] [화 속성 재능 Lv8]

[단철]···········[대장]의 상위 센스. 보다 상위의 광석으로 금속 무기를 만들 수 있다.
[조금]···········[세공]의 상위 센스. 보다 여러 소재로 장식품을 만들 수 있다.
[도끼]···········도끼 계열 센스의 기본. 손도끼나 대형 도끼 등을 사용 가능.
[망치]···········망치 계열 센스의 기본. 해머나 파성추 등을 사용 가능.
[투척]···········인간에게 던지기 기술을 걸거나 사물을 투척하는 등의 던지기에 관련된 센스
　　　　　　　　　 투척 행위에 대미지 판정이 발생한다.

» 세이

무 기	얼음 지팡이 [브라니쿨]
머 리	—
겉 옷	유수의 매지션 망토
속 옷	교룡의 이리스카체
팔	교룡의 이리스카체
가 슴	—
허 리	교룡의 이리스카체
액세서리	?

취득 센스

[석장 Lv25] [마도 Lv6]

[빙 속성 재능 Lv30] [병렬 영창 Lv20]

[영창 단축 Lv16] [지연 Lv30]

[마법 상승 Lv16] [마법 공격 상승 Lv5]

[간파 Lv14] [마법사의 소양 Lv34]

예비

[봉 Lv23] [지팡이 Lv30] [이중영창 LV30]

[회복 Lv25] [MP 상승 LV14]

[MP 자연회복 상승 Lv20] [마력 Lv13]

[봉]·········봉 계열 센스의 기본. 주로 타격 계열 무기 센스.
[석장]·········지팡이 계열 센스의 파생 중 하나. 회복과 공격 마법 양쪽에 보정을 갖는다.
[마도]·········[마법재능]과 [마력] 양쪽의 효과를 갖는 상위 센스. 취득 후 두 센스는 소멸된다.
[빙 속성 재능]·[수 속성 재능]의 상위 센스. 얼음 마법을 쓸 수 있게 된다.
[이중영창]·········동일 마법을 동시에 발동시킬 수 있다. 사용할 경우 MP 소비량이 증가한다.
[병렬영창]·········[이중영창]의 상위 센스. 복수의 마법을 동시에 발동시킬 수 있다. 사용할 경우 MP 소비량이 증가한다.
[지연]·········완성된 마법을 발동 직전 상태로 멈출 수 있다.
[마법 상승]·····[마법 공격 상승]과 [마법 방어 상승]의 상위 센스. 취득 후 두 센스는 소멸한다.
[간파]·········상대의 공격 예측 지점을 볼 수 있다.
[MP 상승]·······MP 스테이터스를 끌어올리는 센스.
[마법사의 소양]····마법의 발동 속도, 위력에 보너스가 붙는다.
[MP 자연회복 상승] MP의 자연 회복량을 늘린다.

Only Sense Online Vol.2
©Aloha Zachou, Yukisan 2014
Edited by FUJIMISHOBO
First published in Japan in 2014 by KADOKAWA CORPORATION, Tokyo.
Korean translation rights arranged with KADOKAWA CORPORATION, Tokyo.

온리 센스 온라인 2

2015년 8월   1일 1판 1쇄 발행
2017년 9월 15일 1판 6쇄 발행

저   자 아로하자초
일 러 스 트 유카상
옮 긴 이 한신남
본 부 장 조병권
담당편집자 김민지
편   집 권오범 김다솜 김민지 박찬솔 정영길 조찬희 이문영 이슬아
라이츠담당 오유진
디 지 털 홍승범 박지혜
발 행 처 ㈜소미미디어
등   록 제2015-000008호
주   소 서울시 마포구 토정로 222, 403호 (신수동, 한국출판콘텐츠센터)
판   매 ㈜소미미디어
마 케 팅 한민지
전   화 편집부 (070)4164-3962, 3963 기획실 (02)567-3388
             판매 및 마케팅 (070)4165-6888, Fax (02)322-7665

ISBN 979-11-5710-170-2 04830
ISBN 979-11-5710-083-5 (세트)